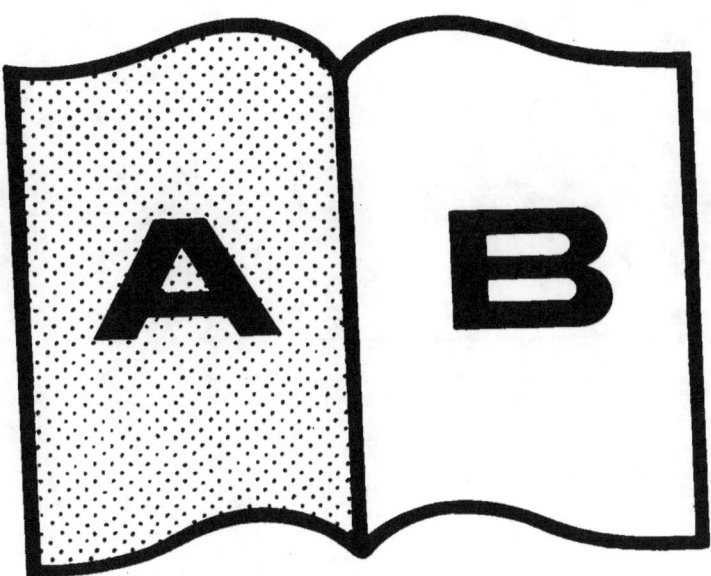

Contraste insuffisant

NF Z 43-120-14

PAUL DE SÉMANT

LE LAC D'OR

du

Docteur Sarbacane

PARIS

ERNEST FLAMMARION, ÉDITEUR

RUE RACINE, 26, PRÈS L'ODÉON

Fol. Y²
199

LE LAC D'OR

du

Docteur Sarbacane

DU MÊME AUTEUR

Merveilleuses Aventures de DACHE, perruquier des Zouaves.

ILLUSTRÉ DE NOMBREUX DESSINS

Un volume in-4° raisin, broché.   8 fr.
—   relié toile, plaque en couleurs, tranches dorées.   12 fr.
—.   relié demi-chagrin, tranches dorées. . . . . . .   15 fr.

EN PRÉPARATION

Les 17 Métiers de mon ami Bricol.

43065. — Imprimerie Larune, 9, rue de Fleurus, à Paris.

PAUL DE SÉMANT

LE LAC D'OR

du

Docteur Sarbacane

PARIS
ERNEST FLAMMARION, ÉDITEUR
RUE RACINE, 26, PRÈS L'ODÉON

LE LAC D'OR

du

Docteur Sarbacane

✸✸✸✸✸

CHAPITRE PREMIER

Où il est démontré que l'honorable docteur Sarbacane
est un parfait original.

I L'HONORABLE docteur Sarbacane n'eût été — avant tout — un
modeste, et que la fantaisie lui fût venue d'inscrire intégrale-
ment sur ses cartes de visite tous les titres scientifiques qu'il
possédait, il aurait été bien en peine de placer lesdites cartes dans un portefeuille
ordinaire.

Abandonnant les traditionnels petits cartons, le digne savant se serait vu
forcé d'adopter, au minimum, le format du papier écolier!... Et encore eût-il
fallu imprimer cette invraisemblablement longue énumération en tout petits
caractères !

En effet, le docteur Sarbacane était membre actif, coopérant, correspondant,

1

participant ou honoraire de *cinq cent vingt-deux* sociétés savantes, françaises et étrangères!... Pas une de moins!!!!

Ne citons que les principales :

Le Docteur faisait partie des Académies des sciences de Berne, de Zurich, de Copenhague et de Landerneau ; le « Zoological Musæum » de Liverpool le comptait parmi ses fondateurs; il correspondait avec la « Botanische Verein » de Berlin; la Société d'études préhistoriques de Moscou l'avait acclamé président d'honneur à sa dernière assemblée générale; Sarbacane présidait aussi, honorairement, la Société napolitaine de minéralogie; la « Scientific Academy » de Washington lui avait décerné sa grande médaille d'or pour son remarquable rapport sur *les origines ancestrales du Gorille et des Anthropoïdes en général*; l'Association « anti-ophidienne » de Mexico lui avait voté des félicitations au sujet de sa belle étude sur *l'utilisation pratique du Crotale, dit serpent à sonnettes, comme destructeur du rat* ; mais, hâtons-nous d'ajouter que, tout en lui décernant le titre de « Correspondant », l'Association anti-ophidienne avait — on le conçoit — réservé son avis personnel.

Bref, il n'existait pas, de par le monde, une société tant soit peu importante, s'occupant d'histoire naturelle, de chimie, de botanique, des choses de la nature, en un mot, qui n'eût tenu à honneur d'imprimer le nom du docteur Sarbacane parmi ceux de ses membres les plus marquants et les plus écoutés.

Quant aux croix, ordres, décorations et insignes honorifiques, dont le Docteur était titulaire, ils étaient tellement nombreux qu'ils remplissaient à eux seuls un secrétaire, dont, il faut le dire, ils ne sortaient jamais. Il y en avait là une variété infinie et bizarre, allant des décorations européennes bien connues, jusqu'aux croix asiatiques et sud-américaines les plus ignorées.

Si le docteur Sarbacane eût voulu les porter toutes ensemble, il aurait dû s'en faire coudre jusque dans le dos de son habit, jusque sur les coutures de son pantalon, en pendre au rebord de son chapeau! Encore est-il qu'il en serait resté en magasin, c'est-à-dire dans le secrétaire. Il y en avait trop!!!!

D'autre part, si, sans porter les insignes eux-mêmes, le digne savant eût voulu simplement arborer les rubans, on l'eût sans doute pris pour un conscrit le jour du tirage au sort : il ne lui eût manqué que le numéro épinglé au chapeau.

Mais le docteur Sarbacane était (nous l'avons dit en débutant) un modeste;

il ne se targuait point de tous ces titres et se contentait de la carte de visite suivante :

Docteur Narcisse Sarbacane
PROFESSEUR HONORAIRE
D'HISTOIRE NATURELLE PRÉHISTORIQUE AU MUSÉUM
OFFICIER DE LA LÉGION D'HONNEUR

216, Rue Linné, Paris.

Être officier de la Légion d'honneur, c'est quelque chose! Et quand on voit s'épanouir la rosette rouge à la boutonnière d'un monsieur, on a chance de ne pas se tromper en pensant : « Voilà un homme de valeur! » C'était bien le cas du docteur Sarbacane.

Il possédait toutes les agrégations, tous les doctorats qu'un savant peut obtenir dans les sciences mathématiques et naturelles; mais ces dernières surtout l'attiraient spécialement.

De tout temps, il s'y était adonné avec délices; sa vie entière s'était écoulée à fouiller les mystères de la nature, depuis les ténèbres qui enveloppent les origines du globe, jusqu'aux lumineuses clartés que répand à flots la science d'aujourd'hui.

Le Docteur aimait son travail scientifique avec une passion si absorbante, que les événements extérieurs le laissaient presque indifférent.

Quand il n'était pas en voyage à l'étranger, il ne sortait guère de chez lui que pour aller à son laboratoire du Jardin des Plantes. Cela ne constituait pas pour lui un gros déplacement puisqu'il n'avait que la rue à traverser, et c'est même pour être plus à portée du Muséum que le docteur Sarbacane avait tenu à habiter rue Linné.

Il y résidait depuis quinze ans; mais le digne homme n'avait pas toujours habité le numéro 216. On peut même affirmer qu'avant d'en arriver à cette dernière installation, le brave savant avait dû offrir bien souvent leur pourboire aux déménageurs.

En effet, au cours de ces quinze années, le pauvre docteur Sarbacane s'était vu donner congé des huit appartements qu'il avait successivement occupés dans la rue!

Comment cela? dira-t-on. Comment! un savant! un homme à profession éminemment paisible! Un professeur au Muséum, officier de la Légion d'honneur! On lui donnait congé à tout bout de champ!... Eh! quoi? Ne payait-il donc pas régulièrement son terme?... Jouait-il donc du cor de chasse pour indisposer les voisins?... Se livrait-il, malgré son âge et sa respectabilité, à des fumisteries nocturnes d'étudiant pour réveiller ses co-locataires?

Du tout!!!! Le Docteur était, au contraire, un locataire modèle; il avait personnellement l'estime des propriétaires, et même de ses divers concierges; et si le brave professeur ne réussissait à se fixer définitivement dans aucun immeuble de la rue Linné, la faute en incombait non pas à lui-même, mais aux divers pensionnaires qui occupaient avec lui son appartement.

On peut être à la fois un savant et un original; et le docteur Sarbacane réunissait ces deux qualités, ou pour être plus exact, il réunissait ce défaut à cette qualité.

Il avait une douce manie, résultant de son amour passionné pour l'histoire naturelle, et trouvait tout simple de s'adjoindre à titre de commensaux et sujets d'études des animaux vivants, qu'il installait dans les pièces dites « chambres d'amis » dont il disposait.

Passe encore pour les bêtes paisibles et non encombrantes!... Mais le Docteur ne faisait aucune distinction à cet égard.

Ainsi, la première fois qu'on lui donna congé, ce fut un ravissant animal, un serpent python tout jeunet, gros à peine comme le bras d'un homme, qui fut pour le docteur la cause de cette déconvenue.

Ce python d'Amérique arrivait en ligne droite de la Guyane française : et c'était le propre neveu du professeur, l'enseigne de vaisseau Roger de Maindragues, qui, revenant d'une croisière, avait eu la délicate attention de faire à son oncle ce charmant cadeau.

Ç'avait été pour le savant une surprise et une joie, car ce python qui, organiquement, ne différait pas de ses congénères, ne leur ressemblait pourtant pas comme coloration.

LE CONCIERGE FIT UN BOND ÉNORME.

Ses écailles, au lieu d'être d'un beau jaune doré taché de noir, étaient d'un blanc mat à peine nuancé de gris! Il avait les yeux rouges, comme un lapin russe!... Jamais on n'avait encore rencontré un boa de cette nuance, et le docteur Sarbacane était tombé en admiration devant un pareil sujet.

« Je vois! s'exclama-t-il après une longue contemplation, je vois ce que c'est.... C'est un albinos! un serpent python albinos! Quelle chance! Quelle trouvaille! Quel glorieux rapport je vais élaborer sur ce cas! Merci, mon cher Roger! Merci! »

Incontinent, le professeur fit renouveler l'eau chaude de la bouillotte qui garnissait le fond de la boîte où le serpent, roulé en spirale, somnolait engourdi; il rabattit soigneusement les couvertures de laine, ferma la caisse, envoya chercher un fiacre, et emporta le colis rue Linné.

Comme la caisse était assez lourde, le digne professeur pria son concierge de bien vouloir lui donner un coup de main pour la monter jusqu'au troisième où il habitait; puis quand l'objet fut déposé tout près du poêle, dans le cabinet de travail du savant, Sarbacane, tout en gratifiant son concierge d'un bon petit pourboire, cligna malicieusement de l'œil et articula joyeusement :

« Ah! mon brave, vous ne vous doutez guère de la chose superbe..., admirable..., étonnante..., invraisemblablement intéressante qu'il y a là-dedans!

— Dame! non! m'sieu le Docteur, fit l'autre. Comment voulez-vous que je sache... puisque c'est fermé?

— Tenez! mon brave, reprit le Docteur en lui tapant amicalement sur l'épaule. Je vais vous montrer ça!... Et vous pourrez vous vanter d'avoir pu contempler avant tout le monde quelque chose qu'on n'avait encore jamais vu. »

Le concierge, flatté de l'attention, envahi d'une curiosité intense, se mit à ouvrir des yeux en boules; un sourire béat lui tira la bouche vers les oreilles, et le docteur, se baissant, ouvrit le cadenas, puis le couvercle.

Le concierge qui s'attendait à voir apparaître quelque chose de mirifique éprouva tout d'abord une déception en apercevant tout simplement un amas blanc de couvertures de laine. Mais le Docteur, souriant, saisit délicatement un des coins du lainage, entre le pouce et l'index, le souleva doucement.... Alors le concierge poussa un cri étranglé, où se mêlaient, à dose égale, une terreur atroce et un indicible dégoût. Le pauvre homme fit un bond énorme en arrière, puis il se mit en devoir de gagner rapidement la sortie, tandis que de sa gorge convulsée s'exhalaient des exclamations tremblotantes.

« Eh bien!... mais... qu'est-ce que vous avez, mon ami? questionna ingénument le Docteur avec un étonnement qui n'était nullement joué. Comment? Ça ne vous intéresse pas? C'est pourtant un cas superbe, très spécial.... Écoutez un peu. »

Rattrapant le fuyard, il l'avait saisi par la manche et s'apprêtait à lui faire un petit cours bien senti, en trois points; mais l'autre, se dégageant vivement, sauta dehors, ferma furieusement la porte, et descendit l'escalier à une allure vertigineuse, non sans envoyer à tous les diables ce locataire qui s'amusait à faire à son concierge des plaisanteries aussi déplacées.

Le professeur hocha la tête; il eut une pensée de pitié dédaigneuse pour ce pauvre garçon sans intellect, qui n'appréciait pas comme il convient, dans toute sa beauté, le côté scientifique des choses; puis il bourra une pipe, l'alluma, et s'absorba dans la contemplation de son étrange pensionnaire.

Cependant une rumeur confuse, montant de la rue jusqu'à lui, détourna son attention.

L'honorable savant s'en fut ouvrir la fenêtre. Il constata de suite, non sans surprise, que la rue Linné, si paisible d'ordinaire, était noire de monde et que les fenêtres des maisons avoisinantes regorgeaient de spectateurs.

Lorsque Sarbacane apparut, la rumeur s'accentua; des cris d'effroi montèrent même au-dessus de la foule, et le Docteur entendit des bribes de phrases qui arrivèrent jusqu'à lui.

« C'est là... au troisième!... Y s'a échappé de la ménagerie!... On dit qu'il a dévoré l'concierge! Paraît même que c'est un serpent « vélimeux »!

Du coup la lumière se fit dans l'esprit du savant : c'était lui qui causait cette émotion extraordinaire, ou pour mieux dire, c'était son python albinos, dont le concierge épouvanté avait dû dénoncer la présence; et du reste, le concierge lui-même apparut bientôt.

Il arrivait escorté du commissaire de police, reconnaissable à son écharpe; plusieurs gardiens de la paix suivaient; des pompiers munis de pinces, de cordages, d'engins divers, fermaient la marche, et le groupe s'engouffra dans la maison.

Peu après, on sonnait chez le docteur Sarbacane, et le sacramentel : « Ouvrez ! au nom de la loi ! » retentissait sur le palier.

Le professeur très calme ouvrit..., mais à la vérité personne ne se hasarda à pénétrer dans l'appartement pour faire la connaissance du reptile.

Le commissaire demanda, il est vrai, des explications qui lui furent complaisamment données ; quant à son ordre de faire disparaître le python, il resta sans effet.

Sarbacane prétendait, en effet, qu'aucune loi ne lui interdisait l'étude des serpents à domicile ; qu'il payait régulièrement ses impôts et contributions, et qu'il entendait loger chez lui qui bon lui semblait..., fût-ce un boa constrictor ! Sur ce, il ferma la porte, et le commissaire, devant ce cas tout particulier, n'osa pas insister.

Mais, dès le lendemain, le docteur Sarbacane recevait de son propriétaire son congé en bonne et due forme ; Sarbacane résista ; un procès s'ensuivit que le professeur perdit haut la main ; et bon gré mal gré, il dut quitter l'immeuble et envoyer son python loger au palais des serpents.

Il déménagea, loua un autre appartement où on lui fit promettre de ne pas installer de si compromettants sous-locataires ; mais deux mois plus tard, sa manie le reprit de plus belle. Un condor péruvien qu'il avait enchaîné sur son balcon lui valut une deuxième expulsion.

Ensuite, ce fut bien une autre affaire ! Ayant loué une écurie dans la troisième maison qu'il occupa, le docteur Sarbacane n'émit-il pas l'exorbitante prétention d'y loger un rhinocéros de l'Afrique australe, sous le fallacieux prétexte de le guérir d'une maladie de peau ! Nouveau procès ! Nouvelle expulsion !

Bref ! comme il en était à son huitième appartement, le pauvre Docteur, transformé en Juif errant des sciences naturelles, reçut un huitième congé par la faute de *Muf*.

Muf était un singe macaque à *queue prenante*, qui avait de nombreuses qualités certes ! mais de non moins nombreux défauts.

Il avait déjà versé par la fenêtre le contenu d'un encrier sur la tête d'un sergent de ville. Cela avait été pour le Docteur la cause d'un procès en simple police, qui lui avait coûté fort cher ; mais Muf ne s'en était pas tenu là.

Un soir d'été que le singe prenait l'air sur la barre d'appui de la fenêtre, une vieille dame qui habitait à l'étage au-dessous, se mit elle aussi à la fenêtre de son appartement. Quelle idée saugrenue vint germer à cet instant dans la cervelle de Muf?... Toujours est-il qu'enroulant l'anneau de sa queue à la barre

ELLE SE MIT A POUSSER DES CRIS D'ORFRAIE.

d'appui il se laissa tomber, et empoigna prestement les cheveux de la pauvre femme qui, on le conçoit, se mit à pousser des cris d'orfraie. Heureusement, ces cheveux étaient postiches, et pendant que la malheureuse bonne dame s'enfuyait en hurlant, le singe remontant d'une main le long de sa queue comme à une corde lisse, emportait de l'autre la perruque à papillotes.

Puis, avec des mines cocasses fort réjouissantes, il s'en affubla et le docteur eut toutes les peines du monde à lui enlever la perruque pour la restituer à sa légitime propriétaire. Cette algarade provoqua le dernier déménagement du professeur.

Il prit alors un parti énergique et acheta l'immeuble portant le numéro 216. De la sorte, on ne pourrait plus l'expulser de chez lui.

Cette maison possédait un jardin qui fut transformé par le Docteur en succursale du Jardin des Plantes.

Il y installa des cages diverses et put ainsi se livrer, sans crainte d'expulsion, à sa passion favorite.

C'est ainsi qu'on put y admirer, dans une cage solide, une délicieuse panthère noire de Java, au charmant caractère, qu'on ne pouvait aborder qu'à longueur de fourche; tandis qu'au contraire un jeune phoque nommé Anatole, installé dans un bassin, donnait toute satisfaction tant par son tempérament éminemment pacifique et sociable que par son intelligence surprenante; car sans en arriver encore à être apte à passer victorieusement son certificat d'études, Anatole obéissait comme un caniche, dont il avait également la fidélité et la douceur.

Mais, pour soigner cette ménagerie, le docteur Sarbacane avait besoin, c'est évident, d'employés choisis.

Il est oiseux de faire remarquer tout ce que le recrutement d'un pareil personnel comporte de difficultés et le professeur en savait quelque chose!

Avant d'habiter sa maison à lui, tout un régiment de domestiques, hommes et femmes, avait passé à son service, sans y rester.

Non pas qu'il fût un mauvais maître, au contraire, il était bon... archi-bon pour ses serviteurs. Mais tout le monde n'a pas la vocation, et il fallait l'avoir à haute dose pour être à la fois valet de chambre du Docteur et cornac de ses animaux.

On conviendra également qu'une cuisinière n'était pas flattée quand, rentrant dans sa cuisine, elle trouvait Muf plongé dans la superbe crème au chocolat qu'elle avait préparée avec art.

Les plus tenaces avaient résisté huit jours, puis avaient donné leur compte.

Heureusement, le docteur Sarbacane avait fini par mettre la main sur un bon numéro, en la personne du ménage Lanfry.

Anacharsis Lanfry, ancien cantinier au 32e d'infanterie de marine, avait passé une bonne partie de son existence dans les diverses colonies françaises; les fauves, les reptiles, etc., ne lui faisaient pas peur. Sa femme, Philomène Lanfry, l'ayant accompagné partout, valait un homme — au moins! — pour la fermeté d'âme et la vigueur des biceps : de plus, elle était un cordon bleu émérite.

Lanfry, après avoir pris sa retraite, avait obtenu un petit poste au Jardin des Plantes; c'est là que le docteur l'ayant déniché, s'était attaché le ménage par l'offre d'un salaire avantageux.

Anacharsis et Philomène s'étaient rapidement adaptés à leurs nouvelles fonctions; bien mieux, ils les aimèrent, et vouèrent instinctivement au docteur une affection réelle qui se doubla d'un véritable dévouement.

Lanfry avait cinquante ans, sa femme quarante-cinq. L'homme était sec, osseux, droit comme un piquet. Il avait le teint bistré des coloniaux avec deux gros favoris sur les joues et une grande moustache poivre et sel qui lui barrait le visage, et sur laquelle le nez crochu descendait en pointe.

LE PÈRE LANFRY.

La femme, ronde, opulente, avait la peau tannée par le soleil, et le menton garni de poils drus et rudes. Elle les rasait elle-même tous les samedis soir, mais cette opération ne servait qu'à les faire repousser de plus belle. Il en résultait que du mardi au samedi, le menton de la brave femme avait l'air d'une pelote garnie d'aiguilles à tricoter.

Lanfry et son épouse, types bizarres, ne détonnaient point dans ce milieu bizarre, mais le complétaient au contraire.

Le Docteur, le cornac-valet de chambre et la cuisinière formaient un tout complet; l'un de ces trois personnages n'eût pu disparaître sans que la ménagerie du numéro 216 n'en souffrît dans son ensemble.

Dès lors, le Docteur fut parfaitement heureux; car il lui arrivait parfois de partir en voyage. Il se livrait même de temps à autre à des pérégrinations lointaines : histoire d'aller explorer les Antilles, le Mexique ou l'Indo-Chine selon sa fantaisie du moment, pour examiner, *de visu*, tel ou tel phénomène scientifique qui lui tenait à cœur; alors pendant les mois d'absence le digne homme voyageait tranquille. N'avait-il pas, rue Linné, Anacharsis et Philomène, son ménage de confiance? Il était sûr que ses pensionnaires ne manqueraient de rien.

Par ce rapide aperçu, le lecteur peut facilement se rendre compte que le docteur Sarbacane était, au moral, un type tout à fait à part, et qu'en le qualifiant d'original nous n'avons rien exagéré.

Physiquement, c'était un homme plutôt petit, un peu replet.

Il ne représentait pas, dans son ensemble, le savant classique, maigre et long dans une antique redingote, négligé dans sa tenue, et coiffé du chapeau haut de forme à grands bords.

Sarbacane était, au contraire, très soigné dans sa mise. Malgré ses cinquante-cinq ans bien sonnés, il affectait des allures de muscadin, de petit-maître.

Il suivait, pour se vêtir, les modes les plus « dernier cri »; endossait des petits vestons gris clair d'une coupe élégante, se chaussait d'escarpins vernis, arborait des cravates Lavallière aux nuances les plus distinguées, ne se coiffait jamais du haut de forme, mais de petits chapeaux melons très coquets, très « select », ou de canotiers suggestifs.

Les mains du Docteur étaient fines et soignées comme des mains d'abbé Louis XV. Il jetait sur ses jolis mouchoirs de batiste une pointe de parfum discret; et, ma foi! en considérant son visage, on ne lui eût point, malgré les favoris blancs, donné cinquante-cinq printemps.

LA MÈRE LANFRY.

Sa face réjouie, de bon vivant, était rose, fraîche, éclatante de santé et de bonne humeur: la bouche aux lèvres bien rouges était bonne et constamment souriante. Les yeux vifs, un peu railleurs, étincelaient joyeusement derrière des lunettes ourlées d'un fin fil d'or, les favoris courts paraissaient plus blancs, en contraste avec le rose des joues. En résumé, l'ensemble était sympathique, évoquait la bonté, la franchise, incitait à l'affection.

Tel était le docteur Sarbacane, et son portrait sera complet si nous y ajoutons un léger défaut. Le professeur possédait une superbe collection de grosses pipes d'écume de mer; et quand il était chez lui, on pouvait toujours voir l'une quelconque d'entre elles, admirablement culottée, fleurir sa lèvre. Au dehors, le docteur fumait des cigares de la Havane blonds comme de l'or et gros comme des saucissons.

Or, un matin, le digne savant était dans son cabinet de travail.

L'œil rivé sur son microscope, il concentrait toute son attention sur le minuscule fragment d'objet qu'il examinait, et qui n'était autre chose que la bulbe, autrement dit la racine d'un brin de laine de mouton mérinos.

Le savant étudiait, en effet, depuis quelque temps la possibilité de la « greffe pileuse ». C'était sa marotte momentanée, son dada, comme on dit !

En un mot, il prétendait qu'on pouvait arriver à implanter des poils, ou mieux, des laines de mouton dans la peau d'animaux sans poil, tels que le chien chinois, le tapir ou l'hippopotame : et qu'ainsi ces animaux pourraient être utilisés dans les diverses fabrications du lainage, au lieu d'être de simples inutilités au point de vue industriel.

Totalement absorbé par son examen microscopique, le Docteur n'entendit pas la sonnette de la rue qui tintait, ni peu après les aboiements de Klaps, son chien basset favori, qui annonçait joyeusement l'arrivée d'amis.

Il ne se rendit même pas compte que Muf cessait de tremper ses doigts dans son encrier et poussait des petits gloussements de satisfaction.

Il fallut que Philomène Lanfry, après avoir vainement frappé deux fois, ouvrît la porte de son bureau, pour que le professeur levât la tête.

« Qu'y a-t-il donc, mère Lanfry ? questionna-t-il.

— M'sieu l'Docteur, c'est mamzelle Yvonne et son papa qui viennent d'arriver. »

Du coup, le brave homme lâcha son microscope, un sourire joyeux éclata sur sa face et il s'apprêtait à descendre quand la mère Lanfry, s'effaçant, laissa passer une ravissante fillette de douze ans, qui portait dans ses mains un énorme bouquet de camélias et d'orchidées.

Derrière elle, un homme grand, suprêmement distingué, élégant d'allure, portant une longue barbe blonde très soignée, pénétrait dans le bureau ; puis la petite fille, ayant déposé son bouquet sur un guéridon, accourut vivement vers le Docteur et lui sautant au cou, s'écria d'une voix argentine :

« Bonjour! grand-papa chéri! Bonjour! »

CHAPITRE II

Où le lieutenant de vaisseau Roger de Maindragues expose au docteur Sarbacane
un système d'éducation peu banal.

La brune et ravissante fillette qui venait de sauter ainsi au cou du Docteur n'était autre que Mlle Yvonne de Maindragues; et bien qu'elle l'eût qualifié de grand-papa, Mlle Yvonne n'était en réalité que la nièce, ou plutôt la petite-nièce du professeur.

C'était une jolie petite personne qui n'avait pas encore tout à fait ses douze ans; elle était mince, élégante et souple: rien qu'à la regarder marcher, on la devinait « de race »; elle possédait une distinction naturelle de mouvements, de gestes, d'allure et de ton, mais sans préciosité, sans le vilain maniérisme que déploient — bien à tort — certaines petites filles d'aujourd'hui. Yvonne gardait au contraire toute la simplicité naïve qui constitue le charme le plus pénétrant chez l'enfant en général et chez une fillette en particulier.

Deux grands yeux brun foncé, rendus plus profonds encore par l'ombre de longs cils noirs retroussés, animaient son fin visage, à la peau ambrée — comme l'ont les créoles; les cheveux noirs comme l'aile d'un corbeau ondulaient naturellement; ils retombaient sur les épaules en une cascade bouffante de bouclettes folles, encadrant à souhait l'ovale régulier du visage, où le rouge vif d'une bouche admirablement dessinée accentuait — au moment du sourire — la blancheur nacrée des dents.

Bref! C'était un bien joli visage à embrasser que celui d'Yvonne de Maindragues, et c'était bien certainement aussi l'avis de son grand-oncle, car pour l'instant le docteur Sarbacane s'acquittait en effet à merveille de cette agréable opération et semblait prendre un vif plaisir à mériter par cette mimique démonstrative le qualificatif de « grand-papa chéri » que lui avait décerné la fillette lors de son entrée dans le cabinet de travail.

Disons de suite que s'il n'était pas grand-papa de fait, il l'était bien réelle-

5

ment par l'affection donnée et reçue. Encore est-il que parler d'affection, c'est employer un terme faible pour dépeindre les sentiments du Docteur, car ce n'était pas seulement de l'affection qu'il professait pour sa petite Yvonne, c'était de l'adoration... presque un culte !

C'est qu'aussi cette mignonne créature était pour le digne homme *tout le Souvenir* et *toute l'Espérance* ! Elle résumait pour lui toute l'affection familiale, puisqu'elle seule lui restait des anciennes affections disparues.

Le Docteur avait eu pour toute famille une sœur qu'il avait perdue et dont il avait élevé la fille, sa nièce, avec une tendresse de père. Mais cette nièce avait grandi, était devenue une belle jeune fille et il avait eu un gros chagrin, le pauvre Docteur, lorsque sa fille adoptive avait épousé le lieutenant de vaisseau Roger de Maindragues.

Non pas que ce mariage lui déplût ! Bien au contraire, le brillant officier qu'était Roger plaisait au savant, parce qu'il était en même temps un esprit supérieur et un lettré. De plus, le jeune homme, orphelin et seul héritier des Maindragues, riches planteurs de la Martinique, possédait une fortune de plusieurs millions ; or, si la richesse n'est pas indispensable au bonheur, elle ne lui nuit pas non plus lorsqu'elle est bien gérée, ce qui était le cas pour Roger de Maindragues, esprit ferme, éclairé, en même temps que rempli de bonté et de sentiments généreux.

Mais ce qui désespérait le docteur Sarbacane, c'est que sa nièce — sa fille, comme il la dénommait — n'allait plus être à lui tout seul ; il ne la verrait plus à son plaisir à toute heure de la journée ; elle voyagerait ; elle s'en irait au loin ; car son mari voudrait l'emmener sans doute.

« Dame ! après tout, c'est assez juste ! soupira le pauvre homme. N'importe ! Cela va faire un bien grand vide autour de mon cœur, un trou bien noir dans mon âme ! »

Quoi qu'il en soit, il s'était résigné et se consolait dans la science, son autre affection, quand un grand malheur s'abattit sur lui.

Presque en même temps que la naissance d'Yvonne, sa petite nièce, survenait la mort de la mère, enlevée presque subitement à l'affection des siens. Dieu donnait donc à Roger de Maindragues une âpre douleur en même temps qu'une joie.

Quant au pauvre Docteur, il faillit devenir fou.

Pour faire diversion à son désespoir, le ministre de l'Instruction publique, qui était son ami personnel, lui imposa d'autorité une mission scientifique à Madagascar.

Il partit, resta un an absent et revint avec une collection merveilleuse de produits vivants de la faune indigène, mais aussi avec son éternel chagrin.

Son neveu Roger, qui avait donné sa démission pour se consacrer exclusivement à sa fille Yvonne, vint au-devant de lui, le chercher à la gare; il l'emmena chez lui, et le conduisit directement dans une chambre au milieu de laquelle un berceau tout froufroutant de dentelles et de rubans roses semblait un nid précieux orné de fleurs.

Soulevant la gaze du rideau, Roger eut un sourire attristé et dit simplement :

« Yvonne !... Sa fille.... Votre petite-fille, mon oncle ! »

Alors, le docteur Sarbacane devint tout pâle. Il éprouva une émotion invraisemblable en face de cette jolie poupée qui semblait pétrie avec des pétales de roses; il saisit délicatement une menotte, la serra sur ses lèvres et tomba à genoux en sanglotant près du berceau.

Quand au bout d'un instant il se releva, il y avait encore sur sa joue une larme, mais une tendresse infinie atténuait la tristesse de son regard.

A dater de ce jour-là, le professeur n'oublia pas : mais sa douleur se cicatrisa. L'adoration qu'il voua à ce petit être frêle, il lui sembla que la pauvre disparue en bénéficiait. En Yvonne, il aima deux êtres : la mère et la fille ; et cette affection finit par le transformer lui-même et lui redonna sa gaieté d'autrefois.

Yvonne grandit, devint gentillette d'abord, puis charmante, et ce fut pour son grand-papa la source de mille joies, car rien n'est bon pour un grand-papa comme de pouvoir gâter sa fillette.

Il est certain que tous les grands-papas et même les papas — tout simplement, — seront du même avis.

Donc quand le docteur Sarbacane eut bien embrassé Yvonne, que celle-ci le lui eut rendu largement et que le lieutenant Roger eut serré la main de son oncle, il fallut qu'on s'occupât de Muf qui faisait des siennes.

Le singe s'était, en effet, emparé du bouquet d'orchidées apporté par Yvonne et commençait à en effeuiller sans remords les pétales sur le tapis.

Mais le Docteur se fâcha, lui enleva le bouquet, lui donna une calotte et, malgré ses cris et protestations, le remit momentanément à la chaîne ; puis, après une visite à la ménagerie, un petit bonjour à Anatole qui fit des grâces pour Mlle Yvonne, on pénétra dans la salle à manger, car la mère Lanfry venait d'annoncer que le déjeuner était servi.

Or, comme on attaquait le premier service, Yvonne prit la parole et déclara :

« Grand-papa ! Tu ne sais pas ! Petit père a une grosse surprise à te dire.

— Une grosse surprise ?...

— Ah ! vilaine, fit en souriant Roger de Maindragues, vilaine indiscrète !... qui n'as pas eu la patience d'attendre.... Oui, mon oncle, c'est vrai ! Et puisque mademoiselle ma fille a commencé, il faut bien que je termine. Donc la surprise est celle-ci : nous partons prochainement pour un long voyage !...

— Pour... un long voyage ! interrompit le docteur Sarbacane en laissant tomber sa fourchette qu'il venait de piquer dans une côtelette papillote..., pour un long voyage !... »

Il répéta, l'air navré :

« Pour un long voyage ! »

Le pauvre homme était devenu tout pâle d'émotion ; une anxiété se lisait dans son regard.

« Alors… vous allez m'abandonner, poursuivit-il,… me laisser tout seul ici, sans ma petite Yvonne !… Eh ! bien, mon cher Roger, elle est jolie, votre surprise !… Vous pouvez vous en vanter !

— Mais non ! mais non ! bon grand-papa, lança Yvonne de sa voix claire et joyeuse, mais non, ta petite-fille ne t'abandonne pas du tout… au contraire !

— En effet, mon oncle, repartit Roger, vous avez mal interprété ma phrase. J'ai dit : «Nous partons», et dans ce «nous partons», je comprenais: vous, ma fille et moi-même.

— Ah! ça, c'est autre chose! s'écria le Docteur rasséréné. Du moment qu'il ne s'agit pas de quitter ma mignonne, ça va bien! j'irai où vous voudrez! Les voyages, ça me connaît. Il est vrai que depuis dix ans, je ne me suis plus mis en route, et que je suis bien vieux….

— Non, tu n'es pas vieux! s'écria Yvonne.

— Mais si, ma chérie, si fait, je suis vieux.

— Non, grand-père. Dis pas ça…. Tu n'es pas vieux.

— Mais….

— Je ne veux pas que tu sois vieux !

— Oh ! alors, du moment que tu ordonnes, mignonne jolie, j'obéis… je ne suis pas vieux…. Je serai même aussi jeune que tu voudras ! Seulement pour me récompenser d'une docilité pareille tu vas venir m'embrasser tout de suite ». . . .

. . . . , ...

« Mais, mon cher Roger, poursuivit Sarbacane, après que la fillette lui eut accordé la récompense réclamée, mon cher Roger, quelle mouche vous a piqué de partir ainsi?… Et pour où partons-nous? car vous avez dit, il me semble : un long voyage?

— Oh!… un voyage de deux ou trois ans! dit négligemment Roger…. Peut-être quatre! Cinq si l'on veu'….

— Hein?!!

— Oui, mon oncle.

— Est-ce que vous n'êtes pas un peu fou, voyons?

— Pas le moins du monde, mon oncle. Au reste, vous allez en juger, je vais….

— Hum!!! on me considère comme un original, mais alors, ma foi! je crois bien qu'à nous deux nous ferions la paire…. Vous m'avez l'air (soit dit sans vous offenser, mon cher Roger), vous m'avez l'air d'avoir une idée au moins baroque, car on n'emmène pas une enfant en voyage pour des quatre et cinq ans.

— Ah! mais si! grand-papa, c'est que j'en suis bien contente, au contraire!

— Ah! tu es contente?… Eh bien alors, moi aussi! Emmène-moi au Pôle nord, si tu veux… au Pôle sud!… où tu voudras!… Et puis enfin, voyons! ne plaisantons plus… où allons-nous?

— Ah! fit Roger d'un air détaché, je n'en sais absolument rien, mon cher oncle! »

Le Docteur regarda Roger un bon moment, puis souriant :

« Vous vous payez la tête de votre oncle, monsieur mon neveu; mais expliquez-vous sérieusement, sans quoi je téléphone au commissaire de police pour qu'il vienne vous chercher et qu'il vous transfère à Charenton.

— Eh bien, mon cher oncle, je vous répondrai avec le sérieux le plus imperturbable : nous partons à l'aventure, à travers le globe….

— Mais dans quel but?

— Pour faire, parfaire et compléter l'instruction de votre petite-fille Yvonne.

— Aahh!… Aahh! »

Ces « aahh!! » furent plutôt « aspirés » que prononcés; ces « aahh! » étaient chez le docteur Sarbacane l'expression d'une profonde stupeur; et dans les modulations de ces « aahh! » qu'il répéta plusieurs fois en hochant la tête avec gravité, perçaient un doute et une perplexité au sujet de l'intégrité des facultés mentales de son neveu Roger.

« Ce pauvre garçon! pensait-il, est-ce que le soleil des Tropiques ne lui aurait pas un peu tapé sur le crâne? Pourtant… il est d'origine créole; il devrait donc supporter mieux qu'un autre les voyages équatoriaux…. Mais non! je m'abuse! il a toute sa raison; je ne vois rien d'anormal ni dans son regard ni dans son attitude…. Bizarre! Bizarre! »

Puis tout haut :

« Alors c'est sérieux?… Ce n'est pas une boutade?

— Mon oncle, écoutez-moi.

— Je ne fais que ça!

— Bien! Je vous sais trop dans le mouvement pour vous faire un cours d'économie commerciale et industrielle au point de vue international. Je me contenterai d'énoncer cet axiome que « pour vivre, il faut manger ». Or, pour manger, il faut gagner l'argent nécessaire à payer sa nourriture, puisque les méthodes antiques d'échange n'existent plus....

— Arrivez au fait!... Tout cela n'a pas trait à votre projet de voyage.

— Mille pardons, mon oncle, c'est, au contraire, d'une contingence absolue avec mon projet.... Je disais donc : Il faut gagner de l'argent. Pour en gagner, que faire?... Comme le sol européen ne nourrit plus son homme, il faut donc voir à se nourrir ailleurs, soit par le travail direct, soit par le négoce. Or, en France, les jeunes ignorent profondément ce qui se passe hors frontière; ils connaissent généralement assez mal leur propre langue, et quant aux idiomes étrangers, cela leur indiffère profondément. Ils n'ont que de vagues relations avec la vraie géographie, celle qui ne consiste pas seulement à savoir le nom des océans et des principales capitales; j'entends la géographie de renseignements ethnographiques, minéralogiques, agricoles, industriels; la géographie des réseaux maritimes, des câbles; la géographie documentaire du trafic et du commerce général du globe. »

. . . .

Le café fumait dans les tasses de vermeil; Yvonne, avec la permission de son père, était partie, pour aller en compagnie de Klaps, voir le père Lanfry donner à manger à la panthère noire; et le Docteur, ayant allumé sa pipe d'écume, tendit à son neveu une boîte de havanes en lui déclarant ironiquement :

« Continuez, Roger.... Vous m'intéressez énormément!

— Mon oncle, vous êtes trop bon! Je continue donc : Que résulte-t-il d'un pareil état de choses? Une infériorité manifeste des Latins en général et des Français en particulier tant au point de vue colonial qu'au point de vue des transactions du haut commerce; par suite, une diminution d'influence de notre pays dans le monde. Le remède? Il est tout entier dans ceci : faire voyager les jeunes gens et les forcer à apprendre ce qu'ils ignorent en voyant les choses par eux-mêmes.

— Bon! interrompit le docteur Sarbacane légèrement railleur, je commence à saisir.... Ça n'a pas été sans peine, mais j'y arrive! Si je ne m'abuse, vous avez, mon cher Roger, l'intention d'établir ma petite fleur, mon petit bijou perlé qu'est Yvonne, dans le haut commerce international, comme vous dites?

— Pas précisément, mon oncle.

— Enfin, vous voulez la mettre en mesure de gagner beaucoup d'argent!

— J'espère, mon oncle, qu'elle n'en aura pas besoin, grâce à sa fortune personnelle, mais qui sait jamais de quoi sera fait demain? Les fortunes les mieux établies peuvent disparaître, tandis que ce que je donnerai à ma fille d'instruction pratique et de connaissance des langues étrangères ne lui fera jamais défaut.

— Et c'est pour ce résultat que vous voulez exposer cet amour-là aux rudesses d'un voyage, aux dangers de toutes sortes que comporte une pareille pérégrination? Allons donc, mon cher Roger, ce n'est pas sérieux !

— Si fait, mon oncle, le danger c'est un mot..., pas autre chose ! Il n'y a pas plus de danger à s'embarquer pour l'Amérique ou l'Australie, qu'à prendre rue Linné l'omnibus Batignolles-Jardin-des-Plantes. Il y a moins de danger à monter en ballon qu'à assister à une représentation d'un théâtre subventionné....

— Chut! interrompit en souriant le docteur Sarbacane, ne dites pas de mal de l'administration des Beaux-Arts, le ministre est de mes amis.

— C'est juste! mais pour en revenir à la question du danger, j'estime qu'une traversée faite comme j'ai l'intention de la faire, avec un confort absolu, un luxe complet, avec les engins les plus perfectionnés, n'est qu'agréable et non pas fatigante; quant au danger, néant! ou du moins il est réduit au strict minimum, et c'est tout ce qu'il faut! Il est même bon qu'il y ait toujours une pointe de danger! Ça trempe les âmes!

— Vous avez un bateau? »

Roger de Maindragues fit du bout des doigts le geste d'envoyer un baiser et déclara :

« ...Une perle!... Un amour de bateau!

— Ah! Ah!!! C'est quelque chose qu'un beau bateau », murmura Sarbacane qui s'y connaissait.

En fait, il était tout à fait revenu de son premier étonnement et de ses préventions contre le voyage; l'annonce d'un « amour de bateau » le dérida complètement.

« Ma foi!... Allons-y! s'écria-

LE DANGER... C'EST UN MOT!..

4

t-il, et savez-vous bien qu'au fond votre idée n'est pas déjà si bête?

— Vous êtes bien bon, mon oncle.

— Parfaitement!... parfaitement! C'est une riche idée! Vous devriez faire un rapport là-dessus, je le remettrais au ministre de l'Instruction publique.

— A la bonne heure! mon oncle, voilà que vous vous emballez sur mon idée! Mais le rapport ne servirait à rien, parce que seuls, les privilégiés de la fortune pourront adopter ce mode d'éducation. Donc inutile de chercher à développer sa mise en pratique autrement que par l'initiative individuelle.

— Ah! mais pardon! Vous savez combien les lycées sont défectueux, souvent insalubres. On pourrait parfaitement les abandonner! Il suffirait d'une bonne loi, prescrivant que les cours auront lieu à bord des navires de la flotte! L'hygiène y gagnerait en même temps que l'instruction telle que la comprend votre programme. Ce serait charmant! Les journaux donneraient des détails peu ordinaires, dans ce genre-ci :

Concours général.

« Les divers lycées de Paris, embarqués à bord des cuirassés de la mer des « Indes et formant escadre, ont concouru, à telle date, sur la rade de Singapoor. « Nous publierons les palmarès dès qu'ils nous seront câblés. » Ou bien : « Le « lycée d'Orléans, embarqué sur le croiseur *Brennus*, a touché Valparaiso hier. « Tout allait bien à bord. »

« Hein? qu'en dites-vous, Roger?

— Mon oncle, c'est peut-être excessif et surtout d'exécution difficile; mais enfin je persiste à dire que ma méthode a du bon, surtout appliquée comme j'ai l'intention de le faire, et avec un navire comme le *Sylphe*.

— Joli nom!... mais je le connais! N'est-ce pas un grand yacht à coque d'acier qui.. .

— ...Parfaitement! Il appartenait à M. Otto Pétersen, le grand armateur américain qui me l'a cédé; et je suis en train d'y faire aménager de nouvelles machines motrices.

— De quel genre?

— Des moteurs du « dernier cri »! Des moteurs qui ne sont que des perfectionnements de la machine inventée par le colonel Renard, et mise par lui à l'essai au parc d'aérostation de Chalais-Meudon. Ce sont quatre petites machinettes, à essence, en aluminium, armées de tubulures spéciales, ne dépensant presque rien, ne pesant pas plus à elles quatre qu'un ancien moteur de dix chevaux et qui, lorsqu'elles marcheront ensemble, nous donneront huit cents chevaux-vapeur.

— Huit cents chevaux !

— Comme vous dites, mon oncle, deux cents chevaux par machine! c'est-à-dire que nous disposerons d'une force suffisante pour actionner un steamer. Mais comme le *Sylphe* n'a ni les dimensions, ni le tirant d'eau d'un steamer, nous gagnerons beaucoup en vitesse et nous pourrons atteindre 35, 36, et qui sait? peut-être 38 et 40 nœuds en pleine expansion !

— Magnifique!... Magnifique !

— Mais je dois vous dire que je n'adopterai ces vitesses que dans les cas urgents. En général, deux machines seulement seront mises en marche, en alternant chaque jour, ce qui les ménagera toutes les quatre, et nous permettra d'avoir toujours deux machines prêtes, pour parer à tout accident.

— Très bien combiné, mon cher Roger. Et où est le *Sylphe*?

— A Marseille. J'ai télégraphié à Le Caillec de le mettre en cale sèche pour visiter la coque.

— Qu'est-ce que c'est que ça, Le Caillec?

— Mon second : un de mes anciens quartiers-maîtres quand j'étais enseigne à bord du *Courbet*.

— Alors, s'écria le docteur Sarbacane, vous avez déjà votre personnel?

— Presque complet : le second, 2 quartiers-maîtres, 16 hommes d'équipage, 2 mécaniciens. Il me manque encore, — mais c'est facile à trouver, — le personnel domestique.

— Ah! s'écria le docteur, comme c'est malheureux que j'aie ici toutes mes bêtes, j'aurais emmené le père et la mère Lanfry. »

Il ajouta après une pause :

« C'est que leur service m'est devenu presque indispensable et qu'à mon âge on devient maniaque. Ainsi, par exemple, je n'aime plus guère que la cuisine de la mère Lantry.

— Qu'à cela ne tienne, mon oncle, emmenez-les !

— Mais... qui soignera mes bêtes?

— Donnez-les au Muséum ou bien vendez-les à un barnum quelconque.

— Les vendre! Non! non!... La panthère, je ne dis pas! Elle a mauvais caractère. Je vendrais bien encore le zébu, les trois kanguroos, le marabout, mais c'est Anatole!... Mon pauvre Anatole !

— Mon oncle, ne vendez donc rien, mais donnez-le tout au Jardin des Plantes.

— Anatole aussi?

— Dame oui! Vous concevez que ce n'est pas une bête possible à emmener en voyage. »

Un combat se livrait dans l'âme du professeur; mais il songea que par égard pour lui-même, les employés du Muséum soigneraient sa ménagerie et en particulier son phoque avec toute l'attention désirable ; aussi le digne homme finit-il par se décider à cette cruelle séparation, laquelle s'opéra non sans douleur dans la semaine qui suivit ce déjeuner mémorable.

Libre alors de tout autre souci, le docteur Sarbacane s'occupa fiévreusement de ses préparatifs de voyage.

Il se munit non seulement de vêtements et d'armes, mais aussi de médicaments, et d'instruments chirurgicaux, car c'était à lui que devaient incomber les fonctions de médecin et de pharmacien à bord du *Sylphe*; il emportait également tout le matériel et les produits nécessaires pour « naturaliser » des animaux, c'est-à-dire pour les empailler, ou sinon les empailler, du moins en préparer les peaux et les plumages en vue de leur conservation provisoire et pour les rapporter en bon état, même après de longs mois de navigation.

Ce ne fut pas une petite affaire que de mener à bien tous ces préparatifs; car, lorsqu'ils furent au grand complet, ils ne comprenaient pas moins de soixante-treize grandes caisses, que Lanfry fut chargé de faire camionner jusqu'à la gare de Lyon pour être expédiées de là en gare de Marseille.

Le brave père Lanfry prit alors le train à son tour et partit en avant-garde pour annoncer à Roger de Maindragues la prochaine arrivée du docteur Sarbacane.

Roger avait en effet pris les devants, emmenant avec lui sa fille Yvonne et Fraülein Ziska Gottorp, qui remplissait auprès de la fillette les fonctions d'institutrice et de gouvernante.

En sa qualité de capitaine du *Sylphe*, Roger avait, on le conçoit, à s'occuper de mille détails d'appareillage, de machinerie, d'organisation intérieure ainsi que des approvisionnements en alimentation et en calorique : sans compter que l'installation des nouvelles machines à bord du yacht avait été des plus délicates. Mais maintenant, pour employer le terme « marin », tout était paré! Le bateau était repeint à neuf en blanc à filets d'or; sur le haut de son étrave une figurine de bronze doré, représentant une femme aux ailes de libellule, symbolisait le *Sylphe*, qui gracieusement s'élance, ailes ouvertes, dans la caresse de la brise; et certes le bateau méritait bien son nom; car aux essais il avait fendu la lame avec une grâce et une légèreté sans pareilles.

Bref, il ne lui manquait plus rien, ni un filin ni une poulie. Toutes les cargaisons, y compris celle du Docteur, étaient arrimées et le capitaine Roger télégraphia au Docteur : « Sommes prêts à partir, n'attendons plus que vous! »

Il reçut cette réponse télégraphique :

« Prendrai demain rapide de 9 h. 25, mère Lanfry m'accompagne. Amitiés.

« Sarbacane. »

. . . .

Effectivement le lendemain matin, sur le coup de neuf heures un quart, les voyageurs qui se promenaient sur les trottoirs extérieurs de la gare de Lyon purent voir s'arrêter, devant la salle des Pas-Perdus, un fiacre dont la portière ouverte donna d'abord passage au docteur Sarbacane. Puis derrière lui la mère Lanfry, Muf et Klaps émergèrent, et une stupeur mêlée d'hilarité contenue passa sur les spectateurs.

Le Docteur était vêtu comme à son habitude, sauf — en plus — le cache-poussière qui recouvrait ses vêtements, mais par exemple! la mère Lanfry avait, pour la circonstance, arboré une toilette qui ne manquait vraiment pas de cachet, comme originalité tout au moins.

La brave femme s'était tenu ce raisonnement : « Je pars en voyage, donc il me faut un costume simple, commode en même temps que confortable. En route ou à bord, on a besoin d'avoir les mouvements libres, et puis si des fois on a l'occasion de jouer du biceps, faut pas être gênée. Du reste, pensa encore fort judicieusement cette vigoureuse personne, on n'a pas besoin d'avoir trente-six tenues différentes, pas vrai? On n'est pas de ces poseuses qui se mettent des belles robes pour qu'on les admire. Moi, j'me moque pas mal qu'on m'admire, pourvu que je sois à mon aise. »

Après mûre réflexion, et comme elle avait déjà, on s'en souvient, la pratique des pays chauds, la mère Lanfry s'arrêta au costume suivant : casque colonial blanc, veste de couleur khaki, cette nuance que la guerre du Transvaal a rendue célèbre, un large pantalon-jupe, comme en portent les cyclistes femmes et de forts brodequins lacés. Et voilà !

Prévoyante, la mère Lanfry s'était fait confectionner six costumes analogues, et la veille au soir, elle avait tenu à servir en cette tenue le dernier dîner que son maître devait prendre avant de quitter Paris.

Le Docteur un peu étonné avait risqué quelques observations timides.

« Ma bonne mère Lanfry, avait-il dit, je ne puis que vous féliciter de l'élégance et du confort qui ont présidé au choix de votre tenue de campagne, mais vous feriez peut-être bien de ne l'adopter définitivement que lorsque nous serons en haute mer... ou dans les Indes par exemple, parce que je crains qu'à Paris vous n'attiriez un peu trop les regards de nos concitoyens.

— C'est ça que je m'en moque, m'sieur l'Docteur, des *concitoilliens* dont vous parlez. S'y sont pas contents, qu'y viennent donc un peu me le dire s'y z'en ont l'toupet! »

Et la mère Lanfry s'était mise en garde!... Il semblait que son costume semi-masculin lui donnât des idées belliqueuses.

Le Docteur insista, mais sans résultat : l'ancienne cantinière du 32° d'infanterie de marine n'en voulut pas démordre et les prévisions du Docteur se réalisèrent amplement en débarquant à la gare de Lyon.

C'est qu'en plus de sa tenue bizarre, l'honorable cuisinière du professeur avait oublié, dans la précipitation du départ, de se raser; et puis elle tenait sous son bras le singe Muf, très étonné de ce déménagement, tandis que Klaps tirait sur la longe que sa gardienne avait attachée à sa ceinture.

Un gamin parisien qui flânait par là lacha incongrûment cette phrase.

« En v'là un drôle de type! »

La bonne femme se retourna, l'air furieux.

« C'que tu dis, hein? galopin, répète un peu pour voir!

— Oh! pardon, scuse, madame, fit l'autre en jouant l'étonnement. J'avais cru....

vous savez! C'est à cause de vot' barbe. Vous avez donc servi dans les chasseurs à pied? »

Tout le monde s'esclaffa, et les choses se fussent gâtées sans le Docteur qui, ayant fait enlever ses malles, entraîna la mère Lanfry sur le quai, l'installa dans un compartiment de 1re classe qu'il avait loué pour lui seul afin de ne se séparer ni de son singe, ni de son chien; puis il alla jusqu'à la bibliothèque pour s'y munir des journaux du matin.

Il était juste 9 h. 24 minutes,

« Les voyageurs du rapide!... En voiture! En voiture! »

Cet appel donna des jambes au Docteur qui saisit fébrilement ses journaux, jeta une pièce de monnaie à la bibliothécaire, s'élança vers son compartiment, et sauta sur le marchepied jus'e comme le train s'ébranlait.

Mais comme le digne savant retombait tout essoufflé sur les coussins de la banquette, une scène tragi-comique se déroula devant lui.

Muf, ahuri, désemparé par tout ce remue-ménage, venait d'en arriver au comble de l'effroi en entendant la stridulation aiguë du sifflet de la machine. Il bondit vers la portière dont, hélas! la glace était baissée, passa au travers; puis, pris d'un vertige, le singe se cramponnant aux mains courantes se mit à fuir de wagon en wagon dans la direction de la locomotive, non sans pousser des cris abominables.

Mais quelqu'un l'avait suivi!!!!

Inaccessible à la frayeur, la mère Lanfry avait, sans hésiter, ouvert la portière et, de marchepied en marchepied, poursuivait le fuyard!

Pendant le passage du train à travers la gare des marchandises, les employés de toute sorte se demandèrent ce que signifiait cette chasse extraordinaire et en suivirent d'un œil ahuri les péripéties.

Quant à Sarbacane, il n'avait point songé à tirer le bouton du signal d'alarme et, penché à la portière, il regardait pâle comme un mort.

« Dieu! pensait-il, la pauvre femme, si le pied lui manquait! »

Mais ce n'était point à redouter: la mère Lanfry avait le pied solide et aussi le cœur et la poigne!

Cependant, de voiture en voiture, le singe arriva jusqu'au wagon-restaurant et sauta d'un élan sur la plate-forme. La porte était justement entr'ouverte! Muf entra et apparut au milieu des élégants voyageurs qui commençaient à déjeuner!

Cris d'étonnement! exclamations d'effroi! tumulte! car le macaque bondissait par-dessus tables et consommateurs, renversait verres, assiettes, bouteilles, carafes! Et comme un maître d'hôtel allait enfin l'attraper, Muf, s'emparant d'une saucière, la lança vigoureusement contre son ennemi, le manqua!... et le projectile — y compris son contenu de sauce vinaigrette — vint s'écrabouiller sur le crâne d'un Anglais chauve qui se mit à hurler.

Mais la mère Lanfry apparut à son tour; et au mécontentement succéda une

LA SAUCIÈRE S'ÉCRABOUILLA SUR LE CRANE DE L'ANGLAIS.

hilarité générale; car la bonne femme, très en colère, apostrophait le macaque en termes véhéments.

Malheureusement Muf n'attendit pas sa gardienne: il disparut par la porte opposée; et telle une trombe, la cantinière, s'y engouffrant à son tour, put voir le fugitif continuer sa course le long des marchepieds.

Bravement elle prit le même chemin, malgré les objurgations de l'Anglais à la vinaigrette qui l'avait poursuivie jusque sur la plate-forme et lui réclamait des dommages-intérêts, la menaçant en outre de se plaindre à son ambassadeur.

« Allez donc! mon brave homme, répliqua-t-elle. Vous devriez me remercier. Ça va vous enlever vos pellicules... et puis ça fait un plat de plus au menu..., tête de veau à l'huile!!!! »

Et sans s'attarder à plus long entretien, la vaillante personne poursuivit sa course périlleuse.

Pourtant Muf était arrivé au premier wagon de tête; devant lui la main courante cessait, puisque le wagon était précédé des fourgons à bagages; et sa gardienne, dont le déplacement d'air faisait flotter la large culotte, sa gardienne, disons-nous, arrivait assez rapidement.

Les voyageurs du train s'étaient placés aux portières et moitié riant, moitié anxieux, ils regardaient la scène, quand tout à coup Muf lâchant les wagons de voyageurs sauta avec prestesse sur le marchepied du fourgon, y dévala à quatre pattes, sa longue queue en l'air et finalement arriva jusqu'à la locomotive-tender qu'il escalada d'un bond fantastique; puis il disparut derrière les blocs de charbon.

Héroïquement la mère Lanfry prit le même chemin!... mais avec beaucoup plus de difficultés que le singe. Elle n'avait, en effet, que de rares anneaux où s'accrocher. Elle parvint pourtant à enjamber l'espace qui séparait le premier fourgon d'avec le tender. Arrivée à la rampe latérale qui règne le long de la locomotive, elle en gagna le marchepied et apparut brusquement devant le mécanicien et le chauffeur stupéfaits.

Ils le furent d'autant plus que, haletante de cette poursuite enragée, le chignon défait, le front ruisselant de sueur, la malheureuse, tout à son idée, s'écria à pleins poumons :

« Muf! Muf!... Muf!

— Dites donc, vous, s'pèce d'insolente! s'écria le mécanicien, tâchez d'être un peu plus poli que ça, s'il vous plaît Et puis d'abord, comment ça se fait que vous arrivez nous trouver jusqu'ici, au risque de vous casser les reins?

— J'cours après mon singe! Vous l'avez pas vu, des fois? Il a grimpé dans vôt'machine à charbon! »

Les deux hommes se regardèrent avec inquiétude.

« Elle est folle! C'est une folle! murmura le chauffeur, y a pas d'erreur! D'ailleurs rien qu'à la voir fagotée comme ça! Eh bien, nous v'là frais! »

Il recula et empoigna à tout hasard un tisonnier, pendant que le mécanicien, son chef, se plaçait — de crainte d'un accident — entre la « folle » et les organes essentiels de sa machine. Devant leur attitude, Philomène crut devoir parlementer.

« Mais voyons! mes bonnes gens, répondez-moi donc. Avez-vous pas vu un singe, un singe à queue qui a une petite culotte jaune rayée de bleu?

— Hein? fit le mécanicien à son chauffeur, croyez-vous tout de même que c'est malheureux d'avoir, comme ça, la tête détraquée?

— Bon sang, répliqua l'autre, c'est moi qui voudrais bien être arrivé à Laroche! »

Mais à cet instant, un gloussement presque ricaneur se fit entendre; et cela provenait du tas de charbon.

« J'l'entends! s'écria la mère Lanfry, c'est lui! Il est caché là! »

Et soudain, malgré les formidables secousses que fait subir au plancher d'une locomotive la vitesse poussée à l'extrême, Philomène bondit et se mit à escalader le tas de charbon.

« C'est tout de même vrai c't'histoire de singe! s'exclama le chauffeur, oh! par exemple! En v'là une bonne! »

Effectivement, Muf, qui s'était blotti dans un encastrement, en émergeait avec l'attitude manifeste d'un garçon qui n'a pas l'intention de se laisser empoigner.

Le macaque bondit..., mais il s'arrêta en chemin! Une poigne solide comme un étau, — les cinq doigts de la mère Lanfry, — venait de se refermer sur sa queue!!!

Pourtant! l'élan donné par le coup de jarret de Muf, imprima à la bonne femme une secousse.

Certes, en terrain plat et ferme, elle eût résisté comme un roc; malheureusement la digne Philomène se trouvait en équilibre sur un de ces cubes de charbon comprimé dont s'alimentent les fourneaux de locomotives. La secousse de Muf d'une part, la trépidation de la machine de l'autre, amenèrent l'inévitable catastrophe.

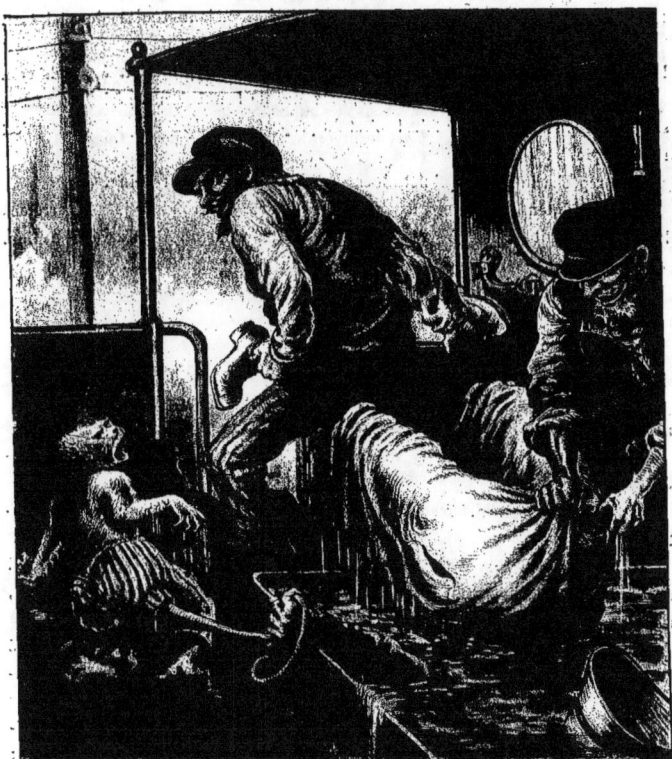

Philomène perdit pied, chavira, le groupe du singe et de la cantinière s'écroula!
Et comme le réservoir d'eau était là, tout proche, que ledit réservoir était justement
ouvert, ce fut là que, par une fatalité vraiment bien regrettable, eut lieu la chute.

L'accident eût même pu être grave, car la mère Lanfry avait piqué la tête la première, et ses deux fortes jambes émergeaient seules du récipient.

Heureusement, le mécanicien et le chauffeur intervinrent non sans s'esclaffer et la dégagèrent ainsi que Muf qu'elle n'avait pas lâché et qui protestait à grands cris.

« Merci ! mes fistons, dit-elle alors, vous êtes de bonnes gens. Ah ! c' brigand de singe ! Comment que me v'là faite ! C'est du propre !... Et mon casque?... Ousqu'est mon casque ?... »

On repêcha le casque qui flottait sur l'eau, Philomène s'en recoiffa.

« Et maintenant, mes enfants, articula-t-elle avec une rondeur joviale, arrêtons les frais. S'agirait de me laisser regagner mon compartiment. Arrêtez vot' machine.

— Ma brave femme, c'est impossible ; vous descendrez à Laroche.

— Où qu'est ce pays-là ?

— En Bourgogne.

— Y a encore loin ?

— Deux p'tites heures.

— Ah ! vous ne ferez pas ça ! M'trimballer deux heures d'horloge sur votre mécanique qui me démolit avec ses secousses ! Arrêtez la machine !

— Pas mèche ! c'est comme si vous chantiez « femme sensible » sur l'air de « Malbroug. »

Force fut donc pour Philomène de faire le trajet jusqu'à Laroche, sur la locomotive.

Cela eut du moins un avantage fort appréciable, celui de lui permettre, ainsi qu'à Muf, de se sécher devant le fourneau grand ouvert ; ce qui n'était pas du luxe, mais une vraie nécessité.

Pendant l'arrêt, elle réintégra son compartiment, et on peut assurer que malgré sa tenue maculée de charbon, elle eut un véritable succès en passant devant les voyageurs qui l'avaient vue accomplir sa prouesse.

Quant à son maître, le Docteur, ce lui fut une joie de revoir Philomène, car indépendamment du danger qu'avait couru sa cuisinière, il avait cru son Muf bien perdu ; or, il les retrouvait tous les deux, c'était une vraie chance.

Il en fut quitte pour payer la casse qui se chiffra par 128 fr. 75 et un fort dédommagement à l'Anglais.

Cet incident burlesque qui eût pu avoir des conséquences tragiques fut, hâtons-nous de le dire, le seul qui marqua le voyage du Docteur ; il n'y eut pas même un

pauvre petit déraillement; le rapide ne tamponna pas le moindre petit train de marchandises. On put croire un instant qu'il prendrait en écharpe, à la gare de Dijon, le
train montant omnibus.... Il n'en fut rien! Bien mieux, il n'y eut même pas (fait
absolument anormal) une seconde de retard sur l'horaire prévu, car à 10 h. 25 du soir
Sarbacane et sa suite débarquaient en gare de Marseille.

Roger de Maindragues l'attendait.

« Bonsoir, mon capitaine, dit la mère Lanfry en faisant le salut militaire.

— Tiens, fit Roger, après une courte hésitation, c'est vous, mère Lanfry! Je ne
vous aurais pas reconnue dans cette tenue simple, mais de bon goût!

— Ah! mon commandant, ça m'fait plaisir ce que vous m'dites là! s'écria la
brave femme. N'est-ce pas que c'est une chouette tenue que j'ai inventée là?

— Sans doute!

— Et au moins vous n'êtes pas comme m'sieu le Docteur qui voulait m'empêcher
de la mettre en partant d'Paris?

— Et pourquoi? questionna Roger en souriant.

— Dame! il prétendait que je me ferais remarquer.

— Je n'avais pas tout à fait tort, opina doucement Sarbacane. Ma bonne, vous
avez fait sensation à la gare de Lyon.

— N'empêche, reprit Philomène, que si j'aurais eu ma robe ordinaire, j'aurais
jamais pu rattraper mon pauv' petit bestiau....

— Qui appelez-vous de ce nom aimable? demanda l'officier de marine.

— C'est mon singe, mon commandant..., c'est Muf.

— Ah! Parfait.... Il s'était donc évadé?

— J'vous crois! mon commandant. Il avait filé dans le truc au charbon. »

Et Philomène raconta son odyssée compliquée de baignade.

« Allons! mère Lanfry, conclut Roger, vous avez reçu là un vrai baptême, pour
votre départ en voyage. Espérons qu'il vous portera chance; recevez-en tous mes
compliments! Et maintenant... en route! Car vous devez être réellement éreintée
après une aventure pareille.

— Pas plus que ça, mon commandant.

— Oh! mon cher Roger, déclara Sarbacane, vous ne la connaissez pas.... Elle est
bâtie en ciment romain, ma bonne mère Lanfry. »

Les voyageurs montèrent alors dans un omnibus qui, au grand étonnement du

Docteur, lequel s'attendait à coucher à l'hôtel de Noailles, les déposa sur le quai de la Joliette, où était amarré le *Sylphe*.

Une heure plus tard, le docteur Sarbacane, après un léger souper froid, pénétrait, non pas dans sa cabine, comme on dit communément, mais dans sa chambre à coucher.

C'était, en effet, une chambre à coucher des plus confortables, avec lit de milieu, toilette-lavabo, divans, table de nuit chiffonnier, sonnerie, lumière électrique, téléphone, etc., que son neveu Roger lui avait fait installer à bord.

Et le docteur Sarbacane, qui dormait généralement fort mal pendant les deux ou trois premières nuits à bord des paquebots, put s'imaginer, cette nuit-là, qu'il n'avait pas quitté la rue Linné.

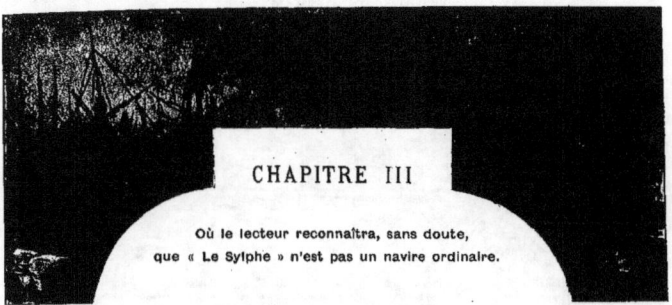

CHAPITRE III

Où le lecteur reconnaîtra, sans doute,
que « Le Sylphe » n'est pas un navire ordinaire.

De Paris à Marseille on compte 860 kilomètres. Parti de Paris à 9 h. 25 du matin, le rapide, entré en gare de Marseille à 10 h. 25 du soir, avait donc parcouru cette distance en 13 heures, ce qui, on en conviendra, peut s'appeler une jolie vitesse.

Mais, malgré le confort relatif des wagons de première classe, une trépidation de 13 heures consécutives ne laisse pas de fatiguer fortement les voyageurs.

Aussi, en débarquant à Marseille, le docteur Sarbacane était littéralement éreinté. Quant à la robuste Mme Lanfry, elle n'avait pas semblé se ressentir de son bain forcé ni des émotions de sa chasse au singe; cette diablesse de bonne femme, bâtie à chaux et sable, vous avait des muscles d'athlète et la fatigue ne semblait point avoir prise sur sa robustesse.

Nous venons de dire qu'il en allait tout autrement pour le professeur, car depuis une dizaine d'années il avait relativement très peu voyagé. Aussi, dès qu'il eut tiré sur ses oreilles le bonnet de soie qu'il portait pour dormir et que son domestique Lanfry appelait le bonnet *de coton en soie* de M. le Docteur; dès qu'il se fut accoté sur le doux oreiller, et plongé béatement dans de bons draps frais et fleurant l'iris, l'oncle grand-papa d'Yvonne n'eut que le temps de fermer les yeux... il s'endormit.

Fit-il des rêves bons ou mauvais? C'est possible; mais ce qui est certain, c'est qu'il ronfla à démolir les cloisons. Il est même probable qu'on eût pu tirer le canon d'alarme sans qu'il se fût réveillé de la nuit. Son fidèle Klaps s'était roulé en boule sur un coin du tapis. Quant à Muf, on l'enveloppa dans une couverture : puis le singe fut momentanément installé dans le faux pont.

Pourtant le lendemain matin... vers onze heures, le digne Docteur ouvrit un œil, et s'étonna tout d'abord de ne point reconnaître les murs familiers de sa chambre ordinaire. Bien mieux, il lui parut que les murailles oscillaient. Pourtant, loin de suivre ce mouvement oscillatoire, son lit restait au contraire parfaitement immobile suivant le plan horizontal.

Du coup, le Docteur ouvrit l'autre œil et se rappela :

« Au fait! murmura-t-il, c'est vrai!... Je suis à bord du *Sylphe!* »

Une petite horloge, mue par l'électricité et placée sur le panneau de la chambre qui faisait face au lit, lui indiqua l'heure.... « Onze heures dix! s'écria-t-il, j'espère que j'ai fait la grasse matinée! »

Le Docteur s'assit sur son lit et chercha à se rendre compte du motif qui faisait osciller le bateau sans que son lit bougeât.

« Du diable! fit-il, c'est tout de même bizarre! un bateau sur ses amarres ne tangue pas de la sorte! Et en tous cas le lit?... Comment ça se fait-il? Il n'a pas un système de suspension qui le rattache au plafond! Alors?... Quoi? »

Perplexe, le professeur sauta hors des draps : mais, surpris par un roulis assez fort, il perdit l'équilibre et s'assit... de force sur la descente de lit en peau d'ours noir. Klaps, réveillé par la chute de son maître, s'étira en bâillant.

Alors, au moment de se relever, le Docteur vit que son lit n'avait pas, comme ses congénères, quatre pieds pour le soutenir. Ce lit était en quelque sorte une plateforme, un sommier sur plateau, qui semblait fiché sur une forte barre de cuivre verticale. Cette barre traversait le plancher dans un triple cercle analogue à ceux qui servent à suspendre les lampes de bord.

Intrigué, le docteur Sarbacane, sans même penser à passer son pantalon, se mit (comme on dit, assez improprement du reste), à quatre pattes, afin d'examiner le mécanisme de ce support, et Klaps examina son maître d'un œil étonné. Le professeur constata qu'un système de tringles diagonales, de contrepoids et de ressorts, très bien combinés et cachés dans la caisse du sommier, maintenait contre tout roulis l'horizontalité parfaite du lit; et il admirait consciencieusement cette ingéniosité nouvelle, lorsqu'un courant d'air, lui arrivant sur les mollets, le rappela de la vie scientifique à la vie réelle.

C'était maître Lanfry qui venait d'entrer et le saluait d'un :

« Bonjour, monsieur le Docteur, avez-vous bien dormi?

— Mon brave Anacharsis, vous me posez là une question bien inutile, puisque vous le savez aussi bien que moi. Je suis un affreux paresseux, car il va être onze heures et demie! Mais, après la fatigue et l'émotion du voyage d'hier, c'est pardonnable, n'est-il pas vrai?

— J'opine nonobstant comme monsieur le Docteur, répondit le domestique qui avait conservé du métier des armes, une façon particulière de s'exprimer.

— Mais, dites-moi, mon ami, continua le professeur, il faut que le temps soit bien mauvais pour que nous bourlinguions de la sorte, malgré les amarres?

— Que nous n'avons pas d'amarres, monsieur le Docteur, que, péremptoirement, elles sont larguées depuis ce matin six heures.

— Allons donc!

— Comme j'ai l'honneur de le dire à monsieur le Docteur. Nous sommes en haute mer et dont auquel que nous sommes par le travers de la Corse, avec forte houle!

— Ah! par exemple!... Alors ce n'est pas un départ! C'est un enlèvement. Vite! donnez-moi mes habits que j'aille embrasser mon Yvonne. »

Il ne fut pas long à faire sa toilette, le brave Sarbacane, et il apparut un moment après sur le pont en tenue de voyage : casque blanc, blouse américaine à ceinture et à poches multiples, culotte, bas de couleur à pois blancs; brodequins fauves à fines piqûres; mais il n'abdiquait point l'élégance civilisée et portait un faux-col orné d'une de ses habituelles cravates lavallière aux couleurs chatoyantes.

Yvonne était en train d'écouter son père, qui, tout en lui montrant la Corse à l'horizon, profitait de l'occasion pour lui en faire une rapide description et lui donner aussi une première leçon de choses; mais, apercevant son grand-père, elle courut vers lui.

Elle était bien contente, la fillette, de revoir son oncle grand-papa, mais elle fut encore plus contente quand Sarbacane lui eut annoncé une surprise.

Il n'avait point oublié sa mignonne, le bon savant, car il n'y a que les grands-pères pour penser à tout.

En effet, en quittant Paris, on avait négligé d'emporter les poupées; mais le grand-oncle veillait! Il en apporta une énorme, grosse comme un enfant de cinq ans! Et avec tout son trousseau encore! En un mot une poupée dans ses meubles! Ce fut du délire, comme bien on pense. D'autant plus qu'Yvonne, installée depuis bientôt huit jours à bord, avait, ce matin-là, parfaitement su ses deux leçons de grammaire anglaise et allemande, ce qui lui valut, après ceux de son institutrice Ziska Gottorp, les compliments du docteur Sarbacane.

Mais il était l'heure de déjeuner et après avoir feint vis-à-vis de Roger de Main-dragues une grande colère au sujet de son enlèvement du sol de France, sans avoir eu le temps de crier gare, le Docteur consentit à passer dans la grande salle à manger.

Elle était installée sur la dunette. C'était une sorte de serre ornée de palmiers, de fleurs rares, de fougères arborescentes. Un grand velum de pungis larges à raies bleues, à franges découpées, la garantissait de l'ardeur du soleil.

Le mobilier était luxueux ainsi que le service. Le maître d'hôtel était un grand Hindou portant le costume national, composé de la veste de drap brun soutaché, de la large ceinture multicolore, de la longue jupe d'étoffe blanche rayée de bleu et du turban.

Il répondait au nom de Zanim. C'était un bel homme aux grands yeux noirs,

à longue barbe noire, aux mains effi-
lées ornées de bagues et de bracelets
de verroteries. Il affectait, comme ses
pareils, un air de grande dignité silencieuse; et cela semblait étrange de le
voir vous passer la sauce mayonnaise,
ou changer les assiettes. Il évoquait
l'idée d'un rajah détrôné que la fatalité
abaisse aux besognes de servitude.

Zanim n'était pourtant point un
ancien rajah, mais simplement un de
ces nombreux Hindous qui servent à
bord des bâtiments anglais en qualité
de matelots ou de « steward¹ ». Il
flânait, sans emploi, sur le port, quand
Roger de Maindragues, le trouvant
décoratif, l'avait engagé. Zanim parlait,
en dehors de l'hindou, les divers dialectes malais, l'anglais et le français.

De temps à autre, la mère Lanfry,
qui avait pris son service de maître-coq
de l'état-major à bord du *Sylphe*, faisait
une courte apparition pour s'assurer
de visu si le service de Zanim ne clo-
chait pas, puis, satisfaite, elle disparaissait et retournait à ses fourneaux,
où son mari lui servait pour l'instant
de second.

Autour de la table, entre le docteur Sarbacane, Roger de Maindragues,
et Yvonne, la puritaine et laide Suis-

1. « Steward » signifie en anglais : valet de
chambre servant à bord des paquebots.

ZISKA GOTTORP.

sesse qu'était Ziska Gottorp, l'institutrice, conservait une attitude pleine de componction et mangeait gravement, à pleines mâchoires.

Native de la province de Berne, Ziska Gottorp avait vingt-cinq ou peut-être bien quarante ans... on n'eût su le dire au juste. Elle était de ces femmes qui n'ont jamais eu de jeunesse, mais sur lesquelles la vieillesse semble n'avoir point prise. Elle mesurait 1 mètre 87!... c'est une jolie taille pour une femme... et même pour un cuirassier. Mais Ziska Gottorp n'en tirait point vanité, et cette digne personne, qui eût pu arriver à la gloire et à la fortune en s'exhibant dans les foires comme femme géante, avait préféré le rôle, pourtant bien souvent ingrat, de gouvernante et d'institutrice.

Elle avait d'abord tenu cet emploi dans la famille d'un major bavarois, qui possédait onze enfants, garçons et filles : l'aîné ayant quatorze ans et la petite dernière six mois. Mais Ziska, bien que taillée en force, n'avait pu réussir à mener seule à bien une besogne aussi considérable.

Démissionnant, elle était venue à Paris où, depuis quatre ans, elle était entrée au service de Roger de Maindragues. Par la suite, Mlle Gottorp s'était attachée à son élève et à la maison. Il faut lui rendre cette justice, que c'était une brave personne, ayant, dans le fond, le cœur très bon. Sans famille, elle avait reporté le besoin d'aimer, que chacun porte en soi, sur sa si mignonne petite élève ; mais elle ne se livrait presque jamais à la démonstration de ce sentiment, Ziska étant froide, réfléchie et renfermée par nature, par tempérament et par race.

Couramment, on l'appelait Miss. Pourquoi Miss plutôt que « Fraülein », qui lui eût plutôt convenu? C'est sans doute par une déférence inconsciente pour certaines habitudes qui finissent par s'imposer.

Il y a une tradition qui veut que la plupart des institutrices étrangères soient dénommées « Miss », qu'elles soient Anglaises, Belges, Allemandes ou Scandinaves.

Au reste, comme Ziska Gottorp, en même temps que l'allemand et le français, parlait également l'anglais, cela n'avait aucun inconvénient.

Pendant tout le repas, Miss resta donc silencieuse ; mangeant avec un appétit notoire, et laissant errer, vagues, les regards de ses gros yeux ronds bleu porcelaine.

Elle écoutait les propos du Docteur et de Roger, le gentil babil d'Yvonne, sans intervenir, sans que son gros visage de poupée, vermillonné aux joues, exprimât un sentiment quelconque.

Mais, après le dessert, elle se leva.

« Mat'moiselle! articula-t-elle, fulez-fus fénir faire un dour sur le bont?

— Oui, Miss, répliqua Yvonne, mais je veux demander à grand-papa chéri de vous demander quelque chose, n'est-ce pas, papa?

— Quoi donc? fit Roger.

— Congé cette après-midi....

— Ah! dit gravement Miss. Ché grois burtant, mat'moiselle, que fus afez cran pesoin te rébasser fotre histoire te France.

— Elle la repassera demain, Miss, s'écria Sarbacane. D'abord moi, je sais bien pourquoi elle demande un congé, cet amour! Ce congé lui est absolument nécessaire pour faire connaissance avec sa poupée!

— Oh! oui! s'écria Yvonne en battant des mains.

— Allez, Miss! allez avec votre élève jouer à la poupée. Vous demanderez la caisse à la mère Lanfry. »

Et pendant qu'Yvonne, joyeuse, disparaissait avec Ziska Gottorp, Roger et le Docteur, ce dernier sa pipe aux lèvres, se levèrent à leur tour, pour aller visiter le *Sylphe* et Klaps leur emboîta le pas.

Ce fut pour le Docteur un émerveillement. Lui qui avait été passager tant de fois dans sa vie, et sur tous les genres de bâtiments, depuis la tartane, le brick ou la goëlette à voiles, jusqu'aux superbes stamers modernes de diverses Compagnies de navigation françaises et étrangères, lui qui, comme il disait, avait roulé sa bosse un peu partout, convenait que jamais il n'avait vu pareil confort.

Tout l'arrière était consacré, non pas aux cabines, mais aux appartements.

C'étaient en effet de vraies chambres, de vrais salons, qui composaient le logis de la famille. Dans le grand salon il y avait un piano à queue, et aux murs, ou pour être plus exact, aux cloisons, étaient fixés des tableaux de maîtres.

A côté, le fumoir possédait même un billard.

Il est juste d'ajouter que, malgré le système de suspension horizontale déjà décrit pour les lits, il était impossible d'y jouer autrement que lorsque la mer était comme une glace; hors du calme plat, le mobilier, malgré la perfection du système, éprouvait quand même un léger, très léger mouvement de va-et-vient qui faisait, on le comprendra, caramboler toutes seules les billes d'ivoire.

Dans ce fumoir, il y avait un râtelier d'armes comprenant des carabines et des fusils de chasse des systèmes les plus perfectionnés, histoire de tuer le temps en tirant les mouettes, les divers oiseaux de mer et les marsouins.

A côté, s'ouvrait une bibliothèque très confortable, munie de bons ouvrages de fond et des dernières nouveautés parues avant le départ. Au milieu de cette pièce, une table pour la correspondance, avec papier à lettres à la marque du bord, supportait aussi tous les guides, tous les indicateurs concernant toutes les régions du globe.

Plus loin, Sarbacane visita la salle d'études spécialement réservée pour Yvonne et pour Miss.

« On voudrait redevenir écolier, rien que pour travailler ici », fit-il.

Il exagérait un peu, sans doute, le cher homme, mais sincèrement c'était confortable et complet.

Partout l'électricité comme lumière et comme sonnerie ; partout d'épais et moelleux tapis. Sans le roulis, on eût pu se croire dans un coquet appartement parisien.

Ajoutons que le capitaine de Maindragues avait fait organiser sur tout le coffre extérieur de larges panneaux munis de vitres-glaces assez épaisses pour résister aux lames ordinaires, et disons qu'un jeu de châssis, dans lequel glissaient des plaques de tôle d'acier, permettait, de l'intérieur même du navire, de recouvrir les panneaux de verre les jours de gros temps. Il y a loin d'un pareil système aux hublots ordinaires, n'est-ce pas?

Devant ce luxueux appartement de l'arrière, s'ouvrait le pont, sensiblement aménagé comme celui des autres yachts ou steamers sauf un détail dont nous parlerons et qui lui donnait un cachet particulier.

Là se trouvait la cuisine de l'équipage, où pontifiait Bigoudi, un nègre du plus beau noir, qui avait jugé bon de faire valoir son beau teint d'ébène en revêtant le costume classique des cuisiniers de grande maison.

A l'avant, le logis du second Le Caillec, un Breton bretonnant, court, trapu, rougeaud, barbu, et avec de gros bons yeux calmes et doux. Tout auprès, les cabines de l'équipage.

Sur la plate-forme du gaillard d'avant une jolie petite pièce de marine, longue, effilée, montée sur pivot, allongeait son mince cou nickelé. Un peu en arrière se tenait, dans une sorte de guérite de verre, le timonier qui guidait le *Sylphe* mais non point avec la classique roue du gouvernail que tout le monde connaît.

Devant lui, sur un cadran de dimensions moyennes, gradué en degrés, apparaissaient une série de boutons analogues à ceux d'une sonnerie électrique, et le timonier
n'avait qu'à presser sur l'un ou l'autre pour faire évoluer le *Sylphe* à sa guise, comme
l'écuyer, à l'aide d'une pression imperceptible des rênes, fait obéir un cheval bien
dressé.

Une des particularités les plus curieuses du *Sylphe*, c'est qu'en dehors de sa coque
extérieure tout en acier, le fer lui-même n'entrait dans la composition de son
cloisonnement que lorsque cela était absolument nécessaire. Il en était de même pour
le bois : tout était en aluminium, recouvert en partie de linoleum aux dessins
variés.

Ainsi, dans la partie d'arrière, le linoleum du pont était charmant. Son dessin
représentait tout un emmêlement d'algues vertes, de plantes marines, de coquillages.
Le réfectoire de l'équipage avait ses cloisons ornées d'un linoleum au dessin en
mosaïque genre oriental, qu'on retrouvait aussi dans les deux salles de bains aux bai-
gnoires argentées.

Aux portemanteaux étaient arrimés six grands canots baleinières en acier peint
de la même nuance que le *Sylphe*, en blanc à filets d'or, et Roger expliqua à son oncle
que chacun de ces canots possédait un mécanisme lui permettant de marcher à
l'électricité.

« Comment cela? s'exclama Sarbacane abasourdi.

— C'est la vérité, monsieur le Docteur, dit Martigal, le premier quartier-maître,
qui les accompagnait dans la visite du *Sylphe*. Oui, monsieur, grâce à la puissance de
nos machines, nous pouvons avoir à l'état constant, et sans nuire en rien à la marche
du *Sylphe*, toute une série de batteries d'accumulateurs toujours chargés et très légers.
Au moment d'utiliser les canots, on transporte dans une caisse ménagée à leur arrière
un ou deux accumulateurs qu'on met en communication avec l'hélice....

— Tiens! C'est vrai! Ils ont tous une hélice, vos canots.

— Oui, mon oncle, reprit Roger, et cette petite opération terminée, en avant! et
le canot file ses 15 nœuds.

— Charmant! Charmant! mais combien de temps peut-il marcher ainsi, votre
canot?

— Exactement 18 heures avec un accumulateur. Donc 36 heures, si on en emporte
deux.

7

— C'est délicieux, murmura Sarbacane. Au demeurant, cela nous constitue une véritable sauvegarde en cas de naufrage.

— Sans doute! et c'est bien pour cela que ce système a été adopté. Non pas que je compte couler le *Sylphe*....

— Je l'espère bien !

— Tout peut arriver, monsieur, dit Martigal.

— Oui, oui, maître, mais j'aime mieux, je vous l'avoue, que ça n'arrive pas! »

Ce disant, le professeur jetait un coup d'œil anxieux du côté d'Yvonne qui, sur la terrasse d'arrière, s'occupait à faire des grâces avec sa poupée, cependant que Miss Ziska Gottorp faisait de la dentelle au crochet.

Oui, en songeant au danger d'un naufrage, le docteur Sarbacane avait de suite pensé à la fillette.

Il murmura:

« C'est bête tout de même d'embarquer une enfant de cet âge-là ! »

Il reprit plus haut :

« Enfin!.... Souhaitons que ça n'arrive pas.

— Mais non, mon oncle, répliqua Roger de Maindragues, c'est une éventualité tellement improbable, qu'on peut la considérer comme impossible ; mais si elle arrivait, rien ne serait perdu. En effet, l'effectif général du *Sylphe* se monte, en nous y comprenant, à vingt-huit personnes qui peuvent prendre place dans les deux grands canots.

— Bon! Et après?

— Après?... Mais c'est bien simple! De six ôtez deux, restent quatre canots. Chacun d'eux peut embarquer vingt-quatre accumulateurs chargés, soit quatre-vingt-seize accumulateurs. Ajoutons les deux accumulateurs de chaque grand canot, soit cent. Chacun de ces deux canots prend deux des petits en remorque et dispose ainsi de cinquante accumulateurs. A dix-huit heures de marche par unité, cela fait un voyage de neuf cents heures ou environ trente-sept jours.

— Ah ! saperlipopette ! Vous comptez comme un barème. C'est vrai, ma foi, vrai! Trente-sept jours!... Mettons-en trente! C'est suffisant pour atterrir, et en tous cas pour rencontrer un navire.

— Vous l'avez dit, mon oncle.

— Mais, objecta encore le professeur en se grattant le front, il y a un mais !...

Et les vivres? Car enfin, je ne suppose pas que vous ayez l'intention de réaliser le radeau de la *Méduse* ou la complainte du *Petit Mousse* en nous mangeant les uns les autres.

— Non, mon oncle, voilà les chalands aux vivres. »

Roger désignait sur la toiture plate de la cuisine de l'équipage plusieurs caissons revêtus de liège.

« Ce sont nos soutes à provisions en cas de désastre. Ces coffres ont en petit à peu près la forme d'une péniche pontée. Ils sont en aluminium garni d'une légère plaque d'acier chromé revêtu lui-même de liège; leur orifice est obturé par un écrou à vis et par un compresseur en caoutchouc. Ils sont absolument insubmersibles et contiennent à eux vingt, car il y en a vingt, les vivres de conserve et l'eau suffisante pour nous alimenter tous pendant les trente-sept jours de marche prévus.

— Magnifique! », murmura le Docteur, abasourdi d'une telle prévoyance.

Il poursuivit après un silence :

« Somme toute, en cas d'accident, nous ressemblerions à un de ces trains de bateaux qui descendent ou remontent la Seine.

— La comparaison est parfaite, mon cher oncle.

— Oui! mais si la tempête est trop forte, nous risquerions quand même de....

— Du tout! Du tout! J'oubliais de vous dire que nous avons également en réserve des fileurs d'huile que nous emmènerions à la traîne.

— Des fileurs d'huile?

— Oui, des tubes flottants à deux compartiments. L'un de ces compartiments est rempli d'air comprimé à haute pression et que maintient une forte soupape commandée par un déclenchement extérieur; l'autre est rempli d'huile et fermé par un tampon hermétique. En cas de besoin, quatre hommes saisissent ce tube assez lourd, le placent contre le bordage, tel un canon ou mieux un lance-torpille: l'un d'eux ouvre le tampon, le second déclenche la soupape, et l'huile, violemment propulsée par l'air, jaillit en un fin jet que les deux autres hommes dirigent en inclinant le tube à volonté. En quelques secondes, la nappe protectrice d'huile forme autour des canots une zone d'accalmie.

— Oui, c'est bien compris. Seulement, Roger, vous avez tort de comparer votre tube fileur d'huile à un canon. Ça m'a plutôt l'air de ressembler à une seringue !

— Si vous voulez, mon oncle! riposta Roger en souriant, canon ou seringue, l'important en toute chose, c'est que le but visé soit atteint ! Mais, je vous le répète, nous n'en n'aurons pas besoin.

— Mais enfin, reprit Sarbacane, le *Sylphe* n'avait pas tous ces aménagements merveilleux quand vous l'avez acquis de M. Petersen?

— Non, mon oncle, c'était un beau yacht, mais normal comme installation. Tout cela est mon œuvre. Je ne vous l'avais pas dit, mais voici dix-huit mois qu'il m'appartient, il a fallu ce temps pour le transformer.

— Félicitations, mon cher ami. Maintenant, faites-moi donc voir la machinerie. »

Mais, comme les trois personnages pénétraient dans le faux-pont, ils aperçurent surgissant d'une écoutille un matelot dont le visage, ruisselant de sueur, semblait par places zébré d'égratignures.

« Ah! le brigand d'animal!.... Le gueux!.... grondait-il, d'un ton de violente colère.... Si je le rattrape, j'y casse les reins! »

L'homme n'avait pas encore remarqué le groupe des arrivants; mais soudain, reconnaissant le capitaine et le premier maître :

« Pardon, excuse ! mon commandant, dit-il. J'ai dit ça parce que je suis en colère après le singe.

— Tiens ! Au fait ! C'est vrai ! s'écria Sarbacane, mon pauvre Muf, où est-il donc? Tout ce mouvement, toutes ces nouveautés que j'admire me l'avaient fait oublier, ce pauvre ami !

— Ah ! il est à vous, monsieur? repartit le matelot. Faut pas m'en vouloir, vous savez; mais c'est une sale bête.

— Une sale bête !... Mais qu'est-ce qu'il a donc fait? »

Ce qu'il avait fait, ce damné Muf!.... Le matelot le raconta tout d'une haleine.

Le macaque avait été, dès son arrivée à bord, installé dans le faux-pont par les soins de Lanfry. Attaché à un anneau de passage du mât de misaine, chaudement enveloppé dans une bonne couverture, Muf s'était endormi. Sa journée mouvementée, et si fertile en émotions, l'avait en effet horriblement fatigué.

Le lendemain matin, Anacharsis Lanfry lui avait apporté la soupe. Muf, empoignant sa cuiller, avait englouti son potage avec appétit, puis il s'était rendormi.

Vers dix heures, Lanfry était venu le chercher, l'avait emmené à la cuisine où

Philomène lui avait donné une tar-
tine que le macaque avait dévorée à
belles dents.

On avait d'abord songé à le garder là ; mais la cuisine de l'état-major était relativement exiguë et la
chaîne de Muf trop longue. La mère
Lanfry craignit pour ses sauces une
intervention de Muf.

« Remmène-le en bas, dit-elle
à Lanfry. On verra à l'installer cette
après-midi. »

Muni d'une orange et d'une
tablette de chocolat, Muf réintégra
le faux-pont. Il mangea son cho-
colat, puis son orange après l'avoir soigneusement pelée, ensuite l'animal s'enfouit
sous ses couvertures et... se rendormit.

Or, le matelot cambusier, appelé par son service à la soute aux vivres, passa près
du mât ; il mit le pied sur une pelure d'orange, glissa, tomba et s'étala juste sur le
singe qui, réveillé en sursaut, se dégagea en un clin d'œil de ses couvertures. Pous-

sant alors des cris aigus, il sauta sur
le matelot qui se relevait et l'empoigna
par les cheveux.

On pense quelle stupeur, quelle
frayeur même dut éprouver le malheureux.

Il est, en effet, assez anormal de
se voir subitement assailli par un
singe : c'est une éventualité qui ne se
présente pas tous les jours, et quand
on ne s'y attend pas, cela atteint les
proportions d'une fantasmagorie.

Le cambusier hurla donc, et se mit
à crier: « Au secours! », mais personne n'était à portée d'entendre ses
appels.

Le pauvre garçon ne fut pas loin
de croire que le diable en personne
l'avait pris à la nuque; mais néanmoins il se défendit à grands coups de
poings. Muf, furieux du procédé, riposta, et la bataille devint si énergique,
l'action fut si véhémente, que la chaîne
d'attache se rompit.

Le singe, se sentant libre, mordit
le poing du cambusier, puis égratigna
vigoureusement le visage de son adver-
saire qui, sous la douleur, abandonna
la partie.

D'un bond, l'animal se dégagea;
ricanant alors, il galopa vers une écoutille où il disparut.

C'est à ce moment qu'après s'être

MUT ÉTAIT BIEN LÀ!... MAIS DANS QUEL ÉTAT!...

tamponné le visage, le matelot remontait furieux sur le pont pour aller prévenir l'officier de quart.

« Mon pauvre garçon! lui dit alors le Docteur apitoyé. Tenez! voilà cent sous! Ah! ce scélérat de Muf! Je peux dire qu'il me coûte de l'argent, l'animal. J'ose prétendre que c'est un singe de prix!... Enfin! personne n'est parfait, n'est-il pas vrai? Muf pas plus qu'un autre... animal. (J'allais dire : un autre homme!) Mais j'ai la faiblesse de tenir à lui! Comme les parents ont parfois un faible pour un fils mauvais sujet, j'ai un faible pour Muf.... Tâchons de le rattraper! »

Tout à fait remis de son émotion — grâce à la pièce de cinq francs du Docteur — le matelot s'offrit à guider les recherches. Il courut chercher une lampe à acétylène, car on allait avoir à explorer les recoins obscurs du magasin aux vivres qu'on désigne à bord sous le nom de « cambuse ». C'est en effet dans cette direction que s'était engagé le macaque.

Au bas de l'escalier, assez raide, qu'ils descendirent tout d'abord, Roger, le Docteur, Martigal, le cambusier, et le basset Klaps, se trouvèrent dans un long couloir sur lequel s'ouvraient des portes fermées par des grilles à barreaux assez larges pour que Muf eût pu passer au travers.

Ces portes commandaient les divers magasins de la « cambuse ».

Dans l'un, les huiles. Dans l'autre, les farines. Dans un troisième, les légumes secs, puis les conserves, etc.

Il y en avait dix; et tout au fond s'ouvrait la grille de la soute aux liquides la cave du bord en un mot.

Avant de commencer l'exploration, le Docteur voulut d'abord employer les moyens doux, la persuasion.

« Monsieur Muf! articula-t-il d'une voix forte, monsieur Muf! vous êtes un galopin, un vilain garnement! Vous finirez par lasser ma patience avec vos fredaines!... Enfin! je veux bien tenir compte de l'émotion, faire la part de l'énervement qu'a pu développer en vous le changement de vos petites habitudes et — pour cette fois encore — ne pas vous donner la fessée à laquelle vous auriez pourtant tous les droits. Mais vous allez immédiatement revenir à des sentiments meilleurs, faire amende honorable et accourir à mon appel!... Ici, Muf!! »

Muf ne broncha pas.

Trois fois répétée, l'invitation du docteur Sarbacane demeura sans résultat.

Il fallut donc commencer les recherches.

Armé d'un long bâton, le cambusier fourgonna dans tous les coins et recoins, derrière toutes les caisses, explorant les évidements existant entre les tonnelets....

Peine perdue!

Au bout d'un quart d'heure, six magasins sur dix furent ainsi fouillés de fond en comble, mais en vain.

« Ah! la sale bête de singe, marmonnait le cambusier. Où diable a-t-il bien pu se nicher?... Vous verrez qu'on le trouvera seulement dans la dernière soute.

— *C'est bien évident, mon ami*! répliqua gravement Sarbacane, et je trouve que vous vous étonnez de peu. Vous devriez savoir que, lorsqu'on cherche quelque chose, on commence généralement par chercher dans tous les endroits où ce quelque chose ne se trouve pas. Puis, quand on finit par mettre la main dessus, on s'étonne : « Tiens! dit-on. Est-ce assez bête? J'aurais dû commencer par là! » C'est une loi générale, vous dis-je! C'est un axiome scientifique! on ne trouve un objet que dans le dernier endroit où on le cherche. Donc, prenons patience! Et puisqu'il nous reste encore cinq soutes y compris la cave, continuons par ordre et retenons bien ceci : Muf ne nous apparaîtra que dans le dernier recoin de la cinquième et dernière soute. »

Le raisonnement du professeur était spécieux; Klaps se chargea de le démontrer.

En effet, le basset plissait depuis déjà deux ou trois minutes son nez pointu en forme de truffe; il poussait de petits cris : gnouff!... gnouff!... gnouff!... en regardant du côté de la soute aux liquides; et soudain il s'avança dans cette direction, engagea le museau à travers les barreaux et se mit, tout en remuant la queue, à pousser des abois joyeux.

« Ah! Ah!! s'écria le cambusier. Voilà le chien qui l'a éventé.... Il est là!... Il est là!

— C'est fort probable, insista Roger, qui narquoisement ajouta : Mon oncle, voilà un chien qui a plus d'esprit que nous.

— Hum! fit le Docteur, votre allégation est peut-être excessive, mais en vérité Klaps ne manque pas de jugement; et certes il a quelque chose de plus que nous : le nez.

— Oui! il a flairé l'singe », reprit le cambusier qui s'en fut ouvrir la grille.

Alors, quand la blanche clarté de la lampe inonda l'intérieur du magasin, un spectacle peu ordinaire apparut au Docteur consterné.

Muf était bien là, en personne!... Mais dans quel état! Grands dieux!

Affalé le long d'un tonnelet, les yeux papillotants, le corps dodelinant dans un mouvement d'oscillation heurtée, le singe avait l'air totalement ahuri.

Il était assis en plein milieu d'une large flaque liquide qui s'étendait lentement comme une tache d'huile, et qui répandait une forte odeur d'alcool.

D'où provenait ce liquide? Il fut facile de s'en rendre compte car, près du singe, le robinet du petit tonneau chantonnait son léger glouglou, et laissait choir sur le plancher le « old brandy » que contenaient ses flancs!

« Bon sang! hurla le cambusier.... le brandy de la table de l'état-major! »

Vite, il se précipita pour fermer la clef du robinet.

A son approche, Muf se redressa, essaya de marcher, retomba, se releva, renouvela ses efforts pour se maintenir dans un équilibre à peu près stable.

Vaine tentative!... Le macaque était gris!... abominablement gris!

C'est concevable, du reste, car il avait bu à même le goulot!

« Fi! l'horreur!... le monstre! » gronda Sarbacane qui saisit le singe par la main et tenta de l'entraîner.

Mais Muf était ivre mort! Le cambusier dut l'emporter à la cuisine de la mère Lanfry, et, certes! il eût pu mourir des suites de cette intempestive débauche d'alcool.

Heureusement Anacharsis et sa femme le soignèrent; ils lui firent respirer de l'ammoniaque et Muf peu à peu reprit ses esprits. Attaché de court près du fourneau, il resta coi et penaud tout le reste de la journée. Lanfry prétendit que c'était la honte de son ivrognerie, le remords de sa vilaine conduite qui le rendait si raisonnable. Il est à croire que le brave homme se trompait, et que Muf était simplement très fatigué de ses excès d'old brandy.

Rassuré sur le sort de ce polisson de Muf, le docteur Sarbacane reprit sa visite du *Sylphe* et resta bouche bée, confondu d'admiration devant les quatre machines d'aluminium qui actionnaient le navire.

Chacune d'elles ne comportait guère plus de volume qu'un mètre cube; et c'était propre, luisant, presque silencieux.

A peine un froufroutement pareil au « teuf-teuf » d'une voiturette automobile !

Un seul mécanicien veillait sur les deux machines en action ; mais à la rigueur il pouvait suffire à la surveillance des quatre.

Roger le démontra en donnant l'ordre de forcer la vitesse au maximum.

Un simple crochet de commande enroula les courroies de transmission et le *Sylphe*, qui filait 18 nœuds, prit un essor nouveau, gagna en quelques minutes 20, 22, 25 nœuds et atteignit enfin 36 nœuds.

Le Docteur pouvait, du reste, suivre la marche ascendante de la vitesse, sur un cadran indicateur relié électriquement avec la passerelle où veillait l'officier de quart.

Téléphoniquement prévenu par Roger, le second Le Caillec avait fait jeter le *loch* et transmettait au cadran les indications.

L'opération du loch fut même pour notre amie Yvonne un étonnement.

En voyant un second maître s'approcher de la lisse et y fixer un dévidoir, elle s'était approchée.

L'homme jeta à la mer un triangle de bois à base de plomb ; cet appareil était relié au filin enroulé sur le dévidoir.

« Vous allez pêcher, monsieur ? questionna-t-elle.

— Non ! mademoiselle ! répondit le marin en souriant, je jette le loch.

— Qu'est-ce que c'est que ça ?

— C'est pour connaître la vitesse de marche du navire.

— Ah !

— Oui, mademoiselle. Le morceau de bois, vous le voyez, il reste en arrière.

— Oui.

— Il ne bouge presque pas de place, tandis que le filin se déroule.

— Oui, je vois bien.

— Vous voyez aussi que sur le filin il y a des nœuds. Ils sont espacés de 15 mètres. Il y en a aussi dans les intervalles de plus petits qui sont à 1 m. 50 les uns des autres.. . Attention ! » fit-il, s'interrompant et comptant les secondes à un chronomètre qu'il tenait en main et dont il n'avait pas détaché son regard.

« 28... 29... 30.... 36.... A la bonne heure ! nous marchons bien, c'est joli du 36 !

— 36 ! cria-t-il à Le Caillec.

— Du 36 quoi? interrogea Yvonne.

— 36 nœuds, mademoiselle; c'est-à-dire que, dans l'espace de 30 secondes, le navire a gagné, sur le triangle de bois jeté à la mer, 36 espaces entre les nœuds du filin, soit 36 fois 15 mètres. »

Il tira son calepin, fit une multiplication.

« Ça fait 540 mètres en 30 secondes, ou 540 divisé par 30 — ou 54 par 3 — 18 mètres à la seconde. Comme il y a 60 secondes dans une minute, et 60 minutes dans une heure, ça fait donc 3600 secondes à l'heure. Il n'y a donc qu'à multiplier 18 par 3600 pour avoir la vitesse à l'heure. »

Le second maître fit le calcul et dit :

« Mademoiselle, le *Sylphe* abat, pour vous servir, 64 kilomètres 800 à l'heure.

— Comme il marche bien, mon joli bateau! s'écria la fillette.

— Fouï! mat'moiselle, insista miss Gottorp, qui n'avait pas perdu un mot de la

conversation. Mais il faut pien rédenir cette exbligation. Che fus ferai faire tes bro-
plèmes là-dessus. »

La gouvernante alla se rasseoir dans un large fauteuil canné et reprenait son
éternel crochet quand le Docteur et Roger réapparurent sur le pont.

« Ah ! foilà fotre baba et fotre cranbaba, mat'moiselle. »

Vive comme un papillon, Yvonne courut à eux et s'écria, joyeuse :

« Grand-papa chéri ! Mon petit papa ! Je sais ce que c'est que le loch.

— Ah ! très bien, dit Roger. Je suis content que tu t'intéresses de toi-même aux
choses du bord.

— Sans doute ! qu'elle s'intéresse à tout, cette perle ! souligna Sarbacane. Est-ce
que ce n'est pas la plus parfaite de toutes les petites-filles ? Et ta poupée ? Où donc
est-elle ?

— Elle est malade, répondit Yvonne avec gravité.

— Ah ! bah ?

— Oui, grand-père. Elle est très malade. Elle n'est pas habituée au roulis, cette
pauvre chatte, aussi elle a été prise du mal de mer.

— Et tu l'as soignée ?

— Oh ! Je l'ai simplement couchée. Elle fait un gros dodo. Je crois que ça va la
guérir.

— J'en suis sûr, ma perle ! C'était le traitement tout indiqué pour cette délicate
enfant qui s'appelle ?

— Liliane.

— Un joli nom !

— Oui, grand-père ; mais écoute ! Si tu venais lui donner une consultation.

— Mon Dieu ! Je n'y vois pas d'inconvénient. »

Docilement, le brave homme se laissa conduire par la main jusqu'au berceau où
reposait Liliane.

On en sourira peut-être ; mais ce fut un spectacle étonnamment gracieux que
cette étrange consultation.

Ce savant, ce grave professeur, se prêta avec une bonne grâce ingénue et touchante
à toutes les fantaisies que comportait la situation. Sur la demande de la fillette qui
jouait dignement le rôle de « maman » le Docteur ausculta la poupée, lui tâta le pouls,
lui fit (au figuré) tirer la langue, et finalement déclara qu'un peu de repos suffirait

Peu après il reparaissait sur la dunette en compagnie de la « maman de Liliane » qui, tout à fait rassurée, s'étonna de voir tant à bâbord qu'à tribord la terre assez proche.

« Tiens! Où donc allons-nous? interrogea-t-elle. »

Son père, qui remontait l'escalier, répondit :

« Nous allons, ma chérie, nous engager dans la mer Tyrrhénienne, comprise (tu dois le savoir) entre l'Italie, la Corse, la Sardaigne et la Sicile.

— Je comprends, petit père. Alors nous sommes en ce moment dans le détroit de Bonifacio?

— Il n'y a pas à dire, interrompit Sarbacane, cette enfant sait sa géographie sur le bout du doigt.

— Ne la flattez pas, mon oncle, Mais enfin, pour cette fois du moins, elle a raison. Nous allons sous peu contourner l'île de Caprera, où Garibaldi vécut ses derniers jours et nous filons ensuite sur Naples.

— Tiens! au fait, où allons-nous? demanda le Docteur. Voilà bientôt une journée que je suis à bord et je ne sais pas encore où vous m'emmenez. Il est temps de me renseigner, mon cher Roger.

— En Égypte! mon oncle. Vous connaissez déjà en partie la terre des Pharaons. Aussi n'est-ce point spécialement pour vous que je fais cette première escale, mais pour ma fille. L'histoire de l'ancienne Égypte est en quelque sorte le nœud de l'Histoire générale des Peuples; elle se lie à l'histoire Hindoue, Persique, Grecque et Romaine. J'ai donc pris l'Égypte comme point de départ. Ensuite nous irons en Palestine, en Asie Mineure, nous visiterons les Cyclades, puis la Grèce, pour terminer par Rome. Après nous ferons une incursion dans l'histoire carthaginoise en visitant la Tunisie. Voilà mon premier itinéraire. Est-ce bien choisi?

— Oui, ma foi! C'est un cours vécu d'Histoire générale et une visite quasi complète du bassin méditerranéen. Mais pourquoi longer l'Italie au lieu de filer au sud de la Sardaigne, c'était bien plus direct.

— Sans doute! mais je vous ferai observer que nous ne sommes pas un paquebot-poste pour lequel le « time is money » des Anglais est un axiome. Nous sommes des touristes; le *Sylphe* est un navire fait pour la flânerie. Or, comme il est capable de regagner le temps perdu, nous pouvons prendre le chemin des écoliers et faire admirer en passant, à Yvonne, le panorama du golfe de Naples et du Vésuve.

— Nous touchons à Naples.

— Du tout! A moins que vous n'y ayez quelque chose qui vous y attire ou une visite à rendre.

— Tiens! au fait! J'aurais pu aller serrer la main du Président de la Société Napolitaine de Minéralogie, car je suis membre de cette Société.

— Très bien! nous stopperons en plein golfe et je mettrai une chaloupe à votre disposition. Vous pourrez ainsi descendre à terre, pendant que nous nous amuserons, Yvonne et moi, à prendre des vues photographiques. »

La journée s'écoula sans autre incident. Muf allait mieux et, rentré en grâce, il avait été admis sur la dunette. La poupée Liliane était, paraît-il, tout à fait acclimatée à bord et guérie du mal de mer. Aussi tout le monde dîna-t-il d'excellent appétit.

Et pendant qu'au milieu des flots bleus saupoudrés de traînes d'écume phosphorescente, le *Sylphe* glissait rapide comme un bel oiseau blanc sous les rayons lunaires, tout le monde à bord s'endormit content.

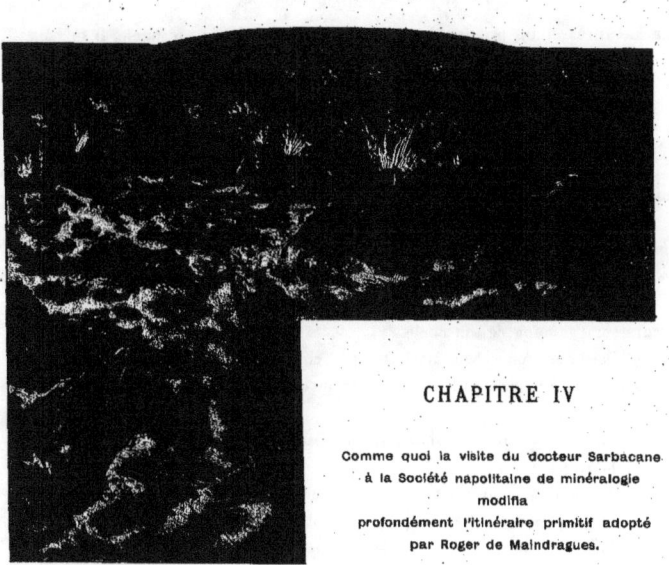

CHAPITRE IV

Comme quoi la visite du docteur Sarbacane
à la Société napolitaine de minéralogie
modifia
profondément l'itinéraire primitif adopté
par Roger de Maindragues.

« Le capitaine!... Le capitaine!... Où est-il? Allez me le chercher! Vite!
Vite! »

Ces appels impératifs furent lancés d'une voix forte par le docteur Sarbacane
tandis qu'avec une prestesse qu'on ne lui eût pas soupçonnée, il gravissait quatre à
quatre l'escalier accroché au flanc du navire.

Le professeur rentrait justement de sa visite à Naples; et dès que le canot avait
touché la plate-forme inférieure de l'escalier, le digne homme, en proie à une émotion
manifeste, avait sauté à pieds joints hors de l'embarcation qui le ramenait.

En une minute, il gagna la « coupée » et s'élança vers la dunette en réitérant
ses appels.

Roger, qui fumait un cigare dans la salle de billard, l'aperçut à travers le

9

panneau vitré; et un peu inquiet de l'attitude anormale de son oncle, il se hâta
d'aller à sa rencontre.

« Quoi, donc? mon oncle. Que vous est-il arrivé de fâcheux?

— Rien du tout! mon ami. Rien de fâcheux.... Bien au contraire!... mais
laissez-moi... respirer. »

Il en avait besoin, en effet, le brave homme, car il soufflait aussi fort qu'Anatole.
Dame! Il n'avait plus ses jarrets et ses poumons de vingt ans.

« Mon ami! dit-il enfin, je viens à Naples d'apprendre une nouvelle extraordinaire!... Figurez-vous que la Société Napolitaine de Minéralogie est sens dessus
dessous, et je vous jure qu'il y a de quoi!

— Il lui est donc survenu quelque chose de désagréable? questionna Roger,
rassuré sur l'émotion de son oncle.

— Mais non! mon bon ami! Quelque chose de désagréable? dites-vous, au
contraire! vous dis-je.... Ah! on peut dire qu'en voilà une nouvelle!... Qui diable
s'y serait attendu?

— Mon oncle, vous m'annoncez une nouvelle et vous me proposez un
logogriphe.... De quoi s'agit-il?

— Il s'agit, mon neveu, hurla Sarbacane en agitant en l'air ses deux bras. Il
s'agit tout simplement que l'archipel de la Sonde est en pleine révolution.

— Une révolution? Où ça? dans les colonies hollandaises ou américaines? Est-ce
le sultan d'Atchin ou les Tagals qui font la mauvaise tête?

— Mais non! Mais non! Je ne vous parle pas d'une révolution humaine, mais
bien d'une révolution de la nature.

— Ah! bon! Un cyclone?... Un typhon qui....

— Mieux que ça! mon ami! une éruption volcanique formidable!... admirable!...
unique dans les annales des volcans!

— Ah! bah?

— Et j'ai tort de dire *une* éruption, » continua Sarbacane tout à son sujet.
Et ponctuant ses phrases de moulinets de bras, il ajouta :

« C'est dix éruptions!.. vingt éruptions!.. trente éruptions!.. cent! cent!...
Est-ce que je sais combien d'éruptions, après tout?

— Diable!

— Mais oui! Il y en a des tas, tellement qu'on ne sait plus combien elles sont,

— Mon oncle ! calmez-vous ! Entrons au fumoir et racontez-moi cela à tête reposée. »

« Voici ! reprit plus posément Sarbacane, lorsqu'ils furent installés face à face dans deux rocking-chairs. Voici ! J'arrive chez le docteur Vermicello — le Président de la Société. Il n'était pas chez lui ; son valet de chambre m'explique dans un français barbare que : *soun maître il été parti pour lou siéjo della Societa*. Cet animal m'explique que mon ami Vermicello a reçu le matin même de son correspondant de Batavia une dépêche si grave qu'il a de suite envoyé des exprès pour convoquer la Société de Minéralogie.

« Je saute dehors ; je m'embarque dans un « corricolo » qui part ventre à terre avec son cocher en équilibre sur le brancard. J'arrive : je tombe au milieu de l'émotion extraordinaire de mes collègues italiens et, je me hâte de dire que je la partageai immédiatement, après avoir pris connaissance de la fameuse dépêche. En voici le résumé.

« Depuis avant-hier un large espace de la mer de Java semblait bouillonner absolument comme si un vaste foyer inférieur l'eût transformé en pot-au-feu; puis des bulles de vapeur s'en échappèrent. Les navires qui se trouvaient dans le voisinage pressentant quelque cataclysme, ont pris le large à toute vapeur; mais ils ont pu voir de loin (et cela en plusieurs points relativement fort éloignés les uns des autres) la mer se soulever en forme de geyser; puis des agglomérations de roches coralines se sont dressées en boursouflement. Immédiatement après, des séries de détonations épouvantables se produisent, une poussée intérieure crève les roches en maints endroits, et alors des gerbes de feu, de laves, de matières en fusion, ont sillonné l'atmosphère pendant deux heures pleines.

« A la fin, l'éruption volcanique a cessé; mais les fumées sortant des cratères indiquent que les foyers sont encore actifs. Tout autour des îles nouvelles se sont formées par l'agglomération des laves et des scories brûlantes. La mer s'est, paraît-il, relativement calmée; mais rien ne dit que ce soit terminé. Ce peut n'être qu'une accalmie.... Ah! si ça pouvait recommencer!...

— Hein? qu'est-ce que vous dites? mon oncle, s'exclama Roger de Maindragues qui sursauta.

— Sans doute! Sans doute! s'écria Sarbacane. Je l'espère bien que ça va reprendre; et je ne désire qu'une chose, c'est que nous arrivions à temps!

— Comment? Vous voulez que nous allions là-bas?

— Tiens! Pardieu!... En voilà une demande? Si je veux! Mais je ne veux que ça, mon bon ami. C'est une occasion unique au monde! Et il ne sera pas dit que moi, Sarbacane, professeur Français, savant Français, je ne serai pas le premier de mes collègues Français à étudier sur place ce phénomène.... »

Le Docteur, absolument emballé, s'arrêta une seconde. Une pensée désagréable venait sans doute de lui traverser le cerveau, car il fit une grimace et ajouta :

« Pourvu qu'il n'y ait pas déjà là-bas dans ces parages un collègue qui aurait la veine, l'inestimable veine d'envoyer le premier son rapport, à l'Académie des Sciences.... En route! Roger! en route! Dépêchons-nous!

— Après tout, pensa l'officier, cette fantaisie de mon digne oncle ne modifie pas la première portion de mon itinéraire. Contentons-le donc! D'ici que nous ayons touché Port-Saïd, son emballement scientifique l'aura peut-être abandonné. »

Puis tout haut :

« Ma foi! mon oncle, vous avez raison!

— Ah! Vous en convenez... à la bonne heure!

— Sans doute! Sans doute! et la preuve, la voici. »

Roger s'approcha d'un téléphone fixé au mur, puis ayant averti l'officier de quart :

« En route! dit-il, avec vitesse maxima. Pas de modification quant à l'itinéraire, le cap sur le détroit de Messine!

— Bravo! Bravo! monsieur mon neveu! »

. . . .

Déjà le *Sylphe* évoluait et filait, rapide, sur la mer bleue.

Peu après il gagnait le large et, sans perdre de vue la côte italienne, il laissait derrière lui Naples et son merveilleux golfe.

Au loin la silhouette du Vésuve s'estompa dans l'atmosphère azurée, puis disparut.

Yvonne sortait justement de la salle d'études et vint au-devant de son grand-père.

« Grand-papa chéri! dit-elle, ce matin, en regardant le Vésuve, j'ai demandé à Miss de m'expliquer pourquoi les volcans lancent des flammes. Elle m'a répondu qu'elle voulait te laisser le plaisir de me faire un cours là-dessus. Dis-le moi, alors!

— Comme ça tombe bien, ma petite reine-marguerite! Nous causions justement volcans avec ton papa. »

Sarbacane expliqua donc de nouveau à la fillette, l'extraordinaire perturbation survenue dans les îles de la Sonde.

Il était en plein dans son sujet, le brave savant; il donna donc à son explication une forme très colorée, remplie de mouvement et d'exubérance.

Yvonne l'écoutait, un peu effrayée; elle ouvrait ses grands yeux noirs avec inquiétude et, quand le Docteur enthousiasmé lui eut annoncé que le but primitif du voyage était abandonné, qu'on piquait droit vers le lieu de ce sinistre sans précédent :

« Oh! grand-père, fit-elle, si les volcans allaient nous tuer! »

Du coup Sarbacane pâlit! Ce n'était point qu'il craignit pour lui-même, mais bien pour « sa perle » de petite-fille.

Pendant une bonne minute, il resta silencieux et dit enfin non sans un tremblement de voix :

« Sans doute nous y allons! ma chérie, mais crois bien que nous n'allons pas nous jeter sous la lave. Nous resterons à distance... seulement pour observer de loin!... Tu penses bien que nous n'allons pas risquer un danger inutile.

— Ah! bon!

— Oui... c'est pour mon rapport... un rapport à l'Académie, mais sois sans crainte! »

Du reste, revenue de son premier mouvement d'effroi, la fillette souriait maintenant et reprit :

« Oh! tu sais, je n'ai pas peur. Oh! pas peur du tout. J'ai été seulement surprise. Et puis, avec père et avec toi, je sais bien qu'il ne m'arrivera jamais rien. »

Au fond Sarbacane était déjà ébranlé. C'est tout juste s'il ne regrettait pas son emballement de la première minute. Mais le raisonnement calma son hésitation.

Le cataclysme était terminé. Il y avait donc peu de probabilités pour qu'il se reproduisît à nouveau d'ici une longue période d'accalmie. Les précédentes éruptions étaient là pour le démontrer. Donc aucun danger à aller visiter les lieux de la catastrophe, et l'intérêt d'un rapport sur les suites de cette gigantesque éruption restait entier.

Cette réflexion calma chez le savant toute appréhension et sa voix reprit son timbre accoutumé de douceur joviale.

« Un volcan? Tu veux savoir ce que c'est qu'un volcan? reprit-il. Eh bien c'est un boursouflement de la croûte terrestre produit par une poussée intérieure du feu terrestre. N'as-tu pas déjà vu cela avec miss Gottorp?

— Si, grand-père, mais enfin pourquoi y a-t-il du feu dans la terre?

— Ah! voilà!... C'est que la nature l'a voulu ainsi! La cause de ce qui existe.. les motifs de la gravitation universelle, le pourquoi de la giration éternelle des planètes à travers les espaces, tout cela, mignonne, est quelque chose de grand, de si grand que le cerveau humain n'a pu encore en pénétrer le secret.... »

Il ajouta d'un ton de gravité impressionnante :

« C'est le secret de la nature!... »

Et comme s'il se parlait à lui-même, il murmura pensif :

« La force Unique qui a non seulement tout créé, mais qui règle tout selon un rythme admirable, cette force là! vois-tu ma chérie. Cette force-là! nous n'avons qu'à nous incliner devant elle, tous savants que nous sommes! »

Yvonne le regardait, rêveuse.

« Donc, reprit Sarbacane, la terre primitive était une boule de feu, un bloc d'agrégats en incandescence, qui, jeté à travers l'azur, s'est mis à graviter autour du soleil. Puis peu à peu la surface s'est refroidie, les agglomérés, les résidus produits par ce refroidissement ont formé la croûte terrestre avec ses silices, ses roches de cristaux, ses métaux, son humus ... Là se sont produites les générations d'hommes, d'animaux et de plantes préhistoriques dont tu as vu des spécimens fossiles au Muséum.... Puis, par transformations successives, ces hommes et ces choses préhistoriques sont devenues les hommes et les choses d'à présent. Seul, le feu éternel du Centre est resté le même, et parfois, pour des raisons qui nous échappent, son activité s'exaspère en certains points donnés. Alors la croûte inférieure terrestre s'échauffe, se fond; les couches supérieures sont atteintes, se désagrègent. Leurs parties fusibles, telles que métaux et roches, se liquéfient sous l'effort de températures infernales! Des gaz se développent alors tant par suite de combinaisons chimiques que sous l'action irrésistible de la chaleur. Ces gaz surchauffés entrent alors pour partie dans le travail souterrain de soulèvement et de désagrégation de la croûte supérieure.... Comprends-tu bien, ma perle?

— Oh! oui, grand-papa. C'est bien plus intéressant quand c'est toi qui expliques que lorsque c'est miss Gottorp.

— Chut! » fit Sarbacane en souriant, et non sans jeter un regard narquois vers la gouvernante qui, assise plus loin, lisait gravement, et n'avait, heureusement, pas entendu la réflexion de son élève.

« Donc, continua le Docteur, voilà les gaz brûlants et les matières en fusion qui se fâchent, et minent le sous-sol. Parfois ils ne se sont sans doute pas mis assez en colère, car ils ne crèvent pas tout à fait notre pauvre sol; ils se contentent de le faire osciller, comme fait par exemple ton ami Muf quand il est enfoui sous une couverture et qu'il s'agite. La croûte terrestre est représentée par la couverture et Muf c'est le foyer propulseur.... La comparaison est évidemment approximative, mais enfin elle n'est pas dénuée de vérité. Quelquefois, il se produit non seulement des oscillations mais des crevasses; on se trouve alors vis-à-vis du phénomène qu'on désigne sous le nom de....

— Tremblement de terre! s'écria triomphalement Yvonne.

— Quelle petite savante tu fais! s'exclama le savant en l'embrassant.

— Oh! reprit la fillette, tu expliques si bien! »

Flatté, le Docteur continua.

« En somme, le tremblement de terre n'est qu'une éruption volcanique avortée, arrêtée en chemin; c'est un volcan qui a raté son coup, ce qui n'empêche pas que le tremblement de terre soit un accident parfois terrible, qui ne se gêne pas pour jeter bas des villages, déplacer des cours d'eau et des montagnes, qui se livre, en un mot, à des fantaisies excessivement désagréables. Mais quand l'éruption aboutit, on se trouve en présence du volcan réel avec tous ses dangers et toutes ses conséquences.

« Ainsi le Vésuve que tu viens d'admirer, c'est un coquin de volcan qui a fait parler de lui, crois-le..., surtout dans l'antiquité. L'an 79 de notre ère, ce brigand de volcan, dont on ne connaît pas, historiquement, les frasques antérieures, s'est permis de cracher pendant trois jours une pluie infernale de feu, de laves, de scories incandescentes, qui, retombant sur ses flancs, y formèrent de véritables fleuves de feu et de cendres. Suivant la pente naturelle, cette terrible invasion brûla les vignes et les coquets villages, et vint submerger deux villes entières....

— Herculanum et Pompéï.... Je sais! dit Yvonne. Je l'ai lu dans mon histoire....

— Alors tu es donc aussi savante que moi? Mignonnette.... Elle sait tout, cette enfant-là.

— Non! grand-papa chéri. Explique! Continue!

— Oui! comme tu l'as dit, Herculanum et Pompéï furent engloutics.... Tu les verras en revenant, car les fouilles récentes qui ont été faites les ont mises à nu. Tu pourras donc visiter deux villes romaines. Mais je lui en veux, à ce satané Vésuve.

— Pourquoi? grand-père.

— C'est qu'il a été la cause de la mort d'un de mes collègues qui habitait Herculanum. »

Yvonne interloquée regarda son oncle.

« Un collègue à toi?... à Herculanum.

— C'est un simple rapprochement, fit le Docteur. Je voulais parler de Pline le Naturaliste, qui fut tué ou plus exactement asphyxié par l'éruption de l'an 79. J'ai donc l'honneur d'être son collègue en science.

— Ah! je comprends!... Mais il n'est plus méchant maintenant, le Vésuve?

— Si fait! Il faut se méfier. Tu as bien vu qu'un léger nuage de fumée le couronne.

— Oui.

— C'est donc que le volcan n'est point éteint. Le feu gronde dans ses profondeurs. Du reste, il a eu depuis l'an 79 de nombreuses éruptions plus ou moins méchantes, celle de 1737 dura 12 jours. Plus près de nous, il a fait des siennes en 1861 et en 1872. En 1861, l'éruption a eu lieu sur le flanc de la montagne, et le soulèvement détruisit la petite ville de Torre del Greco, qu'on reconstruisit du reste. Dernièrement il a fait le méchant et s'est mis à lancer des fusées, sans doute pour fêter à sa manière l'ouverture de l'Exposition de 1900! Mais, chose étrange! les flancs du Vésuve sont quand même garnis de villages prospères et de vignobles bien cultivés.

— C'est drôle tout de même, grand-père, d'aller habiter sur un volcan? Vrai! C'est une drôle d'idée.

— J'avoue que je préfère la rue Linné, quoique — somme toute — rien ne prouve qu'il ne puisse émerger un jour ou l'autre un volcan en plein Paris! Mais

10

vois-tu, ma petite rose blanche, on s'accoutume à tout; et le danger n'est après tout qu'une affaire d'appréciation. Les vignerons italiens du Vésuve le démontrent bien, puisque, malgré les antécédents du monstre, ils restent accrochés à ses flancs, et que des touristes de tous les pays vont sans cesse visiter son cratère.

— Est-ce qu'il y en a beaucoup..., des volcans?

— Il y en a environ 350 répartis sur tout le globe; j'entends des volcans en activité intermittente ou permanente. Car il y en a quelques-uns qui sont pour ainsi dire en état permanent d'éruption, tel le Stromboli dans les îles Lipari. Tu vas l'apercevoir tout à l'heure, car nous passons devant, ainsi que tout près de son collègue l'Etna qui, lui, habite la Sicile. Dans la région de la Sonde, vers laquelle nous naviguons, il y a de nombreux volcans à éruption intermittente. De Sumatra à Timor, il en règne une longue suite dont l'un, celui de l'île Krakatau, a fait parler de lui en 1883. Du reste, dans toute cette portion du Pacifique, les éruptions sont fréquentes. Seulement le phénomène que je vais explorer dans la mer de Java n'est pas de la même nature. Il me semble, d'après les faibles renseignements que j'ai récoltés à Naples, qu'il s'agit là de la catégorie des volcans sous-marins.

— Ça n'est donc pas la même chose?

— Pas tout à fait. Ceux-ci émergent du foyer central, non plus à l'air libre, mais sous la couche résistante que présente l'eau de la mer. Il en résulte des phénomènes de refroidissement particuliers qui arrêtent partiellement l'éruption, la disloquent, si bien que souvent, à l'accalmie, les courants sous-marins emportent les scories, les désagrègent, et que toute trace du cataclysme finit par disparaître.

— Mais alors nous n'allons plus rien voir si ça disparaît après l'éruption.

— Si!... protesta vivement Sarbacane. Le déchirement a été trop monstrueux! Il y a, paraît-il, des îlots nouveaux formés par la poussière volcanique. Cela mérite qu'on y prête attention. »

Il s'arrêta et conclut enfin :

« Et puis ce ne serait pas à faire que le docteur Sarbacane se dérangerait expressément pour les aller voir, et que messieurs les phénomènes lui fausseraient compagnie avant son arrivée. »

. . . .

Vers le soir, comme la brume envahissait le ciel, les îles Lipari furent en vue,

LONGTEMPS YVONNE RESTA RÊVEUSE SUR LE PONT.

et, tout en d nant, Yvonne put apercevoir, à travers les panneaux de la salle à manger, le fameux Stromboli dont lui avait parlé son grand-oncle.

On a surnommé ce volcan : le Fanal méditerranéen. La comparaison est très juste. Car, toujours en éruption, le volcan projette incessamment, par le cratère de son flanc, des flammes, des pierres et de laves. La mer en est éclairée fort loin.

Ce fut pour la fillette un spectacle réellement intéressant, étant donné d'une part la conversation de l'après-midi et d'autre part le but actuel du voyage.

L'enfant, initiée maintenant à la genèse du phénomène, se rendait compte, en apercevant ce spectacle grandiose de l'éruption, de ce qu'avait pu être la formidable révolution terrestre qu'on allait bientôt explorer.

Longtemps elle resta rêveuse sur le pont, contemplant au loin la lueur d'enfer qui graduellement s'estompait et finit par devenir seulement un point rouge.

Comme la nuit était tout à fait venue, et que sur l'horizon bleu foncé l'emplacement du Stromboli ne s'indiquait plus que par une vague clarté rougeoyante, miss Gottorp intervint.

« Mat'moicelle. Il est neuf heures. Il faut fenir fus cucher.

— Oui, miss! » dit Yvonne, s'arrachant à sa contemplation.

« C'est dommage! reprit-elle. J'aurais voulu aussi voir l'Etna, puisque nous passons devant.

— Ma chérie! ce n'est point possible, interrompit son père. Quand nous serons par le travers de l'Etna, tu dormiras. Certes! le panorama de ce volcan est superbe, mais tu le verras à ton retour. Assez de volcans pour aujourd'hui, ma chérie! »

Yvonne était très obéissante. Donc elle embrassa son père et son oncle, et suivit miss Ziska Gottorp, non sans avoir pris sur son bras sa fille Liliane qui, naturellement, couchait auprès d'elle dans son berceau.

En descendant à sa chambre, elle aperçut la mère Lanfry qui prenait le frais sur le pont en compagnie de Muf, d'Anacharsis, de l'Hindou Nazim et du nègre Bigoudi.

Yvonne leur lança un :

« Bonsoir! maman Lanfry, et tout le monde. »

La bonne femme répondit ainsi qu'Anacharsis par un :

« Bonne nuit! mam'zelle Yvonne. »

Muf poussa un cri guttural exprimant l'amitié qu'il vouait à sa petite maîtresse.

Zanim salua gravement de la tête et du buste, en repliant ses bras sur sa poitrine.

Bigoudi chanta :

« Bojou ! Tite mad'zelle ! Bojou ! »

Et lorsque Yvonne eut disparu dans le carré des appartements, la conversation reprit entre les quatre personnages.

« Comment que tu disais tout à l'heure, moricaud ? articula la mère Lanfry. Dans quelle mer que nous sommes ?

— Li sigond a di taleure : titroi Micine.

— Comment ça?

— Titroi Micine!!

— En voilà un drôle de nom, fit Anacharsis qui, pas plus que sa digne épouse, n'était ferré sur la géographie.

— Ui! reprit Bigoudi, titroi Micine!!!

— Qu'est-ce qu'il nous chante avec ses « trois médecines? riposta la mère Lanfry. Nous sommes pas malades. Pas vrai? »

Il est probable qu'on ne se fût pas compris de longtemps sans le docteur Sarbacane qui rentrait lui aussi se coucher. La mère Lanfry l'interpella pour lui demander le renseignement que le jargon de Bigoudi était impuissant à lui donner.

« Comprenez-vous? m'sieu le Docteur, m'sieu le moricaud prétend que nous sommes dans la mer des Trois Médecines.

— Oui, mère Lanfry, répondit gravement Sarbacane. Bigoudi a presque raison, seulement il prononce mal, nous sommes en plein détroit de Messine! »

Et, tout riant, il disparut à son tour, pendant que l'ex-cantinière marmonnait :

« C'est égal! ces mers-là, elles ont des noms à coucher dehors! »

. . . .

Lanfry, sa digne épouse, Zanim et Bigoudi restèrent encore quelques instants à continuer l'intéressante conversation commencée.

Mais comme à la chaleur de la journée succédait une température relativement fraîche, Muf désagréablement impressionné se blottit dans les plis du pantalon-jupe de la mère Philomène.

« Ah! ah! mon joli p'tit bestiau, dit la cuisinière, t'as froid? Faut pas attraper un rhume, sais-tu! Viens nous-en... on va t'aller s'coucher. »

Ce fut le signal de la retraite.

Un quart d'heure plus tard, tout le monde dormait à bord du *Sylphe*, sauf le timonier, Roger de Maindragues qui avait pris le quart de nuit, et le mécanicien dans sa machinerie.

Dormit-on paisiblement? C'est à espérer. Mais il est à croire qu'Yvonne dut rêver volcans, explosions, flots enflammés de laves!

Quant au Docteur (il le raconta le lendemain), il se retrouva au beau milieu de la nuit hors de son lit, étendu sur le parquet. C'est qu'un cauchemar volcanique s'était emparé de son cerveau surexcité; qu'il s'était vu en rêve surgissant dans la gerbe de feu d'un cratère, et s'était cru emporté dans les espaces. L'agitation nerveuse avait fait le reste : en se débattant, le savant était tombé de son lit!... Heureusement qu'il y avait là une moelleuse peau d'ours.

Le lendemain, au lever du jour, le *Sylphe*, toujours maintenu en pleine vitesse, était en haute mer. Il piquait comme une flèche à travers le moutonnement bleu des vagues aux franges de dentelle et suivant une ligne exactement droite, il ne devait revoir la terre que le surlendemain, à Port-Saïd.

CHAPITRE V

Où le docteur Sarbacane éprouve une cruelle déception.

La route suivie par le *Sylphe*, au départ de Marseille, diffère assez sensiblement de celle que suivent les services réguliers de paquebots.

Ces derniers filent directement de Marseille sur le cap Bon et de là sur le canal de Suez. C'est en effet la ligne la plus directe et la plus rapide.

Le *Sylphe* avait au contraire fait l'école buissonnière à travers la mer Tyrrhénienne; il s'était attardé à Naples; et pourtant, grâce à son exceptionnelle vitesse, il rejoignit, au large de l'île de Crète, le paquebot *le Gaulois* parti de Marseille en même temps que lui, le dépassa et le laissa loin en arrière.

En effet, l'élégant yacht du capitaine Roger, même sans exagérer la tension de ses puissantes machines, conserva de Naples à Port-Saïd une vitesse moyenne de 60 kilomètres à l'heure.

Or, si par ce temps d'inventions nouvelles, de progrès incessants dans la production de la force motrice et de la vitesse, on était bien arrivé à donner aux légers navires, aux torpilleurs par exemple, une accélération notable, sur leurs anciennes tables de marche, il n'y avait encore que très peu de modifications apportées aux moteurs des bateaux d'un assez fort tonnage. On peut dire que Roger de Maindragues était, dans cette voie, un innovateur; car le *Sylphe* était le premier bâtiment qui eût encore pris la mer, avec les machines que connait le lecteur.

Tout compte fait, son itinéraire en lacets de Marseille à l'entrée du canal mesurait à peu près 3800 kilomètres. Sa vitesse moyenne fut de 58 kilomètres à l'heure; il mit donc à peu près trois jours à parcourir cette distance et, parti de Marseille le samedi à 6 heures, il stoppait devant les quais de Port-Saïd par un temps superbe le mardi à 11 heures du matin.

Seuls Roger de Maindragues, le Docteur et Yvonne descendirent à terre.

La détermination du savant n'avait pas varié. Roger lui-même se disait qu'après tout le but nouveau du voyage était fort intéressant; et l'officier n'avait point cherché à dissuader son oncle de cette excursion non prévue au programme.

Toutefois, il s'agissait de se renseigner; et après avoir réglé toutes les formalités du passage à travers le canal, payé le droit d'accès, Roger, reconduisant Yvonne à bord, rejoignit le Docteur chez le consul de France.

Les renseignements nouveaux survenus, depuis que le *Sylphe* avait quitté Naples, indiquaient une recrudescence dans le phénomène volcanique de l'avant-veille, sans toutefois faire craindre que le cataclysme prît des proportions plus graves.

Néanmoins, d'après les derniers télégrammes parvenus, une surface énorme de la mer de Java, surface qu'on évaluait approximativement à plusieurs centaines de kilomètres carrés, se trouvait transformée en un champ d'éruptions à fleur d'eau. L'emplacement en était situé à distance à peu près égale de l'île de Billiton, du détroit de la Sonde, et des îles Karimon Djawa lesquelles font en quelque sorte partie de l'île de Java elle-même ; soit par environ 106 degrés longitude Est et 5 degrés latitude Nord. Les télégrammes ajoutaient que, bien qu'on n'eût pu observer les phases du cataclysme que de très loin, il apparaissait que certains des îlots factices créés par les vomissements des cratères semblaient différer de la lave ordinaire et présentaient l'aspect de métaux fondus et refroidis; l'un entre autres semblait une coulée d'étain pur; d'autres affectaient la tonalité du cuivre rouge. Bref le phénomène était unique dans les annales de la science.

Il n'en fallait pas tant pour enflammer à nouveau l'enthousiasme du digne professeur. Roger de Maindragues se prit lui-même à cette fièvre de curiosité scientifique.

Aussi, après avoir pris congé du consul, laissa-t-il Sarbacane partir seul pour le télégraphe et l'officier regagna son yacht.

Le tour d'entrée du *Sylphe* dans le canal était indiqué pour 3 heures : cinq navires étant inscrits avant lui.

Roger n'hésita pas; il acheta leur tour de passage aux cinq capitaines et quand le Docteur arriva, le *Sylphe* était prêt à franchir l'entrée du canal.

« Voilà! fit le Docteur en réembarquant, j'ai paré à tout! Je viens d'aviser le ministre de l'Instruction publique que je pars pour l'éruption sous-marine de la Sonde, et à mes frais! Comme cela, je suis sûr qu'il ne lui prendra pas fantaisie d'y envoyer un de mes collègues!! »

Et voyant Roger esquisser un sourire :

« Oh! ce n'est pas que je sois jaloux! mon cher ami, ne le croyez pas au moins! Mais... enfin! chacun a son petit amour-propre! »

Le canal de Suez est divisé en deux parties bien distinctes : l'une, allant de Port-Saïd aux lacs Amers, la seconde reliant ces lacs à Suez.

La profondeur du canal, en son chenal, est de 8 mètres; sa largeur est de 80 mètres de Port-Saïd aux lacs; de 100 mètres des lacs à Suez.

On comprendra que, dans ces conditions, on ait dû établir des règlements imposant aux navires une vitesse uniforme et modérée, afin d'éviter tout accident, toute collision. Cette vitesse est taxée à 10 kilomètres à l'heure.

Le *Sylphe* dut s'y conformer : et tel un cheval de pur sang qui ronge son frein sous la main de son cavalier, il lui fallut 17 heures pour franchir les 164 kilomètres séparant Port-Saïd de Suez.

Cette traversée n'a réellement rien de bien pittoresque, elle eût semblé plutôt fastidieuse à notre petite amie sans les explications qu'elle reçut de son grand-oncle au sujet de la construction du canal.

Port-Saïd l'avait déjà un peu désenchantée. Elle croyait, en effet, en touchant l'Égypte, voir émerger devant elle les minarets élancés, les mosquées aux dômes blancs si chantés par les poètes; à Port-Saïd elle se trouvait devant une ville européenne jolie et coquette, il est vrai, mais plutôt française avec ses villas, ses chalets comme on en trouve en banlieue; ses docks, ses quais, ses magasins maritimes identiques à ceux de tous les ports marchands.

Seuls les costumes exotiques, des bédouins et des fellahs, lui donnaient une couleur locale.

C'est que Port-Saïd est une ville neuve, construite en même temps que le canal. Son nom lui vient de ce que l'on voulut ainsi honorer le Khédive d'alors, Saïd Pacha, qui concéda à M. de Lesseps le droit de construire le canal de Suez. Le canal lui-même n'existe, en tant que voie navigable, que du jour encore récent de son inauguration, c'est-à-dire d'octobre 1867. Il n'a donc que 33 ans!

Mais ce qui avait surpris la fillette, c'est le nombre d'uniformes anglais qu'elle avait rencontrés pendant son court séjour à terre. Le Docteur, qui pourtant était membre de plusieurs Sociétés savantes d'Angleterre, n'aimait pas les Anglais en tant que peuple. Il pouvait les estimer individuellement, mais il les détestait en bloc, ce en quoi il n'avait point tort.

Il profita donc de l'occasion pour faire partager ses sentiments à sa petite-fille.

« Vois-tu! ma chérie, dit-il, les Anglais, c'est un peuple de rapaces. Si on les laisse faire, ils accapareront le globe entier. Le malheur, c'est qu'on les laisse tranquillement opérer. Ils parlent haut, menacent, et on se tait au lieu de crier plus fort qu'eux. C'est ainsi qu'avec une stupidité sans nom, avec une ineptie sans pareille, nous les avons laissés s'installer en Égypte où ils sont maintenant les maîtres, de sorte qu'ils ont à leur disposition le canal de Suez, œuvre d'un Français, créée avec de l'argent français. S'il leur plaisait de le boucher pour tout le monde, sauf pour eux, cela leur serait loisible.

— Pourtant! grand-papa chéri, c'est à tout le monde! tout le monde a bien le droit d'y passer!

— Oui! sans doute! mais on n'est jamais sûr du lendemain avec ces gens-là, il faudrait que le canal fût neutralisé.

— Comme la Suisse?

— Oui. Et pour cela l'accord de toutes les puissances serait indispensable.

— Pourquoi ne sont-elles pas d'accord?

— Ah! tu me demandes là quelque chose de bien dur à expliquer. C'est un cours de diplomatie qu'il me faudrait faire. Je me contente de te répondre ceci :

« Une entente serait très facile, mais elle est très difficile à réaliser, comme la
« plupart des choses simples. »

— Ah?... Pourquoi?

— Parce que chacun en ce bas monde veut tout avoir pour soi au lieu de
partager en frères. La fraternité entre peuples, vois-tu, ma petite pomme d'api, ça
n'existe pas... malheureusement. »

. . . .

« Ouf!!! C'est pas croyable ce qu'il fait chaud!... Pas vrai? m'sieu l'Docteur? »
Le savant se retourna.

C'était Mme Philomène Lanfry qui venait de pousser cette exclamation.

Soulevant son casque, elle s'épongeait le front avec un large mouchoir à
carreaux.

Près d'elle, Muf, complètement assagi, faisait à Yvonne des grimaces d'amitié.

« Oui, ma brave Philomène, dit le Docteur, il fait chaud! mais cela ne doit pas vous incommoder, car vous êtes une ancienne des colonies.

— J'ai eu le temps de me désaccoutumer, m'sieu l'Docteur. Et c'est pas pour dire, mais ce soleil-là, ça vous fait suer!

— Mais c'est tout naturel, mère Lanfry, riposta le Docteur avec gravité, nous sommes là pour ça.

— Comment ça?

— Dame! ce n'est pas pour rien qu'on a donné au canal que nous traversons le nom qu'il porte.

— Comment qu'y s'appelle c't'animal de canal-là? »

Sérieux comme s'il eût professé son cours au Muséum, Sarbacane lâcha sans rire :

« Il se nomme le canal des *Suées*.

— Oh!... grand-père, s'écria Yvonne en riant aux éclats. Il est bien mauvais, tu sais... ton calembour. »

Et la fillette rectifia pour la mère Lanfry l'horrible à-peu-près du savant.

La brave femme rit à son tour.

« C'est égal! m'sieu le Docteur, fit-elle, si je comptais que sur vous pour m'apprendre la géographie... j'aurais jamais l'prix d'excellence! C'est comme Bigoudi avec sa mer des Trois Médecines!... Heureusement que mam'zelle Yvonne est meilleur professeur que vous! N'importe! conclut-elle, toutes vos fichues mers, elles ont des noms qui sont pas français! »

Et elle s'en alla gravement, suivie de Muf qui, lui donnant la main droite, marchait debout auprès d'elle comme un petit garçon, et s'amusait de sa main gauche à faire tourner sa longue queue comme une fronde.

Ce jeu faillit même provoquer une collision. Un matelot, jambes nues, était occupé à rouler un câble. Le groupe passa près de lui et dans son rapide moulinet la queue de Muf vint s'aplatir comme une lanière de fouet sur les mollets du brave « Mathurin ».

« Aïe! aïe! » cria-t-il en se retournant brusquement.

Furieux, il brandissait déjà le bout du câble pour appliquer à Muf la peine du

MATIN! LA MÈRE, VOUS EN AVEZ UNE POIGNE.

talion, mais Philomène lui prit le poignet et sous l'étreinte des cinq doigts de la cantinière le matelot poussa un nouveau cri et lâcha le cordage.

« Mazette! dit-il... vous en avez une poigne, vous, la mère!

— Dame! mon fiston, on lève ses 20 kilos à bout d'bras entre le pouce et l'index. »

Puis, maternelle :

« Aussi, qu'est-ce qu'y t'avait fait, c'pauvre petit bestiau.... Tu penses bien que c'était rien que pour s'amuser! »

Et laissant le matelot se frotter les mollets, elle retourna dignement à sa cuisine.

. . . .

Il est presque inutile, n'est-ce pas, de dire qu'Yvonne ne resta pas pendant les dix-sept heures de la traversée du canal en conversation avec le docteur Sarbacane; elle eut même, on le conçoit, le loisir de dormir une bonne nuit, et comme le tableau de travail journalier, dressé par miss Gottorp et approuvé par Roger, prescrivait le lever à six heures et demie du matin, notre petite amie put assister à Suez à la sortie du canal, sortie que le *Sylphe* effectua sur le coup de neuf heures.

A partir de ce moment, il reprit sa vitesse moyenne de 58 kilomètres à l'heure et courut vertigineusement sur les flots ocrés de la mer Rouge.

L'azur de la Méditerranée n'existait plus, et la question suivante vint immédiatement aux lèvres d'Yvonne :

« Pourquoi la mer est-elle rouge, grand-papa?

— Parce que c'est la mer Rouge! riposta le docteur.

— Je pense bien... mais....

— C'est, ma petite fleur d'églantier, parce qu'il flotte dans sa masse des agglomérations d'animaux infiniment petits, des myriades de zoophytes, qui possèdent cette coloration; et la mer en semble imprégnée. Telle est l'explication, n'est-ce pas, Roger?

— Oui! mon oncle! Cela provient aussi de certaines algues roussâtres qui flottent en nombre infini dans ses eaux.

— C'est possible, mais je croirais plus volontiers que les algues dont vous parlez sont elles-mêmes enduites, en quelque sorte, d'innombrables colonies parasitaires, formées par les zoophytes colorés en question. »

12

Il s'interrompit.

« A propos! Avez-vous dressé notre nouvelle route?

— Je viens de le faire.

— Eh bien?

— Simple comme bonjour! Une ligne directe jusqu'au golfe d'Aden. Nous filons ensuite entre le cap Guardafui et l'île Sokotora. De là, nouvelle ligne droite jusqu'à Ceylan. Ici, relâche de deux ou trois heures à Colombo pour remplacer mon essence employée, et prendre quelques légumes frais, puis en route jusqu'à Singapore par le détroit de Malacca. Là nous aurons des indications précises sur notre fameuse éruption!... Après... nous verrons!

— Bon! fit Sarbacane. Et combien ça nous fait-il de chemin à parcourir?

— A peu près 10 000 kilomètres.

— Fichtre! C'est un beau bout de chemin.

— Sous haute pression, dit l'officier, c'est l'affaire de deux cents heures.

— Deux cents heures! s'écria Yvonne avec étonnement, mais nous allons donc aller bien, bien, bien vite?

— Pas plus vite que de Naples à Port-Saïd, fit son père en souriant. Je vois à ton étonnement, mignonne, que tu te rends mal compte de ce que représentent deux cents heures. A vue de nez cela paraît insignifiant, parce qu'on parle d'heures, mais calcule combien cela fait de journées de vingt-quatre heures? »

Yvonne calculait mal de tête et resta un instant interloquée.

« Ma belle petite bergeronnette, lui dit Sarbacane, cela fait huit jours et demi.

— Mettons-en neuf, appuya Roger de Maindragues, car il faut compter avec l'imprévu. Mais dans neuf jours je garantis que nous serons tout près du but.

— Joli marcheur que le *Sylphe*! conclut le professeur. C'est joli d'abattre son trajet Marseille-Singapore en douze journées!

— Je vous crois! »

Le voyage s'exécuta, point par point, selon les prévisions du capitaine. L'océan Indien, qui n'est pas toujours commode, se montra, pour le *Sylphe*, d'une grande bienveillance et ne lui causa aucun retard.

A Colombo, les nouvelles furent les suivantes : l'éruption active a cessé; des fumées sortent encore des agglomérations de scories, et des îlots métalliques signalés au début. La mer est encore (sur le pourtour du cataclysme) à une température fort élevée. On n'ose encore s'y aventurer, car les courants charrient des quantités énormes de poissons morts de toutes dimensions; jusqu'à des requins dont la peau semble avoir été cuite par les vapeurs dégagées. Il semble pourtant que le terrible phénomène touche à sa fin.

« Dépêchons-nous donc! s'écria le professeur. Ce serait trop bête d'avoir fait 10 000 kilomètres en pure perte. Dépêchons-nous! »

Le *Sylphe*, actionné par ses quatre machines battant leur plein, reprit la mer à une allure de folie et le huitième jour, depuis son départ de Suez, il stoppait devant Singapore!

Immédiatement descendu à terre, le Docteur sauta dans un pousse-pousse traîné par un jeune Malais, au torse de bronze, aux yeux bridés, aux dents noircies par le bétel, et se fit conduire chez l'agent français.

Vingt minutes plus tard il revenait au grand trot de son Malais convoyeur; mais maintenant la physionomie du brave homme était vraiment piteuse.

Avançant la lèvre inférieure, comme le font les enfants grognons :

« Monsieur mon neveu! dit-il avec une colère dépitée, nous sommes joués! Il s'est moqué de moi, ce satané volcan sous-marin.... Il est parti!.. sans laisser d'adresse.

— Hein? qu'est-ce que vous dites là, mon oncle?

— L'exacte vérité!!! Hier soir, les îlots étaient encore à leur place, mais la fumée avait totalement cessé. Soudain un affaissement s'est produit dans les soulèvements : les îlots semblaient s'enfoncer lentement; puis, tout à coup, ils ont glissé pour ainsi dire! Un remous formidable s'est produit dans la mer qui sembla un instant en tempête... puis, quand elle s'est calmée... plus rien!... plus trace du phénomène! Ah! voilà bien ma chance! »

Il y eut un long moment de silence. Chacun des deux interlocuteurs réfléchissait.

« Enfin! mon oncle, dit Roger de Maindragues, qu'y faire? Il n'y a qu'à se résigner. Nous pouvons toujours excursionner par là.

— Sans doute! mais le plus triste c'est que mon rapport à l'Académie... il est dans l'eau!... Englouti, mon rapport! noyé avec ce volcan qui file à l'anglaise!

— Comment cela?

— Sans doute! Si on a des renseignements aussi précis, vous pensez bien que c'est parce que quelqu'un était là-bas en observation.

— Evidemment! mais....

— Oui! Un croiseur français, l'*Alcyon*, immédiatement envoyé là-bas dès la première nouvelle du sinistre par le gouverneur de Saïgon! C'est lui qui a donné tous les détails. Ah! quelle déveine!

— Mais cependant, fit Roger, incrédule, comment voulez-vous qu'il ait eu le temps de revenir depuis hier?...

— Il avait son télégraphe sans fil... le misérable! Et d'îlots en îlots il avait laissé des équipes qui le reliaient à Singapore! A-t-on idée d'une scélératesse pareille? Me couper l'herbe sous le pied... à moi Sarbacane!... J'en ferai une maladie... vous dis-je! Regardez-moi bien, Roger. Je parie que j'en ai déjà la jaunisse! »

Devant cette boutade, l'officier ne put s'empêcher de pouffer de rire.

« Mon neveu, grogna le Docteur en jetant à Roger un regard semi-furieux, semi-indulgent, vous êtes d'une inconcevable audace de rire ainsi à mes dépens, surtout que vous me voyez navré au delà du possible!

— Consolez-vous, mon cher oncle. Tout n'est pas encore perdu, il nous reste toujours bien des sondages à faire! Je vais voir demain, à Singapore, dans les magasins maritimes, si je ne puis me procurer un ou deux scaphandres, car j'ai, ma foi! omis d'en emporter.

— Tiens! tiens! s'exclama le Docteur rasséréné par cette idée nouvelle. Vous rachetez votre impertinence de tout à l'heure, monsieur mon neveu! Vous avez là une riche idée... et... dame!... ma foi! vos scaphandriers vont me le repêcher, mon fameux rapport.... Et ce ne sera peut-être pas le moins intéressant!

— Mais oui! grand-papa! Et puis d'abord je ne veux pas que tu sois en colère! Sans ça je te défends de m'embrasser! »

Cette intervention d'Yvonne dérida complètement Sarbacane, étant donné surtout que la mignonne avançait vers le grand-papa le pastel de son frais et joli visage. C'était là un argument sans réplique possible.

Aussi, le Docteur dîna-t-il quand même de bon appétit, puis ayant fumé sa pipe avec sa bonne humeur et sa jovialité coutumières, il s'endormit en rêvant à des explorations sous-marines extraordinaires. Il se vit au milieu de grottes coralines, de tunnels aux parois de métaux, de roches porphyriques, dans des forêts d'algues puissantes peuplées de homards gigantesques et de crabes antédiluviens, et le brave professeur courut toute la nuit en rêve à travers des plaines océaniques semées de débris scorifiés, couvertes des laves refroidies du fameux volcan!

CHAPITRE VI

Comment le docteur Sarbacane remonta du fond de la mer avec quinze mille francs
et un trombone à coulisse.

Le *Sylphe* ne resta que quarante-huit heures à Singapore et, reprenant la mer, mit le cap sur le détroit de Karimata qui, séparant l'île de Bornéo de l'île de Billiton, relie la mer de Java à la mer de Chine.

Le navire avait abandonné la pression maxima et marchait maintenant à une vitesse modérée de 25 nœuds. Aussi bien était-il inutile de fatiguer les machines par une tension exagérée puisque le cataclysme était terminé et que le Docteur allait avoir tout le temps nécessaire pour se livrer en détail à ses recherches et explorations.

Roger de Maindragues avait pu se procurer un scaphandre; il possédait à bord des sondes perfectionnées, notamment la sonde à réservoir de l'inventeur américain Belknap, qui permet non seulement de connaître la profondeur du sol sous-marin, mais qui ramène à la surface des parcelles du sol lui-même.

Il y avait aussi des sondes à grappin très bien imaginées et grâce auxquelles on peut arracher à la plaine sous-marine des échantillons divers des plantes qui la garnissent.

Quant au scaphandre, il était, il est vrai, d'ancienne fabrication; mais à bord du *Sylphe*, et sous la direction du Docteur et de Roger, le machiniste électricien l'aménagea, et fit de cet instrument primitif un véritable instrument de précision.

En effet, à l'intérieur de la sphère de cuivre où le scaphandrier loge sa tête, on plaça un casque téléphonique, identique à ceux dont font usage les demoiselles du Téléphone. De la sorte, le scaphandrier se trouvait constamment relié avec le téléphone du navire, et pouvait, du fond de mer où il avait pris pied, communiquer ses impressions au récepteur du *Sylphe*.

Pour son alimentation en air respirable, l'homme immergé se servait des deux tubes ordinaires de caoutchouc, renfermés dans une gaine maillée en cuivre, qui les protégeait contre tout choc avec les roches, et prévenait ainsi les chances de rupture.

Enfin sur une poulie, fixée devant la vitre de visage, se déroulait à l'œil du plongeur une chaînette graduée en mètres et décimètres qui donnait à simple inspection la profondeur du sol marin sur lequel on avait pris pied. La corde de suspension reliait solidement l'homme au bateau.

Des essais faits en cours de route avec le premier maître Martigal avaient été concluants. Ajoutons que, pour sa défense personnelle, en cas de besoin, le scaphandrier portait accrochés à la ceinture une hachette-pic et un pistolet à répétition à gaz comprimé — système Giffard perfectionné, lui permettant de tirer 25 balles d'acier. La puissance perforante de ces projectiles dans l'eau était, il est vrai, presque nulle à 20 mètres à cause des pressions liquides ; mais à bout portant et jusqu'à 6 mètres, elles pouvaient blesser sérieusement, tuer même un animal sous-marin de gros volume.

. . . .

En débouchant du détroit de Karimata, par le travers du cap Sambar, on croisa un navire qui naviguait sans pavillon et qui paraissait venir du lieu du sinistre.

Bien que ce bâtiment, aux allures de steamer marchand, n'affichât pas sa nationalité, Roger lui fit des signaux.

Aussitôt on hissa du bord le pavillon anglais et on répondit.

Sur la demande du capitaine du *Sylphe*, le bâtiment étranger déclara que le volcan avait entièrement disparu, qu'il n'en restait plus trace, que la mer était revenue à son état normal.

Interpellé sur sa route et sur son nom, le capitaine prétendit que son navire se nommait *Newcastle* et faisait route de Timor à Formose avec un chargement de bois de teck.

Puis, sans attendre plus longtemps, le *Newcastle* prit du champ et s'éloigna.

Le *Sylphe* poursuivit également sa route en sens opposé; mais Roger de Maindragues, qui observait le bâtiment à l'aide de sa lorgnette marine, l'aperçut dans le lointain, qui amenait le pavillon britannique et le remplaçait par le pavillon chinois!

« Tiens! C'est bizarre, murmura-t-il.

— Oh! riposta Le Caillec, ne vous étonnez pas de cela, mon commandant! C'est sans doute un bateau de baraterie, un pillard de mer, un pirate! Vous savez bien qu'il n'en manque pas dans les mers de l'Archipel asiatique.

— Oui. C'est sans doute cela! Du reste, il n'a ni numéro, ni inscription. Il dit se nommer le *Newcastle*; mais rien ne l'indique.... Et puis! ce changement de pavillon?... J'aurais dû le suivre et le surveiller! »

Roger réfléchit un instant.

« Bah! après tout, conclut-il, c'est là l'affaire des navires de guerre! Nous autres, nous sommes des promeneurs, et du moment qu'il nous laisse tranquilles....

— Il aurait peut-être eu tort de nous chercher noise, appuya Le Caillec, en désignant la pièce du gaillard d'avant qui scintillait au soleil.

— Oui! sans doute, mon brave Le Caillec. »

Et l'incident en resta là. On ne s'occupa plus du *Newcastle* qui, pourtant, loin de continuer sa route sur Formose, avait évolué, avait viré bout pour bout et, revenant sur ses pas, suivait de loin le *Sylphe*.

Il gardait, du reste, sa distance et n'apparaissait à l'horizon que comme un point. Il est certain qu'étant donnés les moyens d'action du navire de Roger, il n'eût pu se maintenir à même de l'observer si le *Sylphe* eût accéléré sa marche; mais maintenant qu'on était sur le lieu même de l'éruption le Docteur Sarbacane avait demandé qu'on marchât à toute petite vitesse, et le *Sylphe* s'était mis à 12 nœuds.

Du reste le Docteur entrait en pleine fièvre scientifique et communiquait son enthousiasme à tout l'équipage.

Sauf le timonier, les mécaniciens de service, l'officier et les hommes de quart, tout le monde, penché sur le plat-bord, examinait Martigal qui, sous la direction du professeur, commençait les sondages avec la sonde Belknap.

Yvonne regardait aussi de tous ses yeux; Ziska Gottorp, la calme Suissesse, semblait sortir de son flegme habituel et s'intéressait aux recherches; Muf lui-même, installé sur l'épaule de la mère Lanfry, semblait étudier gravement le déroulement de la sonde.

15

Mais l'attente générale fut déçue! On était sans doute encore trop loin du foyer central, car on ne rencontra que des fonds rocheux, sableux, madréporiques, ou des bancs de vase. Des algues et plantes marines furent ramenées; mais elles étaient sans intérêt pour le Docteur.

Vers le soir on ramena pourtant quelques débris de lave, indiquant qu'on était sur la bonne route.

On descendit donc au Sud, toujours à petite vitesse. Le crépuscule interrompit les recherches et l'ordre fut donné de louvoyer toute la nuit sans s'écarter de la région explorée.

Quant au pseudo *Newcastle*, il n'avait point abandonné la partie; mais personne n'y prêtait la moindre attention.

Le navire que Roger avait trouvé si singulier d'allures, voyant que le *Sylphe* tirait des bordées sur le lieu de l'éruption, avait en effet adopté une tactique.

Profitant de la quasi-immobilité du yacht, il s'était mis à décrire autour de lui de larges cercles ayant plusieurs milles de diamètre. Parfois il faisait des crochets, s'éloignait, reparaissait plus loin, mais ne perdait pas de vue le bateau de Roger.

De la sorte, et en admettant même qu'on se fût inquiété de lui, on n'eût pu supposer — vu la distance — que c'était le même bâtiment qui apparaissait ainsi, tantôt au nord, tantôt à l'ouest.

Le lendemain, les fouilles reprirent de plus belle, et cette fois on ramena des débris métalliques tordus par le feu. C'étaient des paillettes d'étain et de cuivre soudées ensemble et formant une masse d'aspect hétérogène; il était pourtant indéniable que c'étaient bien là des métaux purs, en quelque sorte coagulés.

On obliqua légèrement vers l'est, le fond de la vallée sous-marine descendit fortement en forme de cuvette. Autour du *Sylphe* la mer s'encombra, par place, de poissons morts, que déchiquetaient au passage les frégates et les albatros.

« Allons! dit enfin le docteur Sarbacane essayons un peu du scaphandre! »

Martigal s'équipa : cinq minutes plus tard il descendait l'échelle de flanc et se mettait à l'eau.

Yvonne, qui pour la première fois assistait à pareil spectacle, était violemment impressionnée! Elle était toute pâle d'émotion, la pauvrette, bien que son grand-papa lui eût donné toutes les explications sur l'usage du scaphandre et l'eût rassurée quant au danger possible pour le plongeur

« C'est égal! murmurait-elle, s'il allait se noyer, ce pauvre M. Martigal!

— Pas de danger, Mam'zelle! Pas de danger, ripostait la mère Lanfry; en tout cas, avec c'te casserole qu'il a sur la tête il est sûr de pas se faire des bosses! Mais y a pas à dire!... Avec ces tubes de caoutchouc (elle prononçait kailloutchou) il a un drôle d'air! On dirait un gros poisson qu'avale du macaroni. Pas vrai l'ramona?

— Vi! Vi! Md'am Lanfy! répondit Bigoudi.

— Silence donc! vous autres! gronda le professeur. »

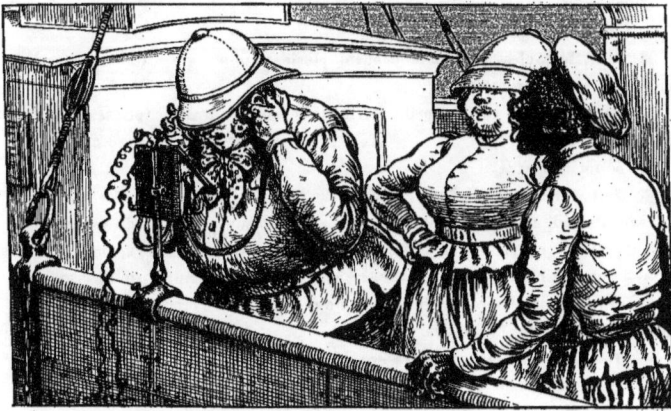

Penché sur le bordage où avait été fixé le téléphone, le docteur Sarbacane, les récepteurs aux oreilles, écoutait attentivement.

« Bon! Bon! dit-il enfin, répondant à une phrase émise des profondeurs de l'onde par le brave Martigal.... Et ensuite?

— Parfait! Alors, vous vous trouvez par 32 mètres 50 sur un fond solide de scories, mélangées de parcelles métalliques agglutinées. Voyez-vous loin?

— A cinq ou six mètres, dites-vous?

.   .   .   .

— Avancez!... si vous pouvez!

.   .   .   .

— Bon! on va vous donner du filin.... »

La corde fut déroulée d'une quinzaine de mètres, et le Docteur commanda, sur l'avis du scaphandrier.

« Halte! »

Puis il reprit sa conversation sous-marine.

« Une grotte, dites-vous? »

Attentif, le professeur écouta pendant plusieurs minutes les explications du plongeur et lui dit à son tour.

« Attendez que je vous rappelle, Martigal! Je vais transmettre votre explication au capitaine. »

Et se retournant :

« C'est extraordinaire! Roger, une grotte de lave! voilà ce que Martigal vient de rencontrer! Il n'en voit pas le fond — naturellement — car l'onde est opaque, mais il prétend que, si on peut lui passer une lampe électrique, il va l'explorer.

— Hum! fit Roger hochant la tête, les agglomérations produites par les éruptions sous-marines sont tellement friables!... Si un écroulement se produit et qu'il engloutisse ce pauvre garçon! Je ne sais si je dois....

« Tenez! mon oncle, prescrivez-lui de ne pas s'aventurer. On va lui filer une ampoule allumée, mais qu'il se borne à décrire ce qu'il voit, sans pénétrer sous la voûte! »

Une lampe électrique en verre épais, protégé lui-même par un lacis de fils de cuivre, dévala par les anneaux du filin de conduite, et le Docteur se remit à écouter.

« Fichtre! dit-il enfin, il a bien fait de ne pas avancer sans lumière! à cinq pas de l'entrée le sol disparaît!... C'est un gouffre qui s'ouvre! l'eau y est limpide, mais Martigal ne peut, même approximativement, en évaluer la profondeur. Des blocs qu'il y a jetés ont filé, puis ont disparu à une distance qu'il évalue à peu près à 6 mètres. Il demande une sonde à boulet. »

La sonde à boulet est ainsi nommée parce qu'elle se compose d'une corde graduée à laquelle est fixé un boulet de fonte. On en « fila » une à Martigal. Elle mesurait 250 mètres.

Au bout d'un instant, le scaphandrier déclara que sa sonde n'atteignait pas le fond du gouffre.

« Diable! murmura Roger, impressionné malgré lui. En voilà assez pour une première séance, ordonnez-lui de revenir, on va le remonter.

— Oh! oui!... Tant mieux! s'écria Yvonne, j'ai trop peur pour lui! »

Peu après le premier maître revenait à l'air libre et dictait avec détails au docteur Sarbacane le récit de cette première exploration dont le lecteur connaît l'ensemble.

« C'est là, conclut le professeur, un des multiples cratères du volcan sous-marin, et sans doute un des moindres. Roger, vous seriez bien aimable de faire le point pour en déterminer l'emplacement exact.

— C'est fait, dit Roger, qui son sextant en main venait en effet de déterminer le point où se trouvait le *Sylphe*. Nous sommes par 107° long. O. et 4° lat. S.

— C'est égal! reprit Sarbacane, l'éruption a tout au moins cette particularité décisive que ses vomissements ne renferment pas seulement des laves, des cendres et des scories. Il y a aussi des métaux et c'est la première fois qu'on les rencontre à l'état pur et en aussi grande quantité dans des déchets volcaniques. »

Il ajouta comme en rêve :

« Ce serait drôle si nous allions rencontrer des bancs d'argent... d'or peut-être!... et qui sait... de platine!

— Hum!! riposta dubitativement Roger, le croyez-vous?

— Qui sait? fit le savant. Qui sait?... Il y a bien du cuivre!... il y a bien de l'étain! Et même du très beau!!... Pourquoi n'y aurait-il pas de l'or?

— Nous deviendrions trop riches!

— Enfin nous verrons cela cette après-midi! »

On déjeuna, et pendant le repas un navire parut à quelques milles. Il battait pavillon portugais.

Roger, qui l'aperçut, prit sa lorgnette.

« C'est bizarre!... fit-il, absolument bizarre! Je jurerais que c'est notre bateau d'hier... ce fameux *Newcastle*. C'est bien sa forme!... »

Mais le navire disparut bientôt et Roger n'insista pas.

Dans l'après-midi, Le Caillec alterna avec Martigal dans les fonctions de scaphan-drier; on naviguait à petite allure vers le sud et les recherches donnèrent sensible-ment les mêmes résultats que pendant la matinée.

A la nuit tombante on avait relevé onze gouffres qui semblaient onze cratères éteints du volcan sous-marin.

Le louvoiement de la nuit précédente fut repris et le lendemain matin le docteur Sarbacane, qui s'emballait de plus en plus, déclara qu'il allait opérer lui-même.

Heureusement qu'il articula cette prétention hors la présence d'Yvonne qui était pour l'instant dans la salle d'études en train d'étudier la division des fractions.

Il est certain que la mignonne se fût opposée de toute son énergie à cette fan-taisie de son grand-oncle. Il est également probable que, devant la frayeur de la fillette, le brave homme n'eût pas donné suite à son projet....

Roger de Maindragues voulut de son côté s'interposer. Il alla même jusqu'à invo-quer son autorité de commandant du bord pour contraindre ce diable d'homme à l'obéissance.

Mais le professeur y mit une telle insistance, il fit preuve d'un tel entêtement à réaliser cette excursion qu'il fallut céder.

La seule concession que voulut bien faire le savant fut d'autoriser Martigal à reconnaître par avance les parages pour s'assurer qu'aucun grave danger n'était à craindre.

Le second maître s'équipa donc et descendit; mais il n'était pas depuis trois minutes au fond de l'eau que le Docteur, qui écoutait au téléphone, se mit à rire aux éclats.

« Ah! celle-là est vraiment bien bonne!... s'écria-t-il en raccrochant les récepteurs. Non! c'est trop drôle!... Savez-vous... Roger... ce qu'il a trouvé... ce brave... Martigal?...

Il riait à se donner une attaque d'apoplexie, le digne professeur. Et son rire était si large, si violent, si communicatif, que rien qu'à le voir rire les assistants se mirent à l'imiter.

La mère Lanfry en étouffait, Bigoudi esquissait un entrechat; Muf se tenait les côtes et gloussait comme un bienheureux, seul Zanim se contentait de sourire avec une dignité grave.

Enfin, calmé, le Docteur articula devant les assistants ébaubis :

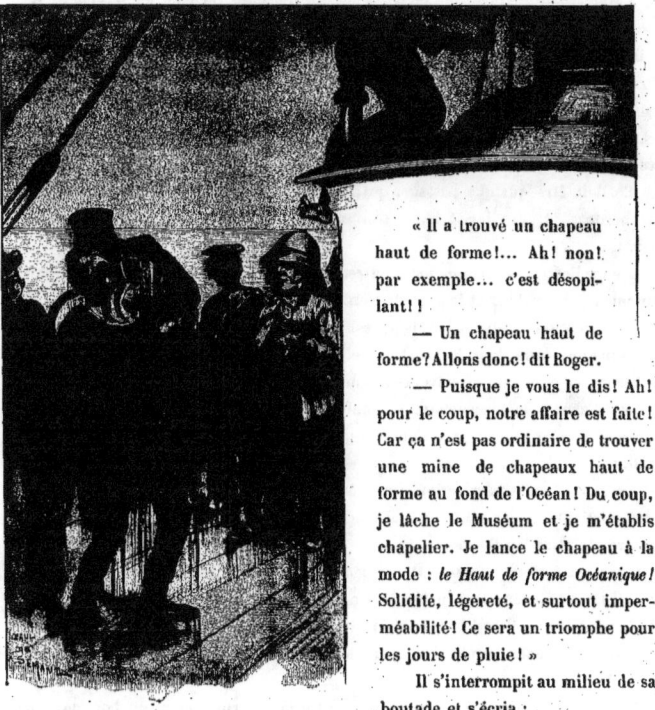

« Il a trouvé un chapeau haut de forme!... Ah! non! par exemple... c'est désopilant!! »

— Un chapeau haut de forme? Allons donc! dit Roger.

— Puisque je vous le dis! Ah! pour le coup, notre affaire est faite! Car ça n'est pas ordinaire de trouver une mine de chapeaux haut de forme au fond de l'Océan! Du coup, je lâche le Muséum et je m'établis chapelier. Je lance le chapeau à la mode : *le Haut de forme Océanique!* Solidité, légèreté, et surtout imperméabilité! Ce sera un triomphe pour les jours de pluie! »

Il s'interrompit au milieu de sa boutade et s'écria :

« Remontez Martigal!... et surtout son chapeau! J'ai hâte de voir s'il ne nous a pas raconté une histoire de la mère l'Oie! »

Mais Martigal n'avait dit que la vérité! Ramené à l'escalier, il émergea, le chapeau à la main, salua d'un salut tout à fait régence, et, en remontant sur le pont, coiffa sa tête de cuivre de l'informe gibus trempé d'eau, ce qui — par parenthèse — fut une joie pour l'équipage.

A l'examen, le malheureux couvre-chef fut reconnu de marque française. Il était certainement d'une excellente fabrication; car, malgré son stage en pleine mer, il présentait encore les caractères généraux d'un chapeau haut de forme. Son carton et sa soie avaient résisté en partie à l'action corrodante des sels marins.

Mais, au demeurant, il n'avait rien de volcanique; et le Docteur ne pouvait décemment mentionner cette découverte sur son rapport en la portant à l'actif du volcan.

« Ce doit être quelque passager qui, pris de mal de mer, se sera trop penché sur le bordage et aura laissé choir son couvre-chef dans l'onde amère, » opina le savant.

Cette explication — comme toute autre, celle d'un naufrage par exemple — était parfaitement admissible; et le Docteur s'en contenta.

« A mon tour! dit-il, et je vais peut-être rapporter un parapluie! »

Il s'insinua donc dans le scaphandre, et descendit.

Faisons comme lui, et suivons-le dans la vallée liquide.

Tout d'abord, le propriétaire de Muf s'étonna. Certes! personne ne trouvera cela excessif, car c'était la première fois que Sarbacane se livrait à une aussi délicate opération.

Une gêne dans la respiration, une constriction du thorax, une lourdeur dans les articulations et, par suite, une difficulté sensible pour se mouvoir, telle fut la première sensation du Docteur.

Il éprouva également, pendant une bonne minute, une pénétrante impression de froid. Cela est encore tout naturel! On était en effet en pleine mousson d'été, et la température à l'air libre se chiffrait par 42 degrés au-dessus de zéro, tandis que dans les couches profondes cette température descendait brusquement à 15 degrés.

Il y avait donc là un écart capable de surprendre brutalement un homme; mais cela ne dura que quelques minutes, au bout desquelles Sarbacane se trouva tout à fait à son aise et put se mouvoir librement.

Ce qui lui causa le plus de gêne, c'est que l'horizon était peu visible. A quelques mètres de lui, l'opacité des couches liquides devenait complète! Mais on s'habitue vite aux étonnements sous-marins, et bientôt notre brave professeur, donnant téléphoniquement l'ordre au *Sylphe* de se mettre en marche très doucement, se mit lui-même en route, guidé et soutenu par le filin d'attache.

Le savant marchait sur un fond de laves mouvantes; et s'il n'eût eu pour lui la poussée des eaux qui allégeait sa marche, il n'eût pu faire un kilomètre sans fatigue.

Mais, grâce à cet allégement, le docteur allait allègrement. Bien mieux!... malgré les semelles de plomb destinées à maintenir le contact du plongeur avec le fond, il éprouvait parfois des poussées qui le faisaient remonter de 1 ou 2 mètres. Alors, il gigotait, s'agitait comme un gros et bizarre animal, et reprenait pied.

Notre ami le Docteur parcourut ainsi 2 ou 300 mètres. Mais à ce moment le sol — sans précisément lui manquer — se déroba devant lui en une pente rapide. C'était l'ouverture d'un nouveau cratère, peu important il est vrai. Sarbacane le contourna et reprit sa marche sur une coulée de métaux agglomérés entre eux.

Parfois, des bandes de poissons l'enveloppaient comme d'un nuage rapide qui se fondait ensuite dans la brume grise et verdâtre de son horizon. Il y eut même une grosse langouste qui — nullement impressionnée par cet étrange visiteur sous-marin — vint se coller à la vitre de visage du sca-

phandre, en agitant ses longues bar-
belures.

Le Docteur la chassa d'une forte
gifle et continua sa route, tout en
transmettant au *Sylphe* ses impressions.

Quant à la végétation sous-marine,
elle était nulle! Pas la moindre trace
d'algues ou de floraisons : phénomène
très compréhensible, du reste, puisque
la température brûlante du volcan avait
dû les détruire et que, de plus, l'amon-
cellement des résidus éruptifs les avait
ensevelies.

Tout à coup, le sol sembla monter
en forme de colline; et sur le sommet
de cette légère éminence, qui se trouvait seulement à 15 mètres au-dessous
du niveau de la mer, le professeur
buta contre un dôme de métal légèrement aplati et fortement bossué.

« Halte! » ordonna-t-il.

Se baissant, il palpa cette surface.
C'était une coulée d'un seul jet, pré-
sentant au toucher la sensation de poli des métaux fondus.

L'apparence en était belle et présentait une coloration jaune très typique...
si typique même que Sarbacane, sursautant, murmura :

« .... Mais... c'est de l'or! »

La masse était compacte, elle mesurait environ 1 mètre 50 de diamètre. Quant
à sa profondeur d'enfoncement, on ne pouvait la déterminer exactement.

« Si c'en était, tout de même! murmura le Docteur, il y aurait là des millions!...
Que dis-je?... des milliards!!! »

Bien qu'il ne fût point un envieux des biens de la terre, mais au contraire un homme simple, le professeur eut, sous sa carapace de caoutchouc et de cuivre, un long frémissement. Le sang afflua à ses tempes et son cœur battit à coups précipités.

Courbé sur le bloc scintillant, il le palpait à travers ses gants imperméables ; il le contemplait à travers la glace de son casque de cuivre ; des bouffées de chaleur passaient sur ses pommettes et la sueur coulait en rigoles le long de ses tempes !

Il se calma pourtant. Et, le savant reparaissant en lui, Sarbacane voulut avant tout s'assurer s'il n'était point la dupe d'une hallucination et — en tout cas — savoir si le métal qui lui causait cette impression étrange de fièvre et de désir inconscient était bien de l'or.

Cherchant une fissure dans la masse étincelante, il y engagea sa hachette-pic, en fit sauter un fragment et le saisit à pleines mains.

La légèreté du poids l'étonna. Il ne songeait plus qu'il était en pleine masse liquide, et qu'en conséquence les poids diminuaient par la pression ; mais, sans s'attarder plus longtemps, il attacha solidement le bloc au cordeau de transmission et donna l'ordre de l'enlever. La masse métallique fila en hauteur et disparut.

« Conservez précieusement le bloc que je vous envoie, dit-il téléphoniquement à Roger. Je crois que mon hypothèse d'hier se réalise et que je suis en ce moment debout sur un piédestal qu'envierait le plus riche banquier du globe.

— Bien ! mon oncle, répondit Roger.... Martigal me remplace momentanément à l'appareil. Je vais éprouver le bloc à la pierre de touche.

— Vous en trouverez dans ma chambre, dans le tiroir de mon bureau. »

Mais tout en causant ainsi, le savant ne quittait pas des yeux la masse sur laquelle il était monté ; et il s'étonna de voir l'eau de mer tourbillonner autour de la fissure produite par l'enlèvement du bloc qu'il avait arraché.

Des petits cailloux scorifiés, des parcelles du sol soulevées par cette agitation semblaient s'animer sous cette poussée ; puis après avoir flotté un instant filaient, rapidement entraînés qu'ils étaient par le courant du tourbillon, et s'engloutissaient dans l'orifice laissé libre par le bloc.

« Tiens ! Tiens !... C'est donc creux, là-dessous ? » murmura Sarbacane.

Il se baissait pour vérifier, quand un craquement sourd se produisit juste sous ses pieds ! Une fissure rayonna en zigzags dans la masse métallique, dont un large morceau s'affaissa et tomba lentement dans le remous de l'eau qui se précipitait au travers de l'ouverture ainsi produite.

Effrayé, le professeur bondit en arrière, regagna le sol de lave et put assister, en moins de 60 secondes, à la désagrégation complète du dôme de métal.

Fractionné (sans doute par la pression et le poids des couches d'eau), il présenta pendant un court instant l'aspect d'une grosse cloche fêlée et s'abîma dans un gouffre liquide.

« Ah! misère! s'écria le Docteur.... Englouti! Il est englouti! Ah! quelle ruine!... car j'en jurerais... c'est de l'or!!! »

Rapidement il raconta le fait, et Martigal lui prescrivit de s'éloigner de ce nouveau cratère, par crainte d'un éboulement nouveau sur ses bords.

« Bien sûr!... bien sûr!... riposta le Docteur; mais relevez tout de même le point exact. Nous ne pouvons pas l'abandonner sans faire des recherches.... Peut-être le gouffre n'est-il pas très profond ?

— On va vous passer une sonde, monsieur le Docteur! »

Sarbacane déroula en vain 1200 mètres de cordage sans atteindre le fond.

Navré, il dut constater son impuissance à rattraper ce trésor un instant entrevu; et, abandonnant à regret ce nouveau gouffre-cratère, il redescendit la pente de la vallée.

Soudain, il buta contre un objet brillant à demi enfoncé dans des roches calcinées.

« Ah! s'écria-t-il, en voilà encore! »

Effectivement, la coloration semblait, au travers de l'eau, identique à celle du dôme disparu. Fièvreusement, le professeur désagrégea les pierres, et ne put réprimer un large rire.

A MOI!... LES REQUINS!!!

« Un trombone! s'écria-t-il.... Ah! décidément, c'est la journée aux trouvailles! Un chapeau gibus! un bloc... d'or sans doute!... Enfin, un trombone à coulisse! C'est à n'y pas croire! »

Martigal, qui l'entendit proférer cette phrase, éclata de rire à son tour, et les assistants firent de même, tandis que, enchanté de sa découverte, le professeur continuait sa petite promenade.

Mais tout à coup une interpellation venue du navire le cloua sur place.

« Grand-père!... grand-père!... Allô! allô!

— C'est toi, ma petite Yvonne? »

C'était bien elle, en effet, qui, sa classe terminée, était venue voir la manœuvre.

« Oui!... c'est moi, reprit-elle. Et je veux que tu reviennes tout de suite!

— Mais....

— Il n'y a pas de mais!... Je veux que tu remontes, ou bien sans ça....

— Tu me mettras en pénitence?

— Bien sûr! Jamais, jamais plus, pendant toute ma vie, je ne t'embrasserai!... Tu me fais trop peur de te promener comme cela dans l'eau! Si un gros poisson allait te manger!

— Je suis trop dur!... j'ai passé l'âge d'un poulet de grain.... C'était bon pour Jonas!

— Tu ne veux pas m'écouter?... Tu veux faire le méchant et désobéir à ta petite fille? Alors je vais pleurer.

— Non, non! ne pleure pas, ma petite rose mousseuse! Je serai sage, je t'obéis, je remonte! Martigal!... hâlez-moi! »

Le savant émergea au bout d'une minute, prit pied et remonta son trombone à la main.

Bien mieux, en arrivant sur le pont, il colla l'embouchure à la vitre de visage et fit mine de jouer de cet élégant instrument; car le brave homme ne perdait jamais une occasion de rire.

Puis, ayant ainsi réjoui l'assistance, il dépouilla sa carapace de cuivre, son enveloppe de caoutchouc et redevint le brave et jovial savant qu'on connaît.

« Eh bien, mon ami? demanda-t-il alors à Roger de Maindragues.

— C'est de l'or! articula l'officier.

— Ah!... J'en étais convaincu! Quel désastre que le banc ait disparu! Quel désastre!

— Sans doute, mon oncle. Mais quand nous nous lamenterions, cela ne servirait à rien, n'est-ce pas? Donc, contentons-nous du bloc que vous nous avez expédié.... Venez le voir. »

C'était un admirable fragment d'or absolument pur, aux cassures nettes.

Il pesait exactement cinq kilogrammes!... C'était donc une jolie trouvaille qu'avait rapportée le Docteur, puisque, à raison de 3 francs le gramme, cette petite masse représentait une valeur de 15000 francs!

« Mon ami, dit alors Sarbacane, il est bien entendu que je garde ma trouvaille comme pièce de collection. Il n'y a pas, en effet, beaucoup de savants capables de montrer la pareille dans leurs vitrines. Mais il est juste que l'équipage du *Sylphe* en bénéficie, lui aussi.

— C'est une excellente pensée que vous avez là, mon oncle, et j'y souscris des deux mains, dit Roger. Je fais donc, ou mieux, vous faites donc cadeau à mes hommes de 15000 francs, à partager au prorata de leurs appointements respectifs. »

On pense si cette nouvelle fut chaleureusement accueillie par les braves matelots; mais au milieu des remerciements que Martigal lui adressait au nom de ses camarades, le docteur Sarbacane intervint.

« Mon brave ami, fit-il, ne me remerciez pas tant que ça! car au fond je suis un égoïste, moi! Je ne donne rien pour rien! Je ne fais point de cadeaux qui ne me rapportent rien! C'est un marché que je conclus avec vous!

— Un marché? Comment cela, monsieur le Docteur!

— Sans doute! Je vous achète.... votre gibus marin, votre chapeau de cérémonie.... Ah! mais! celui-là aussi est une pièce de collection!... Et j'y tiens! »

Martigal se prêta de bonne grâce — on peut le penser — à la demande de l'original docteur, qui devint incontinent l'heureux possesseur du fameux gibus.

« Parfait! dit-il. C'est parfait! Avec mon trombone, cela va me faire une panoplie ravissante!... Mais, à propos, d'où vient donc ce brave instrument à vent qui s'amuse ainsi à prendre des bains de mer? »

On examina l'objet. Sa marque bien lisible portait : *Ventadour, fabricant, Paris*;

et de l'autre côté du pavillon se lisait cette inscription : *Grand Cirque Français, Gaëtan Karamel, directeur.*

« C'est une épave de naufragés, dit le Docteur, ce ne peut être que cela ! » Et sa voix s'imprégna de tristesse.

« Sans doute, mon oncle... c'est un naufrage !... Peut-être bien même est-ce un naufrage provoqué par l'éruption du volcan sous-marin.

— Pauvres gens, murmura Yvonne, pauvres gens !

— En tout cas, nous signalerons ce détail au prochain port où nous atterrirons ; cela peut parfois donner une indication précieuse, non seulement à l'armateur du bateau qui portait ce pauvre M. Karamel, mais surtout aux malheureux parents des passagers qui, si l'équipage n'a pas été sauvé, doivent être dans une mortelle inquiétude. Il faut même signaler sur notre livre de bord la découverte de ce trombone, qui sera pour bien des gens une épave intéressante. Vous n'y manquerez pas, n'est-ce pas, Le Caillec ?

— Entendu ! mon commandant. »

L'après-midi, Martigal reprit ses fonctions de scaphandrier.

Or, comme il venait de s'immerger depuis cinq minutes à peine, on l'entendit pousser une exclamation de surprise.

« Qu'y a-t-il ? questionna Roger.

— Une épave ! mon commandant, un bateau submergé !...

— A-t-il un nom ?

— Je ne puis encore le voir.... Je vais le contourner ; son avant est enfoncé sous un amas de décombres qui ressemblent à de la pierre ponce. La cheminée, peinte en rouge et bleu, semble roussie par places. Attendez ! »

Peu après le second maître téléphona :

« L'arrière est roussi également, mais l'inscription du nom se lit bien. C'est la *Mouette*, numéro d'inscription 1127.

— Y a-t-il des cadavres ?

— Oui, j'aperçois un bras sortant d'une écoutille ! Et puis le plancher du pont est carbonisé par places, il est comme moucheté par une pluie de feu ! Son mât d'artimon ressemble à une bûche aux trois quarts consumée.

— Pourriez-vous, — sans danger pour vous, bien entendu, — pénétrer à l'intérieur ?

— Je vais essayer, mon commandant.

— Et surtout, soyez prudent, mon brave Martigal. »

Mais Roger venait à peine de lancer au second maître cet avertissement qu'il l'entendit pousser un cri terrible. En même temps, la corde d'attache subissait de violentes secousses, et la voix du malheureux Martigal lança dans le circuit téléphonique cet appel terrifié :

« A moi !... mon commandant, à moi !... Les requins !!!

CHAPITRE VII

Dans lequel il est démontré qu'une petite fille ne doit jamais se promener dans une forêt vierge sans se faire accompagner par sa poupée.

Rapide comme une traînée de poudre enflammée, une rumeur d'épouvante parcourut l'équipage tout entier, le secouant d'un frisson, arrachant non seulement Bigoudi à son fourneau, mais le mécanicien à sa machine, et le timonier à la surveillance de son gouvernail !

Seul, le second Le Caillec, pâle d'angoisse, mais calme, ne bougea pas de sa passerelle et garda son sang froid pour parer à tout, pendant que la voix puissante de Roger de Maindragues, lançait fiévreusement :

« Hâlez ! les gas !... Hâlez !! Vite ! Vite !

— Pare à virer ! commanda Le Caillec, la barre à tribord... toute ! A toute vitesse ! »

Cet ordre rappela le timonier et le mécanicien à leur devoir. Le *Sylphe* presque couché sur la vague évolua dans un sillon d'écume et prit du train, filant de tous ses moyens vers le sud-ouest.

La manœuvre était bien combinée. Elle avait pour but d'éloigner le plus rapidement possible le malheureux Martigal des ennemis monstrueux qui l'attaquaient.

Les requins ont en effet la vue peu développée, et malgré leur odorat très fin, ils perdent rapidement la trace de la victime qu'ils convoitent, lorsqu'elle a réussi à prendre du champ.

Mais n'était-il pas déjà trop tard?... Les deux matelots acharnés au treuil du cordeau d'attache arriveraient-ils, malgré leur activité, à soustraire leur infortuné camarade aux dents meurtrières des squales?

C'est ce dont Roger de Maindragues et le docteur Sarbacane étaient loin d'être sûrs! Martigal se trouvait en effet par un fond de 25^m,50, lorsqu'il avait poussé son appel; or, le moulinet du treuil qui, en cas normal, s'enroulait avec une rapidité relative parce que le plongeur s'aidait lui-même dans son ascension vers l'air libre, présentait cette fois une résistance!! Le malheureux avait-il donc été déchiré par les mâchoires des monstres?

De plus, il ne répondait point aux questions; et la corde tendue semblait arracher du fond sous-marin une chose déjà inerte!...

Roger, la sueur aux tempes, précipitait ses ordres :

« Plus vite!... Plus vite!... »

Mais les matelots n'avaient pas besoin qu'on les excitât.... Ils donnaient toute leur énergie!

Sarbacane était pâle; ses joues si roses d'habitude étaient aussi blanches que ses favoris neigeux; une anxiété effroyable lui comprimait le cœur, et une larme lui tremblait au bord des cils!

Quant à Yvonne, elle était partie en sanglotant! Miss Ziska Gottorp l'avait entraînée dans le fumoir.

Vingt mètres furent enroulés.

« Encore cinq!... Vite!... Vite!... », cria Roger.

A cet instant, un corps brun émergea, puis un autre, puis toute une bande!... C'étaient les requins à large tête féroce, à la queue effilée, qui faisaient leur apparition!... Mais ils replongèrent!

« Mon Dieu!... Mon Dieu! murmura le professeur... Oh! que c'est long!... »

Enfin!... A travers le voile vert des eaux une masse sombre apparaît!... Est-ce un cadavre qu'on ramène?... Tous les cœurs battent à coups précipités dans toutes les poitrines!...

Et l'angoisse fait place à l'horreur!... La masse sombre devient plus nette!.. mais... l'eau est rouge tout autour d'elle!... Plus de doute, hélas! Martigal est mort!...

C'est au milieu d'un silence funèbre que quatre de ses camarades commencent à hisser le malheureux sur la plate-forme de l'escalier! Alors, on se rend compte!... Les tubes de caoutchouc pour l'alimentation d'air sont coupés presque au ras du casque; la vitre de visage est brisée en mille éclats. Enfin, sur l'épaule de Martigal, le caoutchouc du vêtement imperméable, lacéré, laisse voir à nu la peau ensanglantée, meurtrie par une série d'effroyables morsures! Le poing crispé du second maître tient encore — convulsivement serré — le pistolet à gaz!

Et pendant qu'avec effort, les quatre matelots tirent hors de l'eau la victime, une tête monstrueuse émerge à un mètre d'eux!... Tête béante!.. fendue d'une énorme ouverture — la gueule — où trois rangs de dents meurtrières vont happer les jambes du scaphandrier.

Un cri terrible empreint de tous les sentiments que l'horreur, la pitié, la frayeur, la colère peuvent faire naître au cœur des hommes, un cri indéfinissable jaillit! Mais, le dominant de son bruit sec, une détonation éclate... et le monstre, tournant sur lui-même dans un sursaut violent plonge et s'enfuit pour reparaître un peu plus loin, mais mort, et flottant dans un lac de sang!

« Tu y es tout d'même, brigand!... Ah! voyez-vous ça!... Ça veut manger l'monde!... Tu mangeras plus personne à c't'heure.... »

C'était la brave mère Lanfry qui, carabine au poing, invectivait ainsi le squale.

Elle ne semblait plus ridicule en ce moment terrible, transfigurée qu'elle était par la colère, et, comme pendant qu'on remontait Martigal sur le pont, la bande des requins alléchés par l'odeur du sang de leur congénère, reparaissaient à fleur d'eau, la mère Lanfry empoignée d'une frénésie se mit à vider sur eux le magasin de sa carabine à répétition.

Son mari l'imita; des matelots suivirent ce bon exemple, et Bigoudi lui-même empoigna un winchester et se mit à tirer. Pendant deux minutes une fusillade nourrie crépita : les balles écrêtèrent les vagues, et, de la bande compacte des squales, il n'en resta plus que deux ou trois qui, non effrayés par le carnage, mais par le bruit, plongèrent et disparurent.

Cependant, le malheureux scaphandrier avait été dépouillé de son costume et transporté sur sa couchette; et le Docteur penché sur lui l'examinait avec attention.

« Bonté divine!.. s'exclama-t-il soudain.... Quelle chance! Bonté divine!... Ah! que je suis content! »

Et sur un regard interrogatif de Roger :

« Mon neveu, mon ami! Ce bon Martigal n'est pas mort! Les morsures, pour profondes qu'elles soient, n'affectent que le plan musculaire, et l'hémorragie, bien que très forte, ne met point ses jours en danger. Ce n'est pas de la dent du requin qu'il aurait péri, mais d'asphyxie.

— D'asphyxie?

— Mais oui! d'asphyxie par immersion!... Noyé si vous aimez mieux! Vite, à la besogne? »

Sarbacane mit lestement habit bas, retroussa ses manches, puis, aidé par Roger de Maindragues, il commença les massages utiles, les tractions rythmiques de la langue; en un mot toutes les opérations indiquées par la science pour ranimer un noyé.

C'est parfois une besogne très rude, très fatigante, car elle dure souvent plusieurs quarts d'heure avant d'amener un résultat. Mais chez Martigal la syncope ne fut pas de longue durée. Dix minutes plus tard il ouvrait les yeux et le Docteur poussa un « Ouf!... C'est fini!... » qui lui venait du fond du cœur.

Pauvre Martigal! Il en réchappait d'une belle! Mais il en fut quitte pour quinze jours de repos, le temps de cicatriser complètement ses blessures à l'épaule.

Il put donc, dès le lendemain, raconter ses impressions au cours des minutes affreuses qu'il avait traversées.

« Oui, mon commandant! expliqua-t-il à Roger, moins d'une seconde après vous avoir appelé, j'ai été entouré, enfoui en quelque sorte dans la masse des squales. J'ai éprouvé, je l'avoue, une frayeur inouïe et pourtant j'ai saisi par instinct mon pistolet. A cette minute un choc — un coup de nageoire sans doute — m'a jeté sur le sol aussi violemment que l'eût fait une barre de cabestan qui dérape! Presque au même instant j'ai, à travers la vitre, aperçu le ventre gris d'un requin, j'ai vu ses mâchoires s'ouvrir et j'ai tiré au hasard.

Mais la mâchoire s'était refermée sur mon casque! Alors j'ai senti une violente douleur à l'épaule; je me suis rendu compte que sous l'effort du monstre la vitre craquait!... L'eau m'est arrivée en plein visage, m'est entrée dans la bouche!... Pourtant malgré ma suffocation j'ai encore tiré. Ai-je touché mon ennemi? Je n'en sais rien! C'est probable, car il m'a lâché et ensuite... Je ne me rappelle plus rien... Je me suis évanoui!

— On s'évanouirait à moins, mon brave, dit le professeur.

— Enfin, conclut Roger, l'important est que vous avez la vie sauve.

— Je vous en remercie, mon commandant, et aussi tous mes camarades ainsi que madame Lanfry.

— Oh! dame! s'écria le Docteur, il est certain que sans elle, vous seriez peut-être mort à l'heure qu'il est. En mettant les choses au mieux, le squale vous eût emporté les deux jambes, et c'est parfois gênant pour marcher.

— Sans doute, monsieur le Docteur, fit Martigal en souriant.

— Ah! quelle femme étonnante que cette bonne mère Lanfry, reprit le Docteur. C'est qu'elle vous manie un fusil mieux encore que la queue d'une casserole!... Et ce n'est pas peu dire!... Ah! je vous assure, mon brave Martigal, que c'est une cuisinière comme on n'en voit pas tous les jours!... Si encore elle se contentait d'être adroite à la carabine, et d'atteindre la perfection dans la confection de sauces qui eussent fait rêver Lucullus!... Mais non! Elle excelle dans tous les arts!... Je veux dire dans tous

les sports!... Tenez, Martigal! Je vous parie ce que vous voudrez que s'il lui prenait
fantaisie de vous envoyer une gifle....

— Merci bien, monsieur le Docteur.... Vous êtes vraiment trop bon.

— Ce n'est, bien entendu, qu'une simple supposition, mon ami, articula
sans rire Sarbacane. Mais je vous parie qu'elle vous retournerait la tête face en
arrière.

— J'aime mieux ne pas en tâter, Docteur! Et puis cela vous donnerait trop de
mal; il faudrait que vous me remettiez la tête d'aplomb.

— A votre service, mon ami. A votre service. »

Roger de Maindragues intervint :

« Mon oncle! gourmanda-t-il en souriant, je vois que vous avez le secret de la
gaieté éternelle. Mais revenons aux choses sérieuses. Voilà votre exploration sous-
marine terminée.

— Comment cela?

— Je dis : votre exploration sous-marine a pris fin! Vous pensez bien que je
refuse, de la façon la plus formelle, à la continuer. Je n'ai pas le droit d'exposer ainsi
la vie de mes hommes. Il y a trop de requins.... sans compter les dangers du sol
volcanique lui-même.

— Oui, vous avez raison, murmura le Docteur après un instant de silence. On
dirait qu'ils se sont donné rendez-vous ici depuis hier, ces brigands de squales! On
en voit toute une collection qui nous suit... des roussets, des squales-marteau, des....

— Non! Ils ne nous suivent pas, interrompit Roger. C'est la règle d'en trouver
partout dans les mers chaudes, et si j'avais permis les descentes sous-marines de
ces derniers jours, c'est que, vu leur absence de ces parages, je les pensais momentanément éloignés par la violence de l'éruption.

— Et puis du reste, monsieur le Docteur, nous ne pourrions plus continuer.
puisque nous n'avons plus de scaphandre en bon état.

— C'est vrai! Martigal, c'est vrai!

— Au surplus, mon oncle, reprit Roger, vous avez déjà un carnet d'observations
bien garni.

— Sans doute, mais... notre or! notre banc d'or!

— Oh!... Où est-il à l'heure actuelle? Évaporé! évanoui dans les profondeurs
insondables du cratère! Qui sait même si le cratère lui-même existe encore; s'il n'a

pas été détruit, comblé par les courants et les pressions ? Voyez-vous, mon
oncle, on ne peut guère opérer avec
certitude sur ces sols spéciaux et friables, dans ces plaines protéiques et
mouvantes comme le sable du désert
sous l'action du simoun.

— Si! articula le professeur, on
pourrait les explorer avec l'hydrostat,
le caisson à plongeurs perfectionné.

— Erreur!... Il y a là un danger
encore plus grave si le sol descend sous
le poids du caisson. Mieux vaut encore
le scaphandre.

— Allons! soupira Sarbacane.
Vous avez constamment raison contre
votre oncle, monsieur mon neveu....
Je me résigne donc puisqu'il le faut!
Et maintenant qu'allons-nous faire?

— Ce que vous voudrez! Vous
voyez, mon oncle, que je ne suis pas
contrariant.

— Eh bien ; si nous allions faire
un tour à Java, histoire de nous distraire?

— Allons à Java, si c'est votre
désir. Aussi bien, notre programme
primitif ayant été si profondément
modifié, profitons de l'occasion et
visitons l'archipel de la Sonde.

— D'autant plus que cette partie
du globe est, sans conteste, une des
plus curieuses, je dirai même une des.

PIPENKORN SENIOR

16

plus belles à voir, avec ses forêts splendides, son sol tourmenté par les volcans et sa flore bizarre et puissante. Il y a de plus, en ce qui me concerne, une considération en faveur de cette petite visite, c'est que ces contrées sont nouvelles pour moi. Je n'y ai jamais mis le pied, et ne les connais que par ouï-dire, ou par des relations scientifiques.

Sarbacane s'arrêta et se frappant le front du plat de la main :

« Tiens! au fait! J'ai un ami à Batavia, le président de la Société de Géologie Coloniale hollandaise! Je ne le connais pas autrement que par correspondance; mais c'est un savant, paraît-il, et par suite ce doit être un charmant homme! Cette circonstance nous donne tout de suite une entrée dans la place. Parfait! parfait! nous allons à Batavia chez mon ami l'honorable Van Pypenkorn.

— Entendu! nous mettons le cap sur Pypenkorn, dit plaisamment Roger.

— Cet excellent Van Pypenkorn, continue Sarbacane sans relever la plaisanterie de son neveu. Cet excellent Pypenkorn! Je me suis laissé dire que sa société de Géologie Coloniale se composait de lui-même comme Président, de sa femme Mme Kate Pypenkorn qui est vice-président, de son fils Assuérus Van Pypenkorn qui représente l'assemblée. Voilà, ce me semble, une société savante où il ne doit jamais régner le moindre désaccord. J'ajouterai que la dite société comprend un membre honoraire qui n'est autre que moi-même. J'ai reçu mon brevet l'an dernier. Je sais en outre que Pypenkorn est un ancien planteur hollandais de Java, qu'il est fort riche et a cédé sa plantation à son fils Assuérus : de plus Pypenkorn aîné, ou si vous préférez Pypenkorn senior, est un type très original. Donc, nous ne pouvons manquer de nous entendre tous les deux.

— Il serait regrettable, mon oncle, de ne pas faire sa connaissance. J'en grille moi-même d'envie, après l'exposé que vous venez de faire de ses multiples qualités.

Et l'on mit le cap sur Batavia, où le soir même on jetait l'ancre. Quelques heures plus tard un navire battant pavillon américain stoppait au large de la rade; mais personne à bord du *Sylphe* ne songea même à s'en occuper. Ce navire était pourtant le même qui suivait le *Sylphe* depuis plusieurs jours. C'était le pseudo-*Newcastle* ce vaisseau protée qui changeait si facilement de nationalité apparente. Mais tant d'événements étaient survenus depuis sa rencontre avec le *Sylphe* qu'on avait absolument oublié ce steamer; et Roger-lui-même ne se douta nullement qu'il était l'objet d'une surveillance étroite, d'un espionnage constant de la part de ce bateau aux paisibles allures.

Le crépuscule tombait lorsqu'on stoppa.

« Demain seulement, nous descendrons à terre, dit Roger au Docteur.

— Bien, mon neveu, mais avant de descendre, tout le monde va passer par mes mains.

— Vous avez donc des intentions hostiles vis-à-vis de nous, mon oncle.

— Pas le moins du monde; mais je maintiens ma métaphore : Vous allez tous me passer par les mains.

— Je ne saisis pas...

— Vous n'avez pas à saisir. C'est moi qui vous saisis le bras, à vous d'abord, à Yvonne ensuite, et à chacun des passagers à tour de rôle.

— Ah çà! pensa Roger, mon oncle deviendrait-il un peu fou?

— Je vois, poursuivit le Docteur, oui, je vois à votre façon de me dévisager que vous n'avez pas compris.

— Quant à cela! vous êtes dans le vrai. Je n'y comprends goutte!

— Écoutez donc, jeune présomptueux! Vous savez aussi bien que moi que l'air de Java — comme du reste l'air des zones équatoriales et intertropicales — est parfaitement malsain pour des poumons qui ne sont pas habitués à ses mauvaises intentions. Il y flotte de la mal'aria en quantité; il contient de la fièvre entérique, ses humus recèlent le microbe paludéen et une masse de molécules pathogènes des plus malfaisantes pour l'organisme.

— Je sais tout cela, mais les mal'arias dont vous parlez ne règnent pas sur la côte.

— Des fois! En tous cas, comme disent les bonnes femmes de campagne : vaut mieux prévenir que guérir. Donc, je vais vacciner tout le monde. Je ne suis pas comme vous, mon neveu. Je pense à tout! Je suis un savant plein de précautions. Or comme on a découvert depuis peu le virus anti-fébrile des pays chauds, j'en ai embarqué un fort lot en tubes hermétiquement clos pour nous en servir le cas échéant.... Ah! vous pensiez que j'allais laisser mon Yvonne, ma petite pêche de velours, risquer sa frêle jolie frimousse au milieu des miasmes, et parmi les plus intempestifs microbes qui soient au monde? Vous étiez dans l'erreur, monsieur mon neveu!

— Mon oncle, vous êtes un homme parfait et je vous rends grâces pour votre prévoyance. Mais dites donc, ça va nous donner une fièvre de cheval, votre machine...

— Mon pauvre ami! lança dédaigneusement Sarbacane en haussant les épaules, mon pauvre ami! Est-ce que vous y croiriez, vous, à la faillite de la Science?... Allons donc! La science est au contraire la grande protectrice du genre humain! Est-ce que nous n'avons pas, nous autres savants, tout à notre disposition? Tenez, homme de peu de foi! je vais encore vous apprendre que dans mon colis de pharmacie j'ai un autre virus...

— Que de virus! que de virus! N'allez pas vous tromper au moins, et nous inoculer le virus de la colique.

— Je n'en ai pas emporté, riposta Sarbacane avec un sérieux imperturbable, et c'est vraiment dommage, car je vous aurais vertement puni de votre impertinence, en vous en lançant sous la peau une dose à faire demander grâce à un éléphant d'Asie.

— Merci de l'intention!

— Il n'y a pas de quoi!... Je reviens à mon second virus. En même temps que j'inocule à mon sujet le virus anti-fébrile destiné à l'immuniser de la fièvre coloniale, je lui injecte un second virus destiné à paralyser l'action du premier dans les premiers effets de son contact avec le sang. Certes, sans cela vous auriez durant 24 heures le bras gros comme une patte d'hippopotame, mais grâce à la seconde injection.... pas ça d'inflammation. »

Le professeur fit claquer l'ongle de son pouce sur ses incisives et conclut :

« Est-ce assez beau? Est-ce un joli résultat!

— Je m'incline, mon oncle.

— Ce n'est pas malheureux!! »

La mère Lanfry passait au moment; Sarbacane l'appela :

« Ma bonne, dit-il, veuillez venir avec nous. »

Et quand ils furent dans la chambre du Docteur, ce dernier ouvrit un coffre, en tira des tubes, qu'il décoiffa de leur capsule, et prenant dans sa trousse une petite seringue d'argent dite seringue Pravaz, il l'emplit au quart dans un des tubes de virus.

« Mère Lanfry, dit-il, vous allez passer la première.

— Quoi c'est que vous voulez m'faire, m'sieu l'Docteur?

— Vous injecter cela sous la peau du bras.

— Ah! mais non!

— C'est pour vous garantir de la fièvre coloniale.

— Allons donc! Vous voulez m'faire une attrape!

— Pas le moins du monde. Relevez votre manche. »

Perplexe, la brave Philomène obéit pourtant et de sa manche repliée jaillit un biceps à rendre jaloux un hercule de foire.

Elle supporta sans broncher les deux piqûres.

« Maintenant, mère Lanfry, dit le professeur, vous n'êtes plus capable d'attraper la mal... »

Mais Philomène l'interrompit au milieu du mot.

« Hein! C'que vous dites là, mon pauvre monsieur le Docteur, c'est pas à moi qu'il faut dire des affaires pareilles. Parce que vous m'avez piqué l'bras, vous vous imaginez que je n'pourrais plus attraper la malle! Ousqu'elle est vot'malle? Vous allez voir si ça m'empêche de la porter.... et à bout d'bras encore!

Mme Lanfry cherchait de l'œil un objet lourd à défaut de la malle, pour démontrer séance tenante que la piqûre ne lui avait en rien enlevé ses moyens. Le Docteur riant aux éclats l'arrêta.

« Ma bonne maman Lanfry, dit-il, il ne s'agit pas de ça. Si vous n'aviez pas coupé ma phrase, vous auriez vu que je ne songeais point à douter de vos muscles. Il n'est pas question de malle. C'est contre la mal'aria que je viens de vous vacciner.

— Que qu'c'est que ça?

— Une maladie que vous auriez pu attraper à Java.

— Ah! bon! Pour lorss y'a du bon. Mais n'empêche que, vous autres savants, vous parlez jamais qu'avec des mots biscornus que personne peut comprendre.

Une heure plus tard, presque tous les passagers du *Sylphe* étaient vaccinés, y compris Yvonne qui avait bien eu, il est vrai, un peu peur. Mais son grand-papa s'y était si bien pris, il avait eu de si infinies délicatesses pour le bras mignon et potelé — qu'il embrassa du reste — que l'opération passa lestement, le temps de mettre une lettre à la poste!

Le lendemain, tout le monde avait bien dormi; personne n'avait éprouvé la moindre fièvre, et tous pouvaient impunément braver les redoutables effets des miasmes coloniaux.

Il n'y avait que Bigoudi et Zanim que le Docteur avait dispensés de la vaccine antifébrile, leur race les immunisant naturellement.

Quant à Muf, la mère Lanfry l'avait amené au Docteur et lui avait demandé s'il ne vaccinerait pas aussi le « pauvre petit bestiau ».

« Inutile! ma brave Philomène. Il y a entre Bigoudi et Muf une ressemblance....

— Ça! C'est bien vrai! Il a l'air d'un grand singe, cet animal de Bigoudi!

— Mère Lanfry, veuillez ne pas m'interrompre pour vous livrer à d'aussi désobligeantes comparaisons vis-à-vis du maître-coq, et surtout ne pas me prêter à son

endroit, 'intention même d'une allusion aussi malséante. Non! Bigoudi est au contraire fort bien doué sous le rapport du physique. Je voulais dire simplement ceci : Bigoudi et Muf sont nés dans la même zone intertropicale, et ni l'un ni l'autre n'ont à redouter la fièvre. Muf est peut-être plus immunisé que Bigoudi, puisqu'il est originaire d'une île très voisine, l'île de Sumatra.

— C'est donc ça!... s'écria la mère Lanfry; il a l'air tout plein content, c'pauv'-petit bestiau! C'est la joie de revoir son pays!

— C'est bien possible! Aussi je vous recommande à vous ainsi qu'à Anacharsis de le laisser constamment à l'attache. Il pourrait, si nous descendons à terre, avoir le désir bien légitime d'aller dire bonjour à sa famille! Et si vigoureuse que vous soyez, ma bonne, vous ne disposez pas d'une agilité égale à la sienne. Il aurait vite disparu ! Donc surveillez-le. »

Sur le coup de onze heures, le Docteur, Roger et Yvonne descendirent à terre, Depuis la veille, le *Sylphe* avait correspondu par signaux avec le sémaphore. Aussi tout le monde était prévenu de l'arrivée du docteur Sarbacane.

Le président Van Pypenkorn avait adressé par le même moyen de transmission des souhaits de bienvenue au professeur.

On ne s'étonnera donc point d'apprendre que lorsque le canot du *Sylphe* accosta, la Société de Géologie coloniale était là au grand complet pour recevoir Sarbacane. Le lecteur qui connaît déjà la composition de la Société savante dont Pypenkorn était président, se dira sans doute que la réception était plutôt maigre. Quelle erreur! Van Pypenkorn, étant lui-même une personnalité tout à fait marquante, s'était fait accompagner par beaucoup de ses amis hollandais, qui sont du reste, on le sait, très sympathiques à la France; et tous s'étant formés en cortège, attendaient gravement le Docteur. On avait même eu la délicate attention de pavoiser le débarcadère aux couleurs de France; la musique de la ville prêtait son concours à la cérémonie.

Sarbacane put donc s'imaginer qu'il assistait en France à une distribution solennelle des prix, ou à un Comice agricole.

Bien mieux! il connut l'ivresse des acclamations populaires, car Pypenkorn avait distribué force tafia, opium et bétel, aux nègres et aux Malais de la basse ville en les priant de manifester leur admiration sur le passage du professeur. On voit que c'était bien là une manifestation spontanée! Le digne Pypenkorn leur avait même prescrit de crier : « Vive Sarbacane! » mais comme ces braves indigènes ne se rendaient pas un compte bien exact du cri qu'on réclamait à leurs poumons enthousiastes, comme d'autre part le tafia et l'opium ne sont pas précisément faits pour aider les gens à avoir de la mémoire, les populations indigènes oublièrent un peu la phrase prescrite, et ne se souvinrent bien que de la syllabe finale.

Ce furent néanmoins des cris nourris tels que : Abalakane!... Labouldekane!... Birbakane!... et autres déformations similaires qui jaillirent bruyamment sur le passage du brave professeur pendant qu'il gagnait le *Veltevreden*, c'est-à-dire la ville européenne, composée d'admirables villas plantées de magnifiques jardins.

Au fond, qu'on eût crié cela ou autre chose, cela importe peu, n'est-il pas vrai? L'important c'est que la conviction y était! Et notre ami le Docteur, saluant gracieusement, distribua des : « Merci bien, mon ami! » « Trop honoré, chère madame! » en réponse aux « *bouldekane* » que lui jetaient les Malais, les négresses, les Chinois.

Nous n'insisterons pas sur la réception chaleureuse que reçurent les passagers du *Sylphe* dans la superbe habitation de Pypenkorn senior.

Ce gros homme bedonnant, qui semblait ridicule dans l'habit à queue et sous le chapeau de soie arborés pour la réception solennelle de son collègue Sarbacane, avait certainement le sentiment du beau.

C'était un véritable palais que sa villa, et cela semblait étrange que cet homme épais, à l'air rustaud, aux grosses mains rougeaudes, porteur d'une barbe grise en collier qui lui donnait un faux air d'orang-outang; il semblait étrange, disons-nous, de voir ce personnage à son aise au milieu de ces splendeurs.

Et pourtant, malgré son air de vieux paysan des Frises, c'était lui-même qui avait fait construire et aménager cette merveille qui n'était pas seulement un logis idéal pour l'œil, mais encore une habitation du dernier confortable.

Pourtant ce ne fut pas la maison qui provoqua chez les visiteurs la plus forte somme d'admiration, ce ne fut point le déjeuner, servi dans de la vaisselle d'argent qui étonna notre petite Yvonne, ce fut la visite aux jardins.

Cette promenade fut un émerveillement,... une extase!

Trente hectares, situés en pente et dominant la mer composaient un jardin, comme n'en purent jamais rêver les poètes, comme jamais n'en décrivirent les conteurs arabes des Mille et une Nuits.

Était-ce même un jardin? n'était-ce pas plutôt une forêt admirable, où chaque plante, chaque fleur, chaque arbre arrachait à l'Européen surpris une exclamation de surprise admirative?

Ce n'était point le jardin anglais aux pelouses correctes et bien ratissées, mais un fouillis où la nature et l'homme avaient uni leurs efforts pour faire beau; une forêt vierge en réduction où le baobab pansu voisine avec le bananier géant aux régimes retombants, où les pandanus nains à chevelure servaient aux lianes cultivées à enrouler leurs anneaux; où se mêlaient des fleurs bizarres, aux formes inquiétantes d'animal inconnu, aux couleurs ignorées!

Dans un groupe de palmiers divers se dressaient des yriartéas au tronc ventru qui jetaient là leur note comique. On eût dit de grands parapluies en feuilles vertes, surmontés d'une aigrette de plumes, et dont les manches eussent été fabriqués à l'aide de carottes gigantesques.

Mais le rire frais qui éclatait sur les lèvres d'Yvonne en les contemplant s'arrête et fait place à un cri de frayeur.

« Oh! la vilaine bête! dit-elle en se reculant.

— Non! petite perle! riposte Sarbacane. C'est une fleur!... et même une très belle fleur!... C'est une orchidée.

— Ça!... une fleur?

— Oui! Vous voyez, mademoiselle, dit galamment Pypenkorn junior, en la cueillant. C'est une orchidée qui ressemble à s'y méprendre à une araignée rouge pointillée de noir et de jaune. La voulez-vous?

— Non! non! fait la fillette en en retirant sa main. J'aime mieux les autres.

— Cueillez-les! »

17

JAUL DE GÉMANT.

Et voilà Yvonne fourrageant dans un lot d'admirables corolles auprès desquelles nos orchidées de serre sont comme le verre auprès du diamant. Elle en choisit sept ou huit qui réalisent dans sa main le plus merveilleux effet de couleur. Mais elle n'est pas au bout de ses étonnements, la mignonne!

Sous un dôme de lianes volette une bande d'oiseaux diaprés; des oiseaux jaune d'or, des autres bleu ciel, des ignicolores, des bengalis blancs à tête rouge, des mésanges bleu et orange, puis des oiselets tout petits, gros comme son petit doigt et qui paraissent avec leur plumage bleu paon moucheté d'or sortir en droite ligne de l'atelier d'un artiste japonais.

« En voulez-vous un? mademoiselle.

— Oh! oui, monsieur. »

Pypenkorn junior lance en malais un ordre à un petit indigène qui les accompagne.

Le petit « boy[1] » part au grand galop, revient peu après avec une seringue de métal.

Et comme dans les beaux yeux d'Yvonne apparaît un réel étonnement à la vue de ce singulier engin de chasse, son grand-papa lui donne l'explication du mode employé pour chasser ces jolies bestioles. C'est du reste le même procédé qu'on emploie pour capturer les oiseaux-mouches.

L'oiseau d'or est en effet si frêle, si menu, si délicat, qu'un seul grain de plomb le mettrait en charpie et que rien ne resterait de son brillant plumage. Pour obvier à cet inconvénient, on remplace le fusil et le plomb meurtrier par une seringue et de l'eau pure. Les gouttelettes d'eau tombent sur les petites ailes dorées du petit oiselet, qui étourdi d'abord, s'accroche à une branchette. Le poids des gouttes d'eau trop lourd pour les ailes mignonnes l'empêche de les ouvrir. On le saisit alors avec d'infinies délicatesses pour ne pas le briser.

C'est ce que fit le petit boy qui, montrant dans un sourire ses dents aiguës déjà noircies par le bétel, déposa précieusement le petit bijou ailé dans la main d'Yvonne.

Mais... le pauvret avait bien peur. Ses petits yeux qui semblaient deux perles de jais noir imploraient; de son bec, gros comme une aiguille, une supplication s'envolait dans un pépiement; il donnait tout son faible effort pour essayer d'ouvrir les jolis doigts roses qui l'emprisonnent, et tout son petit cœur bat bien fort, bien fort!

« Pauvre mignon! murmure Yvonne prise d'une tendresse. Je ne te ferai pas mal, va!... Tu es bien trop joli, et tu seras encore bien plus joli dans cette grande fleur! »

Une large campanule orangée, au pistil vert-tendre ouvre sa corolle à ses pieds; c'est un berceau tout préparé pour le petit captif! La fillette embrasse son prisonnier et le place délicatement dans la fleur. Il s'y blottit peureusement et son poids ne fait même pas pencher la tige de la campanule.

Yvonne sourit alors en contemplant ce délicieux spectacle : l'oiselet dans la fleur!... bijou irréel, merveille que créa la nature, et qu'aucun grand artiste en joaillerie n'égalera!

« Venez voir l'étang, mademoiselle », dit le vieux Pypenkorn.

1. Boy, en anglais : garçon. Dénomination usitée aux colonies pour désigner un jeune domestique.

Yvonne lance un baiser à l'oiseau bleu paon moucheté d'or et la promenade se poursuit sous un dôme merveilleux de palétuviers à travers lesquels le soleil filtre, incendiant de la gloire de ses rayons les frondaisons et la jonchée de fleurs qui garnit les hautes herbes.

La voici devant l'étang dont les bords sont couverts de roseaux effilés à larges feuilles. A son approche des hérons roses aux ailes gris bleu s'envolent, et dans l'onde verte de gros cyprins rouges s'enfuient.

« Oh! grand-père, s'écrie notre petite camarade, vois donc ces grandes feuilles de nénufar!

— Ce ne sont pas des nénufars, ma belle rose, ce sont des nymphéas géants à fleurs nocturnes. Il en existe encore de plus grands en Amérique. On en a vu dont les feuilles mesurent deux mètres de diamètre, et sur lesquelles un homme prenait pied comme sur un radeau.

— Oh! par exemple.

— C'est la pure vérité! quant à leurs fleurs, elles s'ouvrent lorsque tombe la nuit. Elles développent alors sur toute la surface du marais ou de l'étang une odeur caractéristique difficile à définir, qui rappelle à la fois le goût de l'ananas, de l'orange, de l'anis et l'odeur de vanille. Mais quand arrive le crépuscule matinal, la belle fleur odorante se flétrit, se plisse et s'enfonçant sous l'eau elle disparaît.

— Oh! comme c'est curieux, tout cela, s'écrie la fillette.

— Tu auras bien d'autres étonnements, ma chérie, reprend son père, quand nous ferons des promenades dans les plantations de M. Assuérus van Pypenkorn; car il vient de nous inviter à aller visiter son exploitation et j'ai accepté. Ai-je bien fait? »

Pour toute réponse, Yvonne, battant des mains, sauta au cou de son père.

Assurément! il avait bien fait, le bon petit père! C'était si joli, si nouveau, si plein de couleur et de charme, ce pays si extraordinaire, et le désir d'y rester venait presque à l'esprit de la fillette.

On convint donc de se mettre en route, dès le surlendemain, pour le domaine de M. Assuérus et, ce soir-là, Roger de Maindragues retourna seul à bord du *Sylphe* pour y jeter le coup d'œil du maître. Le Docteur et Yvonne reçurent l'hospitalité la plus complète dans la villa de Veltevreden.

Ce même soir, Sarbacane et Pypenkorn senior restèrent longtemps à deviser. Confortablement installés dans des fauteuils, un cigare exquis aux lèvres, les deux hommes échangèrent leurs impressions sur le cataclysme récent.

Sarbacane, mieux encore que son interlocuteur, était à même de donner des détails intéressants. Il ne s'en fit pas faute, et comme il racontait l'épisode tragique de la découverte de l'épave de la *Mouette*, Pypenkorn l'interrompit :

« Ah ! c'est donc cela ! Il a coulé! Le malheureux navire !

— Vous le connaissiez donc ?

— Non ! Mais il était annoncé comme devant arriver il y a quinze jours à Batavia. On s'est même occupé plus particulièrement de ce bateau parce qu'il amenait une troupe théâtrale, un cirque français, qui devait donner plusieurs représentations.

— C'est cela ! s'écria de son côté Sarbacane. Le cirque Gaëtan Karàmel.

— Parfaitement !… Vous saviez donc?

— Rien du tout ! mon cher Président. Mais c'est par induction que j'ai trouvé cela. N'ai-je pas rapporté de mon excursion en scaphandre le trombone de la troupe Karamel?

— Allons donc ! s'exclama Pypenkorn en riant.

— C'est l'exacte vérité, repartit le docteur Sarbacane qui donna force détails.

— C'est bizarre ! conclut Pypenkorn. Sans vous, on n'aurait pas eu la moindre indication sur ce pauvre bateau. Dès demain, je prierai M. le capitaine

Roger de Maindragues de bien vouloir communiquer la relation de son livre de bord à notre gouverneur.

— Entendu ! Cela fixera bien des pauvres gens sur la perte irrémédiable d'êtres qui leur étaient chers. »

Puis la conversation reprit au sujet du banc d'or. Van Pypenkorn ne fut que médiocrement étonné de cette découverte.

« Il y a, dit-il, de nombreuses preuves que les sous-sols de notre île et de nos mers contiennent de grosses quantités d'or. Malheureusement, on n'a pas encore dirigé d'assez actives recherches dans ce sens. Votre récit me prouve une fois de plus que des explorations intelligentes réussiraient à mettre en rapport des sommes formidables de ce métal. Nous en recauserons ! »

Le surlendemain, la caravane se mit en route de bonne heure.

C'était, en effet, un réel voyage qu'on entreprenait pour aller jusqu'à Wakaria où se trouvaient les bâtiments de la plantation d'Assuérus ; car Wakaria était située à 120 kilomètres de Batavia et non loin de la côte.

Pour y arriver, il existait bien une route d'exploitation carrossable aux chariots de transport. Cette route servait au planteur pour expédier au port de Batavia les produits de son immense ferme. Il n'était pas rare d'y rencontrer des convois de vingt, trente et jusqu'à quarante de ses chariots chargés, attelés chacun de huit buffles, conduits par des nègres ou des Malais et gardés, contre les maraudeurs, par des cavaliers européens bien armés. Mais, ce chemin manquait de pittoresque, il se déroulait soit sur le haut des falaises qui dominent la mer, soit sur le bord même de l'Océan. Par suite, il n'offrait rien de particulièrement intéressant aux investigations scientifiques de Sarbacane et à la curiosité de la petite Yvonne.

Assuérus Pypenkorn avait donc proposé de passer en forêt. Cette route était plus longue de moitié, moins commode et plus fertile en imprévu, mais elle avait l'avantage de présenter au Docteur tous les spécimens de la flore javanaise. On y rencontrerait certainement aussi certains types de la faune des îles de la Sonde.

« Mais... y a-t-il des fauves ? avait demandé, non sans appréhension, le Docteur.

— Peuh ! répondit négligemment Assuérus, à Java on trouve toujours plus ou moins de fauves. Autant demander si on trouve des lapins dans une garenne.

ET LA TROUPE SE MIT EN MARCHE.

— Ah! diable! murmura le Docteur.

— Quelques tigres!... parfois des panthères noires! continua sans s'émouvoir le bon Assuérus.... C'est un joli coup de fusil pour un chasseur! Mais je vais vous dire que, dans la partie boisée que nous allons traverser, ils se font malheureusement assez rares.

— Hein? malheureusement... dites-vous?

— Oui! car ce m'était une distraction précieuse. Mais le voisinage des kraals et des plantations les effraye. On n'en voit presque plus. Je voudrais pourtant bien terminer la tenture de mon salon. »

Et devant l'interrogation muette qu'il lut dans le regard de Sarbacane:

« Parfaitement! continua-t-il. J'ai un salon assez grand, 15 mètres sur 7 mètres et 4 m. 50 de hauteur de plafond. J'ai déjà tapissé trois faces avec des peaux de tigres tués par moi. Il y en a quarante-neuf.... Il m'en manque une vingtaine; mais je désespère d'y arriver. C'est dommage!... Vous verrez cela, Docteur! C'est d'un bel effet avec toutes les têtes formant astragale autour du plafond.

— Je n'en doute pas! répondit le professeur que cette conversation impressionnait. Mais... mon cher monsieur, poursuivit-il après un silence, si nous devions rencontrer de quoi terminer votre tapisserie, je préférerais laisser Yvonne à bord du *Sylphe*.

— Aucun danger, Docteur! aucun danger! Soyez donc, de ce côté, aussi tranquille pour mademoiselle que si elle allait faire une promenade au bois de Boulogne à Paris. D'abord, je lui ai réservé le palanquin dont se servait feu mère pour ses promenades et elle a pour monture l'éléphant de papa Pypenkorn, le brave Boër!

— Ah! il s'appelle Boër! ce brave animal. Cela me rassure.

— Et puis, conclut Assuérus, j'ai envoyé une avant-garde, huit hommes à moi, chasseurs indigènes éprouvés qui sont chargés de préparer notre campement chaque soir et au préalable de faire place nette aux environs.

— Allons!... Je suis plus tranquille. »

Et la troupe se mit en marche.

Elle n'était pas banale, cette troupe-là, qu'on en juge!

En tête, montés sur deux grands beaux chevaux, Roger de Maindragues et Assuérus Pypenkorn marchaient côte à côte. Roger avait abandonné son costume d'officier de marine. Vêtu de flanelle bleue, coiffé d'un large feutre

18

mexicain gansé d'or, botté de fauve, sa carabine en sautoir, il avait, ma foi, fort
grand air. Assuérus portait, lui aussi, un feutre gris. C'était un géant à forte barbe
filasse, aux yeux bleu porcelaine, à l'air calme et sûr de sa force. Derrière eux,
Sarbacane, dans sa tenue habituelle, chevauchait un âne blanc très paisible.
Mais le bon Docteur avait jugé utile d'emporter avec lui tout un attirail. Sur son
dos ballottait une boîte verte de botaniste. Un appareil photographique pendait à
son ceinturon côte à côte avec un revolver. En bandoulière, du côté gauche, on
pouvait admirer sa carabine à gaz ornée d'argent. Sur son épaule droite, un fort
parasol rouge était attaché. Enfin Muf l'accompagnait; lié par sa chaîne à la ceinture
de son maître et, mis en gaieté par la vue des forêts, le singe gambadait de la
croupe à l'encolure de l'âne en passant par-dessus les épaules de Sarbacane.
Parfois, quand le soleil dardait trop fort, le macaque saisissait le parasol et juché
jusque sur le casque de son maître, il l'abritait gravement. C'était là un des
multiples talents de société que Muf avait acquis, grâce au dressage persévérant
d'Anacharsis Lanfry et de sa femme.

Klaps était du voyage et trottinait gaiement en secouant le grelot de son collier.

Boër apparaissait ensuite, portant le palanquin de cuivre, aux tentures de
soie, dans lequel on pouvait voir deux têtes, une laide et une jolie : Ziska Gottorp
et notre amie Yvonne.

Un vieux Malais, nommé Gohr, accroupi sur l'encolure de l'éléphant, le guidait
à l'aide d'un aiguillon et la mère Lanfry, à cheval sur la croupe du bon pachyderme,
veillait à la sécurité de la fillette.

Lanfry, Zanim et Bigoudi suivaient, montés sur des mules et le cortège se
terminait par un groupe de quinze hommes armés, malais et chinois, commandés
par un colosse hollandais qui remplissait dans la plantation d'Assuérus des
fonctions analogues à celles d'un contremaître dans une usine.

Quant au *Sylphe*, il avait l'ordre d'aller attendre en vue de Wakaria l'arrivée
des voyageurs.

Le Caillec avait donc fait lever l'ancre et exécuté ces prescriptions, toujours
suivi avec une ténacité vraiment étrange par le bâtiment aux multiples pavillons.

En effet, le *Sylphe* fut à peine rendu à destination que l'autre, passant au large,
vint, sans être vu, s'installer dans une crique déserte de la côte.

Cependant, la colonne du docteur Sarbacane continuait sa route à travers les splendeurs de la forêt. Le chemin frayé qu'on suivait n'était guère fréquenté d'ordinaire. Aussi n'était-ce pas sur le sol lui-même qu'on marchait, mais sur de hautes herbes déjà foulées par le passage des hommes de l'avant-garde.

Parfois même on pouvait se rendre compte qu'ils avaient dû entamer la forêt, ébrancher des lianes pour que Boër pût passer sans accrocher son palanquin.

Le baobab, le bananier, les palmiers de toute essence, le cocotier formaient l'ensemble de la végétation. Les animaux étaient rares; sans doute l'avant-garde les avait déjà effrayés.

Yvonne put néanmoins se réjouir aux grimaces et aux tours d'agilité de plusieurs bandes de singes; mais c'est Muf qui n'était pas content!!!

Voyant ce lot de camarades s'ébattre en liberté dans la futaie, le macaque poussa des cris aigus; il donna tout son effort pour s'évader!

Heureusement la chaîne était solide, et une friandise qui lui fut offerte à propos par son maître calma ses velléités d'indépendance.

Quant aux oiseaux, ils étaient nombreux et variés. Il y avait aussi dans les branches des troupes d'écureuils bicolores tout à fait charmants avec leurs longues queues touffues.

Par exemple, Klaps ne savait plus où donner de la tête, car d'innombrables troupeaux de lapins et de lièvres lui débouchaient à chaque instant dans les pattes.

En bon chien courant qui connaît ses devoirs, Klaps, donnant de la voix, partait à leur poursuite; mais les lianes, les joncs, les rotangs (improprement appelés *rotins*), arrêtaient rapidement sa marche et le pauvre basset revenait clopin-clopant, essoufflé, tirant une langue aussi longue qu'un cuir à repasser les rasoirs.

Des nuages de perroquets versicolores, des aras bleus ou rouges, des kakatoës gris ou blancs s'envolaient en poussant des cris stridents.

Bref, le décor de cette première journée satisfit en tous points Yvonne, qui, après avoir bien dîné sur une table très bien dressée à l'abri d'une tente, s'étendit dans son hamac et s'endormit à poings fermés sous la garde de Philomène, d'Anarcharsis et de Gohr; non sans avoir couché près d'elle sa poupée Liliane qu'elle avait absolument tenu à emporter en excursion.

La nuit se passa sans incident. Autour des tentes régnait un cordon de petits postes formés par les hommes d'escorte. Chaque poste entretenait avec soin un feu allumé.

De la sorte, s'il y eût eu des fauves aux alentours, on eût été quand même tranquille. Mais les veilleurs ne signalèrent aucun cri, aucun miaulement de tigre ou de panthère. Seuls des sangliers rayés parcoururent en nombre les abords du camp, mais leur présence même indiquait qu'aucun grand félin n'était aux environs.

Pourtant, malgré les veilleurs et les feux, Roger se leva plusieurs fois et fit plusieurs rondes. Sarbacane dormit mal. Quant au bon Assuérus, il ronfla sans désemparer avec une telle force que les noix de coco devaient en vibrer sur le haut des cocotiers.

Au soleil levant, l'avant-garde était déjà partie depuis une demi-heure.

Les serviteurs installaient le palanquin sur le dos de Boër, d'autres sellaient chevaux et mules; Sarbacane herborisait sur les bords de la clairière, Roger causait tout en prenant le café avec Assuérus.

Quant à Yvonne, elle avait voulu aller voir sous la futaie d'énormes fleurs au calice gros comme une tête d'homme, qui jetaient dans la verdure des fougères leur note d'une éclatante blancheur. Sa poupée Liliane sur le bras et suivie par Ziska Gottorp, la fillette s'engagea dans les frondaisons.

Un groupe de camphriers emmêlés de lianes gênait sa marche; elle le contourna et se trouva au milieu des fleurs.

« Oh! que c'est donc beau! s'écria-t-elle. Voyez donc, miss, comme c'est superbe! »

Effectivement c'était un curieux spectacle. Au passage d'Yvonne toutes les tiges des plantes remuées par sa marche se balançaient doucement comme si une vie réelle les animait, et transmettaient le même mouvement à leurs voisines.

On eût dit un champ de grosses cloches de neige qui sonnaient un carillon muet sous les pas de l'enfant; leur pistil, gonflé, couleur de vieux cuivre, complétait l'illusion; et dans cette ondulation lente et comme rythmée, Yvonne avec sa robe blanche, ses cheveux noirs, son visage rose, sa tournure élégante et fine, semblait une fleur plus grande, à laquelle ses sœurs rendaient un amical boujour.

Ravie, la petite fille se mit à courir, afin d'animer encore davantage ce joli et mouvant tapis; elle courut vite... plus vite encore! malgré les appels de miss Gottorp qui criait : « Bas si loin! mat'moiselle! Refenez fite! Fotre baba fa nous cronter! Mat'moi.... »

Elle n'acheva pas ce dernier mot.

LE FAUVE SEMBLAIT HÉSITER.

Yvonne, subitement arrêtée, venait de pousser un cri terrible, et la gouvernante épouvantée voulut crier à son tour.... Elle ne le put!... sa voix s'étrangla
dans sa gorge!... Ziska Gottorp eut à peine la force de pousser un gémissement.

. . . .

Devant Yvonne, à cinquante pas tout au plus de la fillette, un tigre venait
de se dresser!

Il semblait gigantesque à cause de la position qu'il occupait. Le superbe
animal avait en effet posé ses deux pattes de devant sur le tronc d'un arbre tombé
sur le sol. Il dardait ses prunelles d'or vers l'enfant; son mufle zébré de rayures
se plissait, ses narines frissonnaient; il couchait en arrière ses deux oreilles.

Le fauve semblait hésiter!... calculer son élan!

Redoutait-il la proximité du campement dont le bruit arrivait à travers les
branchages? Toujours est-il que le félin resta ainsi un long moment immobile.

Yvonne, en l'apercevant, avait éprouvé, on le comprend, une angoisse indéfinissable. On peut dire que la vie s'arrêta chez elle pendant au moins quinze
secondes, au cours desquelles la pauvrette n'eut conscience que d'une chose, c'est
qu'elle allait mourir!

Elle serrait convulsivement sa poupée contre sa poitrine dans ses deux bras
nerveusement repliés. Une épouvante atroce dilatait ses grands yeux; son visage
avait pris une teinte de cire et le sang avait quitté ses lèvres.

Pousser un second cri, elle n'en avait plus même l'idée; avait-elle seulement
la faculté de penser, elle, fillette de douze ans, alors que sa gouvernante éprouvait
les mêmes angoisses paralysantes au même degré qu'elle?

Heureusement un incident bien menu survint et rompit le charme fatal, qui
changeait ainsi l'enfant en statue.

Une branche pourrie se détacha d'un arbre et tomba avec un craquement sec.

Ce bruit insignifiant détourna pendant une demi-seconde l'attention du tigre,
et rappela Yvonne à la réalité.

Prise alors d'un vertige de fuite, elle se précipite vers le camp! Elle avait
recouvré l'usage de la voix, et poussait maintenant des appels désespérés!

« Petit père!... Un tigre!... Un tigre!... A moi! »

Ziska Gottorp, secouée, elle aussi, de sa torpeur, hurlait en se sauvant,
car le tigre, un instant étonné, avait bondi, non sans pousser un rauquement

qui, traversant la futaie, parvint jusqu'au camp d'où partit une rumeur.

Encore deux élans pareils de la part de l'animal et Yvonne est perdue!!.. Elle le sent instinctivement, et, tout en précipitant sa course, la pauvrette lâche sa poupée!

Liliane, l'infortunée Liliane, tombe sur le tapis fleuri juste au moment où le fauve a de nouveau jailli en l'air! Il retombe sur le sol et s'arrête!... allonge le mufle vers la poupée... puis recule!

Son attitude exprime une surprise aiguë, presque de la frayeur. Pelotonné dans une position équivoque et hésitante, le tigre observe..., écoute, car, du fond des herbes et des fleurs écrasées, monte une petite voix grêle.

« Pââpa... pa!... Mââa, man! »

C'est la poupée qui parle!... Pauvre Liliane! Le ressort qui meut son mécanisme de parole s'est détendu dans sa chute; il s'est mis en mouvement, et de sa bouche immobile s'élève presque plaintif, étant donné le côté tragique des circonstances, ce cri d'appel :

« Pââa... pa!... Mââa... man! »

Mais à la faveur de ce temps d'arrêt dans la poursuite, Yvonne et Ziska Gottorp ont disparu derrière les camphriers. Elles sont maintenant en sûreté dans le palanquin de Boër, où la mère Lanfry les a hissées presque évanouies, et tous les hommes de l'escorte sautant sur leurs armes, ont formé cercle autour de l'éléphant, créant ainsi à la fille de Roger de Maindragues un rempart de carabines et de criss[1].

D'autre part, Roger, Assuérus, le docteur Sarbacane lui-même se sont précipités vers le fourré. Derrière eux apparaît Zanim, toujours très calme, très digne. Il s'est armé d'un criss qu'il a passé dans sa large ceinture, et d'un fusil qui n'a pas l'air de lui peser au poing.

On contourne prudemment le bouquet des camphriers, et chacun s'arrête d'instinct, empoigné d'un étonnement suprême! Le tigre est toujours là, allongé devant la poupée qui parle toujours, et dont les : Pââa... pa!... Mââa... man! vibrent presque douloureusement dans le grand silence! L'animal semble hypnotisé par cette chose bizarre qu'il n'a jamais vue, par cette voix étrange qui ne ressemble en rien aux bruits ordinaires qu'il connaît. On le dirait magnétisé, fasciné par ce morceau de chiffons qui parle!

1. Criss : coutelas malais, acéré, recourbé, tranchant d'un côté, à dents de scie de l'autre.

C'est le moment de viser avec certitude et de le coucher sur le flanc d'un seul coup!!

Déjà Roger de Maindragues, qui est le mieux placé, assurait lentement sa carabine; mais, si prudent qu'eût été son mouvement, un léger bruissement se produisit par le frôlement du canon contre le feuillage et cela suffit!! Le tigre, soudainement arraché à l'hypnose qui semblait le dominer, a dressé la tête. Il a vu l'ennemi!.... L'instinct, la férocité naturelle ont instantanément reparu : et en même temps qu'il voyait... il s'élança!! Son envolée du sol fut saluée par deux coups de fusils qui partirent presque ensemble. C'étaient Assuérus et Roger qui avaient tiré.

Malheureusement on ne vise pas un animal en mouvement aussi facilement qu'une pipe dans un tir de foire; surtout quand l'animal est un tigre qui vous assaille; et si bons tireurs que fussent l'officier et surtout le planteur, ils ne réussirent pas à le foudroyer.

Pourtant il avait été traversé par les deux projectiles et son élan fut coupé par la douleur.

Poussant un rauquement formidable, il s'abattit presque sur le dos du docteur Sarbacane; le tigre et le professeur roulèrent chacun de son côté sur le sol!

C'est là une situation peu réjouissante, même pour un fervent d'histoire naturelle et un ami des animaux exotiques! Aussi le malheureux professeur poussa-t-il un hurlement! En même temps, il déchargeait, sans même s'en douter, sa carabine (en l'air, heureusement!) et la balle abattait une noix de coco qui vint — comble de la malchance — lui tomber droit sur le nez!

Certes! notre digne ami s'était bien cru perdu!

Heureusement pour lui, le choc qu'il avait reçu l'avait envoyé rouler à trois mètres, car le tigre, bien que grièvement blessé, l'eût écharpé s'il s'était trouvé à sa portée.

Absolument désemparé par une pareille aventure, meurtri, bossué, le nez en compote, Sarbacane fut une bonne minute avant de réussir à se relever, ou du moins avant d'arriver à se mettre sur son séant. Alors il vit que tout était terminé.

Le grand Hindou, Zanim, essuyait son criss sanglant avec une large feuille de bananier, tout en souriant d'un étrange sourire.

C'est lui, en effet, qui venait d'achever la terrible bête! Sitôt qu'il l'avait vue à terre, l'Hindou s'était élancé; puis malgré les coups de griffe que lançait le fauve dans un commencement d'agonie, Zanim avec un sang-froid inouï, mais l'œil animé d'une lueur de colère, avait planté son arme droit au défaut de l'épaule... en plein cœur!

« Eh bien! mon ami, s'écria Sarbacane tout en se tamponnant le nez, ce n'est pas pour dire! mais vous avez le tour pour les mettre à mal ces sales bêtes-là!

— C'est son pareil, il a manzé moun père au Bengale! dit gravement l'Indien. Zi l'ai venzé!

— Tout de même! interrogea le professeur, j'ai reçu un riche coup de poing sur le nez! Ça n'est pourtant pas cet animal de tigre qui m'a envoyé cette gifle, car les félins n'apprennent pas, que je sache, la boxe au collège!

— Non ! mon oncle, riposta Roger, qui, maintenant que le danger était passé, riait d'un rire nerveux. C'est une noix de coco ! Vous l'avez abattue avec votre coup de carabine !

— C'est charmant ! ma parole d'honneur ! Heureusement encore que je n'ai pas abattu le cocotier lui-même.... Je serais en marmelade !... Tandis que je suis tout au plus dans l'état d'une poire blette qu'on aurait tapée à coups de battoir.... Oh ! mes reins !... »

Assuérus, toujours calme, aida le professeur à se relever. Sarbacane remit un peu d'ordre dans sa toilette, vérifia sa boîte de botanique, son appareil photographique.

« Allons ! conclut-il, c'est moi le plus endommagé.... Il n'y a pas de mal. »

Cinq minutes plus tard, douze serviteurs malais, apparaissaient dans la clairière. Ils emportèrent sur leurs épaules le tigre mort ; et cette entrée triomphale fut saluée des hourras de toute l'escorte.

Bigoudi, qui pendant la période du danger s'était bravement hissé sur la croupe de Boër, se dressa tout debout, et se mit à danser une gigue si effrénée qu'il en perdit l'équilibre. Il tomba à cheval sur les épaules d'Anacharsis Lanfry, que cette chute inopinée entraîna. Le digne homme tomba donc lui aussi !... et comme il tenait Muf attaché à sa ceinture, le singe effrayé se mit à sursauter si violemment que pendant une bonne minute les deux hommes, enchevêtrés l'un sur l'autre, grouillèrent en grognant dans les herbes et qu'ils eurent toutes les peines du monde à se dégager.

Une fois remis sur pied, Lanfry, furieux, administra au dénommé Bigoudi une magistrale paire de gifles ; il compléta cet argument par un coup de botte décisif au bon endroit, tant et si bien qu'après une courte protestation du nègre tout rentra dans l'ordre.

Yvonne, maintenant, pleurait à chaudes larmes. On l'avait descendue du palanquin, pour qu'elle pût admirer de tout près le terrible animal, cause de la plus violente émotion qu'elle eût jamais ressentie.

« Mademoiselle ! disait aimablement Assuérus Pypenkorn, passez votre main dans cette superbe fourrure !... Tâtez ! on jurerait du velours de soie !... Et quelles splendides couleurs !... Admirez cette zébrure ! »

Mais Yvonne ne voulut pas caresser le vilain tigre.

« Oh ! le méchant! murmura-t-elle. Il a mangé ma Liliane!... ma pauvre fille!... mon chou chéri ! »

Mais la mère Lanfry, qui venait de pénétrer dans le fourré, réapparut au moment même où la fillette terminait sa phrase.

« Consolez-vous! mam'zelle Yvonne! Pleurez plus!... Séchez vos beaux yeux! La v'la vot'lite fille ! Et puis c'est qu'elle vous appelle tant qu'a peut! Écoutez ça ! »

Brandie au bout du poing de la vigoureuse cuisinière, Liliane continuait en effet à psalmodier ses : Paaa... pa !... Mâââ... man !

Elle était saine et sauve! Sa robe était bien un peu chiffonnée, ses cheveux étaient sans doute ébouriffés. Mais que voulez-vous? On ne sauve pas sa petite maîtresse de la gueule d'un tigre royal, sans qu'il en résulte quelque accroc.

On pense si ce fut de bon cœur qu'Yvonne serra sa « fille » dans ses bras.

Nerveusement elle l'embrassait en pleurant.

— Oh! merci, ma toute belle!... merci! ma petite amour!... merci! tu m'as sauvée! Sans toi je serais morte! Papa vient de me le dire : C'est toi qui l'as empêché de me manger... le méchant! Embrasse-la aussi... dis, petit père ! »

Certes, on lui devait bien ça ! Liliane fut donc embrassée — et de bon cœur, encore ! — par Roger, par Sarbacane, voire même par Assuérus et par la mère Lanfry.

Quant à Zanim, il s'approcha soudain.

« Mazelle, dit-il, z'en fais cadou pour vous di la peau du manzeur d'hommes ! »

C'était bien en effet sa propriété, au brave Bengalais !

« Merci Zanim! dit Roger en tendant la main à l'Hindou. Et à dater d'aujourd'hui, vous n'êtes plus pour moi un serviteur, mais en quelque sorte un garde du corps. Vous resterez armé, pour veiller de concert avec M. et Mme Lanfry, sur ma petite fille. Ce serait en effet dommage de ne pas faire un soldat d'un homme qui sait si bien se servir de ses armes.

— Quant à toi! ma perle rose ! conclut Sarbacane, je bénis le Ciel de t'avoir ainsi protégée. Garde donc précieusement ta Liliane ; et quand nous serons rentrés chez nous, conserve-lui, tout comme si c'était une vraie personne, un culte reconnaissant. »

Et s'adressant ensuite à Assuérus :

« Seulement, monsieur Pypenkorn junior, permettez-moi de vous faire observer que, selon l'exposé de notre programme, nous ne devions pas rencontrer l'ombre d'un tigre !

— C'est un incident! déclara le Hollandais. Je suis extrêmement surpris. C'est sans doute un rôdeur isolé, car.....

— Ta ta ta!... Rôdeur isolé tant que vous voudrez! Mais rien ne me dit que demain nous n'en rencontrerons pas un autre. Puis ce sera le tour d'une panthère qui aura aussi mauvais caractère que celle dont j'ai fait présent au Muséum. Après cela nous nous trouverons sans doute nez à nez avec une paire de rhinocéros, qui sont généralement des gens à ne pas fréquenter.

— Vous exagérez, Docteur!

— Non! non! monsieur Assuérus. Maintenant je me méfie! Or, si je consens encore à recevoir de temps à autre, mais seulement pour mon compte personnel, un tigre sur les omoplates et des noix de coco sur l'os nasal, je ne veux à aucun prix que pareille aventure arrive à mon bijou de petite fille....

— Vous y perdez, Docteur!

— Je me rattrapperai!

— Allons! soit!... Dans trois jours nous serons chez moi, » consentit Pypenkorn.

Dès lors le voyage se poursuivit, d'une façon plus monotone il est vrai, mais plus sûre.

Trois jours plus tard, selon la promesse du planteur, on arrivait sans accident dans la zone des kraals faisant partie de l'immense domaine de Wakaria, et du haut des falaises, Roger put apercevoir son navire — le *Sylphe* — qui suivant ses instructions avait jeté l'ancre à deux milles en mer.

CHAPITRE VIII

Le séjour à Wakaria dura quinze jours, période pendant laquelle il ne fut pas question de voyages lointains vers la forêt.

Du reste, la plantation était par elle-même assez riche en nouveautés, pour que chaque jour réservât une surprise à Yvonne, et même à Sarbacane — tout savant qu'il fût.

Assuérus van Pypenkorn possédait en effet un vaste territoire d'environ 10 kilomètres de rayon. On voit qu'il y a une légère différence entre une pareille exploitation agricole et les plus grosses fermes de France.

C'était, en quelque sorte, un petit État, qui comprenait (outre Wakaria qu'on peut dénommer son chef-lieu), une série de petits hameaux appartenant à la plantation et possédant chacun ses granges, ses magasins, ses kraals à bestiaux, ses machines aratoires du dernier modèle.

Des routes charretières les reliaient à la Direction ; des sentiers leur permettaient de voisiner entre eux.

Innovation récente! Le téléphone avait été installé dans toute l'étendue de la plantation. En même temps Assuérus avait fait monter une force motrice puissante qui, à Wakaria même, actionnait une minoterie, une féculerie de riz, et par surcroît alimentait toutes les agglomérations agricoles de la colonie en lumière électrique.

Dans ce vaste domaine, la culture était variée selon la qualité du sol. Ici des céréales, là d'immenses champs de caféiers, de tabac ; plus loin on cultivait l'opium selon des méthodes intensives. Dans les parties basses avoisinant la mer, et baignées par une rivière qui descendait en cascades sonores, les rizières pullulaient ainsi que des herbages où d'innombrables bestiaux, buffles gris, bœufs d'Europe, chevaux, pacageaient dans des enclos entourés de fils de fer munis de ronces artificielles,

ou cernés par des bordures d'aloès gigantesques aux feuilles épineuses. Autre part,
on trouvait la vanille; et dans le fond, le début de la forêt, exploité savamment,
selon les méthodes scientifiques, donnait les plus précieux des bois pour la teinture,
ou l'ébénisterie de luxe.

Des ouvriers malais, nègres et surtout chinois, formant une véritable armée
agricole, travaillaient dans chaque village sous la surveillance d'Européens qui
relevaient directement du contre-maître hollandais habitant Wakaria, et — plus
haut — du chef supérieur Assuérus Pypenkorn.

Yvonne fit donc des promenades charmantes soit en palanquin, soit en pousse-
pousse, soit sur une jolie mule blanche, aux harnais et housses tout caparaçonnés de
velours rouge, brodés de soie et d'or.

Elle vit ainsi une masse de choses intéressantes et put garnir son esprit de
souvenirs précieux.

Un jour qu'on avait poussé jusqu'aux confins des cultures, elle eut même la
bonne fortune de voir ce que ne voient pas souvent les petites filles en France... un
orang-outang en liberté.

On a beaucoup exagéré l'effroi dans les légendes qui courent sur ce brave
quadrumane anthropomorphe.

Sur la foi de navigateurs, qui avaient eux-mêmes adopté les mirifiques récits des
indigènes, on considéra longtemps l'orang-outang comme un très fâcheux compa-
gnon. On lui prêtait une férocité épouvantable; on prétendait qu'il enlevait même
des enfants pour les emporter au fond des bois.

Sa force et son agilité — surprenantes en effet — le faisaient passer pour un
être atrocement méchant et redoutable qui s'amusait, histoire de passer le temps,
à fracasser le crâne d'inoffensifs promeneurs avec des troncs d'arbres arrachés qu'il
maniait aussi aisément qu'un homme manie une canne de jonc!

Or si tout cela peut parfaitement s'appliquer au grand singe d'Afrique dénommé
le gorille, il n'en est point de même de l'orang.

« C'est au contraire un animal très doux, très paisible, expliqua Sarbacane.
Souvent il ne s'enfuit que lorsqu'il voit qu'on cherche à l'approcher de trop près.
Tiens! regarde celui-là! Il est perché dans ce palétuvier et grignote un régime de
bananes. Il nous voit très bien; mais comme notre allure est pacifique, il continue,
sans se troubler, son goûter.

— Ah bien! dit la mère Lanfry qu'on avait emmenée, j'comprends!... Tout à l'heure j'avais pas saisi ce que disait m'sieu l'Docteur.

— Et qu'avais-je dit, que vous n'ayez pu saisir, mère Lanfry?

— Parfaitement! C'est parce qu'il est en train de goûter que vous avez dit : « C'est un orang *goûtant* ».

— Mère Lanfry, répliqua le professeur, quand il vous arrivera de proférer d'aussi mauvais jeux de mots... vous voudrez bien m'en avertir cinq minutes d'avance. »

Il n'y avait pourtant, de la part de Philomène, aucune intention de plaisanter; elle était la candeur même. Elle reprit donc :

« Mais j'dis la vérité, m'sieu l'Docteur.... J'ai donc dit une bêtise?

— Non! ma bonne.... Au contraire!.. mais laissez-moi continuer. »

Reprenant son ton doctoral il poursuivit :

« Ce n'est que lorsque l'orang-outang devient vieux qu'il peut devenir dangereux, mais seulement si on l'attaque. C'est de là que vient sans doute ce dicton bien connu :

> Cet animal n'est pas méchant!
> Quand on l'attaque, il se défend.

Alors — mais dans ce cas seule-

ment — il peut être terrible; car la taille d'un bel adulte atteint parfois 1 m. 60!

— En tout cas, celui-là n'est pas un *bel* adulte, interrompit Philomène, ça serait seulement un *vilain* adulte!... Hou!! C'qu'il a une vilaine bobine!... Tenez, m'sieu l'Docteur, y ressemble à quelqu'un qu'vous connaissez.

— A qui donc, mère Lanfry? »

Mais Yvonne partit d'un grand éclat de rire et dit :

« Elle a raison, maman Lanfry! »

D'abord interloqué, Sarbacane éclata de rire à son tour.

« Chut! dit-il. En voilà deux mauvaises langues!... Le fait est qu'avec sa grosse lippe et son collier de barbe... c'est Pypenkorn senior tout craché!!! Mais n'allez pas dire ça à Assuérus au moins!

— Dame! reprit Philomène. C'est sans doute le pays qui veut ça! Ça doit amener des ressemblances. Voyez-vous, m'sieu l'Docteur, nous ferions peut-être pas mal de nous en aller. Si, des fois, ça s'attrapait. »

Le Docteur se tordit de rire.

« Tranquillisez-vous, Philomène, il faut en tout cas de très longues années de stage. Ne craignez donc rien pour votre prestance. Il n'y a aucun danger. Du reste nous partons après-demain. »

L'orang avait sans doute entendu les sarcasmes de la bonne femme et s'en était bien légitimement froissé, car pendant ce colloque il avait disparu.

Cette excursion fut la dernière que la petite Yvonne devait faire à Java.

En effet, le plan ultérieur du voyage était le suivant : on ferait route à bord du *Sylphe*, en longeant la côte; Yvonne resterait à bord. Seuls le Docteur, Roger et, s'il était utile, une escorte, descendraient à terre, tous les jours, pour explorer les rives de la mer qui, entre Batavia et Cheribon, sont souvent boisées.

Ces excursions ne seraient jamais de longue durée puisque Sarbacane et Roger rentreraient coucher à bord ; mais de la sorte, l'herbier du professeur, déjà riche en plantes inconnues, s'enrichirait sans doute encore de nouveaux éléments. Il rencontrerait aussi de nombreux insectes et papillons jusqu'alors non décrits par les entomologistes ; et cette méthode qui évitait d'emporter des bagages nombreux, avait encore l'avantage de ne présenter que le minimum de danger possible.

On prit donc congé du bon Pypenkorn, non sans l'avoir chaudement remercié de son hospitalité hollandaise. Il avait fait en effet mentir le dicton qui prétend donner aux seuls Écossais le monopole de l'amabilité. Puis, les adieux terminés, tous nos amis réembarquèrent et le *Sylphe* prit la mer à toute petite allure.

. . . .

Pendant quinze jours, il navigua ainsi, tel un petit navire caboteur, le long des côtes.

Chaque soir, on mouillait — le plus possible à l'abri du vent — et le docteur Sarbacane, après avoir passé une partie de la soirée à rédiger ses notes, à collationner ses herbiers, à nomenclaturer ses découvertes minéralogiques, à organiser dans des boîtes spéciales les insectes récoltés dans la journée, le Docteur, disons-nous, réintégrait sa chambre, et pouvait goûter dans son lit moelleux un sommeil réparateur.

Rarement Yvonne descendait à terre, encore n'y faisait-elle que de courtes promenades et toujours elle était escortée par le fidèle Zanim qui marchait dans son ombre.

On visita Cheribon, le cap Bœgel, la ville de Sourabaya, l'île de Madoëra, en un mot toute la côte nord de Java jusqu'à l'île de Bali; et pendant ce voyage, le *Sylphe* continua à rester, sans s'en douter, sous la surveillance du fameux navire aux multiples pavillons.

Jusqu'alors, la faune javanaise avait médiocrement attiré l'attention du professeur. Il en connaissait du reste les grands animaux dont tous les jardins zoologiques de l'Europe possèdent de nombreux spécimens. Les oiseaux, au contraire, avec leurs infinies variétés de races et de couleurs soulevaient son admiration. Plusieurs fois le digne savant en avait capturé des types intéressants.

Bref, son voyage d'exploration l'avait tout à fait enchanté, et Sarbacane parlait de le clore définitivement pour aller ailleurs, quand, en excursionnant aux environs du cap Est, dans une longue presqu'île située au sud du détroit de Bali et reliée à Java par un isthme assez étroit, il aperçut, du haut d'un monticule, deux gros oiseaux à longues jambes, au cou grêle, au corps garni de plumes rêches et dures.

Les deux animaux pâturaient paisiblement, becquetaient à la volée de gros insectes et ne se doutaient nullement qu'un savant professeur les observait.

La mère Lanfry qui, ce jour-là, était descendue à terre et servait d'escorte à son maître, examinait, elle aussi, avec stupeur, les énormes oiseaux.

« Mazette! dit-elle, j'espère que les poulets de ces pays-ci sont d'une jolie taille!

N'en faudrait une fameuse rôtissoire pour les mettre à la broche, pas vrai, m'sieu le Docteur?

— Ma bonne! répondit Sarbacane, vous n'entendez rien aux choses de l'histoire naturelle et ce n'est vraiment pas la peine d'être depuis si longtemps au service d'un professeur au Muséum pour arriver à confondre un casoar avec une poule.

— Un casoar?

— Sans doute! Ce sont là deux admirables casoars à casque.

— A casque?... Ils ont un casque?

— Parfaitement: ce sont, si j'ose le dire, les pompiers du règne ornithologique. »

Le savant ne riait pas et la mère Lanfry interloquée le regarda de travers.

« Vous voulez m'conter des histoires, m'sieu l'Docteur, avec vos oiseaux qu'a des casques.

— Du tout! madame Lanfry. Ils ont un casque, non pas, il est vrai, un casque à mèche, mais c'est tout de même un casque, et, pour vous dire la vérité, ils ne peuvent même pas l'enlever pour se coucher.

— Allons! J'vois bien que m'sieu l'Docteur veut se moquer de moi.

— Pas le moins du monde, protesta le Docteur, et je vais vous expliquer la chose. Ces oiseaux d'un genre intermédiaire entre les gallinacés et les échassiers ont sur le crâne une protubérance mi-osseuse, mi-cornée qui leur donne l'air d'avoir un casque.

— A quoi que ça leur sert?

— Je ne le leur ai jamais demandé! »

La mère Lanfry, un peu vexée, riposta :

« J'vas en avoir le cœur net! Faut que j'voie ça de près. »

Déjà elle épaulait sa carabine, mais le Docteur intervint.

« Ah! mais non! mère Lanfry. N'allez pas faire des bêtises et me déparer ce beau couple. C'est en effet un ménage de casoars. Il me semble même très uni et, certes, il serait regrettable de faire un veuf en tuant la casoarde ou une veuve en tuant le monsieur! Non! mère Lanfry!... Ce qui serait infiniment plus intéressant ce serait de les prendre vivants.

— C'est-y méchant ces bêtes-là?

— Quand on les attaque, ils se sauvent aussi vite qu'un cheval de course.

— Pas étonnant!... avec des jambes pareilles!

— Mais s'ils sont cernés, ils deviennent dangereux.... Une ruade de casoar vous casserait très bien une jambe. Songez qu'un beau casoar mesure bien 1 m. 50 de hauteur!

— Voyez-vous ça!... Alors comment faire?

— Je vais réfléchir à cela.... Rentrons à bord. Aussi bien ces dignes oiseaux doivent avoir leur nid dans les herbages environnants, et nous sommes à peu près sûrs de les retrouver demain.... Je vais tâcher de les pincer par la gourmandise. Si ça réussit, mère Lanfry, je vous garantis que nous rirons bien, et que nos deux échassiers feront plus tard l'ornement du Jardin des Plantes.

— C'est égal! conclut Philomène, c'est tout de même des drôles de volailles. »

Le lendemain, Sarbacane, ayant organisé son plan, descendit à terre avec ses engins de chasse.

Roger de Maindragues et Philomène l'accompagnaient. Muf et Klaps étaient du voyage.

A vrai dire les engins en question étaient tout à fait primitifs. Ils se composaient tout bonnement de 6 rouleaux de cordage et de deux boîtes assez volumineuses. La mère Lanfry portait les cordes en sautoir, et les boîtes dans chaque main.

Arrivés dans les parages où stationnaient les oiseaux, Sarbacane s'assura d'abord qu'ils n'avaient pas émigré depuis la veille. Il constata non sans plaisir que les deux casoars étaient toujours là, tranquilles et confiants.

Alors, déroulant une des cordes, long filin de 30 mètres, mince mais extrêmement solide, le professeur l'enduisit d'une graisse spéciale qu'il avait préparée le matin même et saupoudra le tout avec de la cassonade qu'il puisa dans les boîtes portées par la mère Lanfry.

Ceci fait, Sarbacane attacha solidement le cordeau à une branche d'arbre, et le disposa ensuite en longueur sur des branches d'arbustes.

De la sorte, l'appât avait l'air d'un ver immense, d'une gigantesque chenille qui rampait sur les buissons.

Six fois, à l'aide des six rouleaux, le professeur recommença son manège, en ayant soin de former un cercle autour des casoars, qui, accoufflés au soleil, étaient à cent lieues de se douter qu'on en voulait à leur liberté.

« C'est égal! dit Roger, vous avez, mon cher oncle, une singulière idée de l'intellect de ces animaux. Il faudrait vraiment qu'ils fussent d'une outrancière sottise pour ne pas franchir ces cordage uniquement pour vous donner le plaisir de les prendre.

— Vous allez voir! riposta Sarbacane d'un air entendu. Vous allez voir!

— Mais, objecta Philomène, quand même qu'ils ne dépasseraient pas la corde, y ne sont pas pris pour ça!

— Laissez faire!... rira bien qui rira le dernier! Et maintenant, attention! Klaps! Kiss! Kiss! Kiss!...

Klaps excité se mit à japper en gambadant et à secouer son grelot. Muf juché sur l'épaule de son maître répondit en gloussant aux abois du basset. Les casoars entendant du bruit sortirent un instant de leur quiétude et se mirent en marche à pas comptés.

« Chut!!! ordonna le Docteur. Taisez-vous maintenant. »

Klaps et Muf obéirent.

Les deux gros oiseaux s'arrêtèrent alors, allongèrent leur long cou, écoutèrent; puis rassurés par le silence ils se mirent en marche tout en grappillant, de-ci, de-là, une mouche, un papillon, une grenouille ou une touffe d'herbe.

Sarbacane, l'œil émerillonné de contentement, les contemplait; il semblait les considérer déjà comme sa propriété, car, de quelque côté qu'ils se dirigeassent, il était évident que les deux échassiers iraient buter du bec sur les appâts tendus.

La mère Lanfry suivait attentivement les péripéties de ce piégeage d'un nouveau genre, sans être pourtant bien convaincue de son efficacité.

Quant à Roger, il souriait du plus sceptique des sourires, car l'officier n'avait réellement aucune confiance dans le procédé du Docteur.

Pourtant les oiseaux étaient arrivés tout contre le bout libre d'un des filins.

Le mâle, précédant la femelle, examina de son œil rond le long ruban saupoudré de cassonade.

Inquiet, il le considéra longuement en tournant et retournant le cou; puis, finalement, il y donna un léger coup de bec qui fit tomber le filin sur le sol.

Du coup la femelle — plus timide — recula de deux enjambées, mais M. Casoar ne s'émut pas outre mesure.

Il faisait claquer son bec, enduit de matière sucrée, et semblait trouver bon goût à cette chenille géante. Enfin, après une bonne minute de dégustation, M. Casoar prit son parti et attaquant hardiment le filin par le bout il se mit à l'avaler avec une hâte gloutonne.

Il allongeait le cou, happait avec avidité et la corde disparaissait graduellement, formant un bourrelet dans son œsophage.

Mme Casoar était accroupie sur ses longues pattes et contemplait ce spectacle. Soit par peur soit par modestie naturelle, elle ne se hâtait pas.

Déjà, son époux avait avalé une demi-douzaine de mètres, quand l'attitude du gourmand devint subitement celle d'un monsieur qui éprouve une gêne... une inquiétude. M. Casoar s'agitait, faisait de violents mouvements, battait des ailes, tandis que derrière le rideau de verdure où il était embusqué, Sarbacane souriait silencieusement et se frottait les mains avec une satisfaction notoire.

L'agitation de M. Casoar dura plusieurs minutes, et cessa soudain. L'oiseau redevint très calme et se remit à engloutir de nouveaux mètres de corde, mais en même temps, le bout qu'il avait primitivement avalé apparut brusquement... diamétralement à l'opposé de son bec.

« En voilà toujours un de pris! » murmura joyeusement le professeur.

On sait que tous les animaux — voire même les hommes — possèdent à l'excès l'esprit d'imitation. Mme Casoar, voyant apparaître ce morceau de filin, se redressa; et ne voulant pas laisser son époux manger tout seul de la *bonne chenille*, elle se décida enfin.

D'un bon coup de bec, elle en happa le bout et, l'avalant d'une goulée, elle se mit à suivre M. Casoar.

Un quart d'heure plus tard, les deux oiseaux étaient enfilés à la queue leuleu et dix mètres de filin pendaient sur le sol derrière Mme Casoar!

« Cette fois le plus difficile est fait! dit tout bas Sarbacane non sans jeter à Roger ainsi qu'à Philomène un regard de triomphateur. Oui! les voilà pris! Il ne s'agit plus que de faire un nœud solide à la corde. »

Prudemment le professeur s'avança à travers les hautes herbes et les arbustes; il se glissa sans être vu jusqu'auprès des deux oiseaux et allongeant le bras il s'empara de l'extrémité du cordeau.

Malheureusement, dans sa hâte de réussir, le brave homme fit remuer le buisson qui l'abritait.

Mme Casoar l'aperçut et prit peur. Sursautant du corps, des pattes et des ailes, elle se livra à des ébats vigoureux qui dénotaient la plus extrême frayeur, et dont la violence arracha le filin des doigts de l'éminent professeur.

« A moi!... Vite! Vite! hurla ce dernier. Ils vont s'échapper! »

Effectivement, les deux échassiers semblaient empoignés par la danse de Saint-Guy et, au milieu de leurs sursauts désordonnés, il apparaissait nettement que la corde diminuait de longueur à chaque secousse derrière Mme Casoar!

Encore une minute, encore deux secousses!! et Mme Casoar allait se trouver libre, mais mère Lanfry apparut.

Sauter sur le cordage qui voltige comme un serpentin, l'empoigner à deux mains, s'arc-bouter sur les reins et sur les jarrets, soulever la corde en l'attirant à elle; tout cela fut pour l'énergique bonne femme l'affaire d'une demi-minute!... Les deux oiseaux, enlevés par sa poigne d'hercule, se débattaient, il est vrai, mais ne touchaient plus le sol.

Pauvres bêtes!!... Ils étaient comme embrochés sur une longue broche, prêts à

ENLEVÉS PAR SA POIGNE D'HERCULE, LES DEUX CASOARS NE TOUCHAIENT PLUS LE SOL.

être rôtis! La mère Lanfry semblait un cordon bleu bizarre qui tourne au feu deux dindes géantes.

Et comme la digne cuisinière sentit que malgré la puissance peu ordinaire de ses muscles elle pourrait n'avoir pas raison des deux oiseaux, elle prit un parti énergique.

Balançant la corde, ainsi que le font les fillettes pour une corde à sauter, Philomène fit tourner sur elles-mêmes les deux malheureuses volailles qui, au bout d'un instant, se trouvèrent absolument étourdies... comme mortes!

Dame!... Qu'on se mette à leur place!! Ce n'est pas précisément une position réjouissante! Ahuris, désemparés, les deux casoars étaient maintenant dans la situation d'un homme qui a bu un petit coup de trop. Ils titubaient sur leurs longues jambes et balançaient leur long cou lamentablement.

C'était donc l'instant ou jamais de les mettre dans l'impossibilité de se dégager.

En un tour de main, la mère Lanfry lia solidement sa carabine en travers de la corde, derrière Mme Casoar : puis, détachant le filin de l'arbre auquel il était lié, elle fit, par mesure de précaution, un fort triple nœud juste devant le bec du casoar de tête, organisa une boucle à l'extrémité de la corde et se la passa autour du poignet.

« Voilllà!! dit-elle. Et maintenant, mes fistons, c'est moi qui commande la colonne!... En route pour le *Sylphe*! Hue et aïe donc! »

Quant à Sarbacane, il était heureux comme un roi!

« Hein? mon neveu! croyez-vous que c'est un joli résultat, s'écria-t-il. Qu'en pensez-vous, monsieur le sceptique? Doutez-vous maintenant de mes talents de chasseur?

— Non! mon oncle. Je m'avoue stupéfait! »

Il ajouta en riant :

« Je savais les oiseaux du genre autruche très voraces, je n'ignorais pas la rapidité de leurs facultés digestives, mais c'est égal! Jamais je n'aurais imaginé un procédé aussi extraordinaire pour les prendre.

— Allons donc! mon cher Roger, c'est l'enfance de l'art! Nous autres savants, nous ne nous étonnons de rien! Quant à la voracité des autruches (qui sont un peu les cousins du casoar), elle est en effet prodigieuse! Un jour, au Jardin zoologique de Carpentras, une autruche m'avait subtilisé mon parapluie et l'avait avalé.

— Pas possible!!

— C'est la vérité même!... Mais je ne m'étais pas inquiété de si peu!

J'attendais patiemment, sachant bien qu'au bout d'un petit quart d'heure, l'animal
me restituerait mon parasol.

— Et…. elle vous l'a restitué ?

— Non !… Le parapluie s'est malheureusement ouvert dans son estomac….
Ça n'a pas pu passer. Le directeur du Jardin zoologique me l'a restitué seulement
après la mort de l'oiseau.

— Très curieux, en effet. très curieux ! » dit Roger non sans pouffer de rire.

Mais les casoars avaient déjà repris leur aplomb. Remis de leurs étourdisse-
ments passagers, ils se débattaient avec fureur et restaient sourds aux objurgations
de Philomène qu'ils entraînaient malgré sa vigueur.

Sarbacane et Roger durent arriver à la rescousse ; mais à cet instant une
détonation, violente bien que lointaine, arriva jusqu'à la clairière où se passait cette
scène de dressage d'un nouveau genre. Cette détonation fut immédiatement suivie
de deux autres, puis d'une troisième. Cette dernière fut même si violente que l'air
en vibra et les casoars en ressentirent sans doute une très vive frayeur, car ils se

débattirent avec un tel désespoir qu'ils jetèrent sur le sol Roger, Sarbacane et la mère Lanfry. Celle-ci abandonna même la corde et tout en se relevant un peu meurtris, nos trois personnages purent voir les captifs toujours liés ensemble, mais s'enfuyant au grand trot dans la direction des bois où ils disparurent.

« Ma carabine! gémit Philomène. Ils emportent ma carabine! Ma cara....»

Une nouvelle détonation coupa la phrase de l'ex-cantinière! En même temps qu'une sorte de courant d'air surchauffé les enveloppait.

« Bigre!... qu'est-ce que cela veut dire? murmura le professeur avec inquiétude.

— C'est sans doute un orage, mon oncle.... Et peut-être bien un typhon... Rentrons vite!

— Non! ce n'est pas un typhon, c'est autre chose.

— Quoi donc?

— Une éruption!

— Oh!

— Dame! c'est fréquent dans ces parages et ce serait la suite du cataclysme de ces jours derniers, que cela ne m'étonnerait qu'à moitié.

— Eh bien! nous v'là dans de beaux draps, dit la mère Lanfry. En route! En route! Et dépêchons, car nous, nous en avons pour trois bonnes heures à regagner le bateau. »

Soucieux, nos trois voyageurs repartirent dans la direction du *Sylphe*.

La route fut particulièrement fatigante à cause de cet air surchauffé qui continuait à les envelopper. Autour d'eux flottait une atmosphère de fournaise. De temps à autre, des nouvelles détonations très assourdies leur parvenaient.

Une anxiété les envahissait à l'idée que l'éruption — si réellement c'en était une — avait pu se produire aux environs de l'endroit où le *Sylphe* stationnait ; mais personne n'avait osé encore émettre cette hypothèse.

Roger, d'une part, Sarbacane, de l'autre, n'avaient pourtant plus au cœur que cette seule et unique pensée :

« Pourvu qu'il ne soit point arrivé malheur à notre Yvonne!»

Aussi, malgré la fatigue, ils marchaient sans trêve, sans relâche, ne s'arrêtant pas une minute. Ils finirent ainsi par atteindre une forte éminence qui surplombait à la fois la mer et l'isthme qui reliait avec la terre ferme la presqu'île qu'ils venaient d'explorer.

Du haut de cette sorte de falaise, ils allaient donc enfin pouvoir se rendre compte; et de là, ils pourraient signaler, par des coups de fusil, leur présence au *Sylphe* qui détacherait immédiatement un canot pour les embarquer.

Rageusement, ils tendirent leurs jarrets qui n'en pouvaient plus, escaladèrent la pente et quand ils arrivèrent sur la crête, une exclamation d'épouvante, de surprise et d'horreur jaillit de leurs lèvres!!

. . . .

A leurs pieds, l'isthme, qu'ils avaient traversé le matin même, n'existait plus !

A la place de la longue bande de terre aplatie et presque de niveau avec la mer, qu'ils connaissaient, s'élevait un boursouflement volcanique, rocheux, aux arêtes tourmentées, haut d'une centaine de mètres et dont le sommet couronné d'une fumée diffuse laissait, par instant, passer des langues de flammes !

L'isthme était remplacé par un volcan en pleine éruption !... Le Docteur ne s'était donc pas trompé dans ses prévisions.

Enfin, du cratère lui-même, mais surtout des crevasses régnant sur les flancs du volcan, s'échappaient incessamment des jets et des coulées de métal en fusion. Les ruisseaux brûlants ainsi formés descendaient lentement la pente, semblables à de longs serpents dorés et venaient s'emmagasiner au pied même de la roche volcanique, dans une sorte de cuvette large d'un demi-kilomètre environ et séparée de la mer par deux très minces bandes de terre.

Le métal bouillant brûlait tout sur son passage, dégageait des fumées et une intense chaleur.

Dans le lac ainsi formé, s'étendait une nappe unie, légèrement frissonnante que le soleil couchant incendiait de ses rayons et qui miroitait avec éclat.

Le spectacle était grandiose et magnifique dans son horreur et Sarbacane ne put, malgré son émotion, s'empêcher de murmurer avec admiration :

« De l'or!. . Encore de l'or!.... Un lac d'or !! »

Muf lui-même semblait très impressionné, Klaps paraissait également s'intéresser à cette convulsion merveilleuse de la nature, quand soudain sur le flanc du volcan et presque à fleur du lac d'or une nouvelle crevasse s'ouvrit avec un fracas épouvantable!

Un jet énorme d'or et de lave s'en élança. Et Muf pris de terreur sauta du haut de l'épaule du Docteur. En cherchant à s'enfuir le macaque imprima à la chaîne une telle secousse que Sarbacane s'assit sur le sol et cassa sa belle pipe d'écume, Klaps fit de son côté mine de se sauver en hurlant, et la mère Lanfry, poussa des exclamations d'effroi.

« Eh ! là ! mon pauv'Docteur !... En v'là une affaire ! » gémissait-elle.

Quant à Roger, il serrait les poings : une pâleur mortelle avait envahi ses joues.

L'officier ne s'occupait guère du volcan ni même du lac d'or. Sa pensée était ailleurs, vers son bateau, vers le *Sylphe*, qu'il n'apercevait pas en mer, et un doute affreux lui étreignait le cœur.

Le yacht se trouvait-il simplement masqué à sa vue par ce volcan qui avait si soudainement surgi du sol?... Avait-il été surpris, de l'autre côté, par le flot des laves brûlantes? Horrible problème, pour le père et pour l'oncle également, car, tout en se relevant, Sarbacane se ressaisit.

S'arrachant à la contemplation du phénomène qui l'avait tout d'abord hypnotisé :

« Et Yvonne! s'écria-t-il tout à coup... Et le *Sylphe*!... Courons! Allons les retrouver!!...

.   .   .   .

Mais hélas!... où passer pour contourner le volcan?

Tout à l'heure, il y avait bien un chemin possible; les deux minces bandes de terre, enserrant le lac sur ses deux faces du côté de la mer. Encore est-il qu'il n'était pas certain qu'on eût pu y accéder, à cause de la température brûlante que devait lui communiquer le métal en fusion. Mais maintenant, ces deux faibles passerelles n'existaient déjà plus!...

.   .   .   .

Devant les trois spectateurs épouvantés un cataclysme formidable se produisait !

La nouvelle coulée des scories enflammées, de laves et d'or bouillant, s'étendait en nappes rutilantes qui gagnaient les deux bandes de terre jusqu'alors épargnées.

L'irrésistible poussée de ce feu dévorant les rongea en moins de cinq minutes, les dessécha, les creva de fissures, et des deux côtés à la fois, la mer se précipita sur le lac brûlant.

Alors ce fut une lutte indescriptible et formidable entre le feu et l'eau.

Cette dernière déferlait incessamment contre l'infernale nappe de métal! Saisie par la température épouvantable qui s'en dégageait, portée en un dixième de seconde à l'ébullition complète, elle se volatilisait, s'évaporait en flots de fumée blanche au

milieu d'un grésillement comme cent mille chaudières portées à 100 degrés n'en pro-
duiraient pas!

En une minute, l'atmosphère disparut sous un voile épais de vapeur d'eau formant brouillard, et les spectateurs, muets, pâles comme des spectres, ne purent
observer la continuation de ce combat entre éléments que par le bruissement énorme
qui s'en dégageait.

Pourtant l'eau semblait gagner graduellement du terrain, car le bouillonnement
diminuait. De plus, le voile de vapeur d'eau s'atténuait, devenait moins opaque; il finit,
au bout de trois quarts d'heure, par s'élever lentement et dégagea ainsi la surface
du lac d'or qui apparut alors complètement submergé!

Aux yeux des explorateurs, la mer apparut. Elle entourait de tous côtés la roche
volcanique, et tout au fond, on pouvait apercevoir la terre de l'île de Java.

De l'isthme il ne restait plus trace. Le cataclysme l'avait supprimé! La terre sur
laquelle se trouvaient Roger de Maindragues et le professeur n'était donc plus une
presqu'île, mais une île, c'est-à-dire, selon la définition classique, une terre entourée
d'eau de tous côtés.

A la place de l'isthme surgissait une île nouvelle : le volcan qui venait de calmer
ses fureurs et d'arrêter ses vomissements d'or.

Seule, une fumée très légère, qui le couronnait comme d'un panache bleuté,
dénonçait encore la présence d'un foyer intérieur en voie d'apaisement. Au travers
de l'onde verte, d'où s'échappait une légère et fugace vapeur, transparaissaient par
instant des éclats métalliques dus à la réfraction du soleil sur la surface noyée du
lac d'or!

. . . .

« Ce n'est pas tout ça! qu'est-ce que nous allons faire pour nous sortir de là et
regagner le bateau? »

Cette question lancée par Philomène Lanfry arracha le Docteur et Roger lui-
même aux pensées graves et douloureuses qui les maintenaient dans une contemplation silencieuse.

« Certes!... il faut tenter quelque chose, dit Roger. Croyez-vous, mon oncle, que
nous pourrions traverser les deux kilomètres d'eau qui nous séparent du volcan ;
puis ensuite l'autre bras de mer qui règne entre le volcan et la terre ferme? Je ne
puis compter sur le *Sylphe* pour nous sortir de cette situation, car il me semble indiqué

que Le Caillec a dû — comme c'était son devoir en pareil cas — mettre tout d'abord le navire hors d'atteinte.

— Essayons! dit tristement Sarbacane. Peut-être aurons-nous pied partout. »

Malheureusement, lorsqu'ils arrivèrent près du bord de l'eau, la température était encore tellement haute que le sol leur brûlait les pieds à travers la semelle des brodequins.

La mère Lanfry essaya de mettre à l'eau sa rude main, mais vivement elle la retira.

« Mâtin!... dit-elle en se secouant les doigts, c'est presque bouillant!

— Rien à faire, soupira le professeur, il faut plusieurs heures pour ramener la mer et le sol à leur température normale.

— Malédiction! gronda Roger... Il faut pourtant passer... Il le faut!... Il le faut!...

— Oui! ponctua Philomène. Faut passer! »

A ce moment la nuit tombait : une belle nuit bleue. En dix secondes, comme il arrive sous l'équateur, le soleil s'était noyé dans l'Océan, et sans transition le jour avait fait place à la scintillante clarté des étoiles.

Sur le conseil de Roger, on remonta vers la hauteur, et un grand feu fut allumé qu'on entretint jusqu'au lever du jour pour attirer l'attention du *Sylphe* s'il était toutefois revenu dans ces parages ; de temps en temps Philomène prenait la carabine du Docteur et lâchait des coups de feu qui restèrent sans réponse.

Ce fut une triste veillée. Personne ne dormit. Tristes, moroses, absolument silencieux, les trois abandonnés rêvèrent douloureusement sans même oser prononcer le nom chéri qui les hantait et qui pourtant leur effleurait à chaque seconde la lèvre.

Oui ! Ce fut une nuit douloureuse, et le lendemain Sarbacane semblait vieilli de dix ans !

Pourtant il avait fini, peu avant le lever du soleil, par subir l'abattement de la fatigue ; il s'était sinon endormi, du moins assoupi, engourdi dans une somnolence comateuse et hantée de rêveries douloureuses et cruelles : le Docteur voyait Yvonne, sa perle, son bijou, sa rose, sa pêche de velours, s'engloutir avec le *Sylphe* dans un flot brûlant de laves. Elle l'appelait !... Elle tendait ses frêles petites mains ! Elle implorait son père !... son grand-oncle !

Oh ! les rêves atroces ! Et comme il souffrit le pauvre malheureux professeur !

.   .   .   .

Mais soudain une voix puissante l'arrache à son cauchemar ! Sarbacane ouvre les yeux... il se redresse !

C'est Philomène qui lance cette exclamation :

« Deux navires !... Là-bas ! . . en haute mer !! »

Et de son index pointé la brave femme indique à l'horizon deux taches, l'une blanche, l'autre noire, qui se dirigent vers le nord-ouest !

A l'appel de la mère Lanfry, Roger avait bondi ! Déjà, de sa lorgnette, il fouillait le lointain, et soudain ses joues pâlirent, ses lèvres frémissantes devinrent blanches.

« Oh !! balbutia-t-il d'une voix cassée et tremblante. Oh !!... c'est le *Sylphe* !!

— Le *Sylphe* ! dites-vous, s'écria le Docteur. »

Arrachant à son neveu la jumelle marine, Sarbacane l'appliqua fiévreusement au verre de ses lunettes.

C'était bien le *Sylphe*, en effet !!... Et voici ce que vit le professeur :

Un navire noir entraînant par une chaîne accrochée à son arrière le navire blanc et or !

On ne pouvait guère, à pareille distance, distinguer ce qui se passait sur le pont respectif des deux bâtiments. Pourtant il apparut au Docteur épouvanté que la pièce nickelée du *Sylphe* — tournée vers son ravisseur — avait lancé une décharge à laquelle avait répondu du bord opposé le piquètement d'une fusillade.

Le bruit assourdi en parvint même aux oreilles des spectateurs horrifiés.

A la corne d'artimon du navire noir, flottait cyniquement le pavillon noir... le drapeau des pirates!...

Alors, en même temps que ses yeux se brouillaient des larmes que l'émotion y faisait monter, le docteur Sarbacane, suffoqué, sentit le sang affluer sous son crâne, ses tempes battirent comme frappées par deux marteaux; ses jambes flageolèrent! Sarbacane, terrassé par l'horreur, tomba sur le sol!... Il s'évanouit!!

Quand, un quart d'heure plus tard, il reprit ses sens, grâce aux soins énergiques de la mère Lanfry et de Roger, son premier mouvement tout instinctif fut de reporter ses regards sur la mer!

Hélas!! Nulle silhouette de navire n'apparaissait plus!! La ligne d'horizon était nette!! Le *Sylphe* et le pirate avaient disparu!!

CHAPITRE IX

Pauvre *Sylphe*!!... Pauvre petite Yvonne! car c'était bien, en effet, le yacht portant la mignonne fillette, que Roger de Maindragues et le docteur Sarbacane venaient d'apercevoir pendant un court instant.

Mais par quel inexplicable concours de circonstances se trouvait-il ainsi aux prises avec le navire forban ? Comment le *Sylphe*, si bon marcheur, si bien armé, si bien commandé par le brave Le Caillec et l'énergique Martigal, était-il devenu le prisonnier d'un pirate, la proie d'un audacieux écumeur de mer ? Tel était le terrible problème que le pauvre père et le malheureux grand-oncle ne pouvaient parvenir à résoudre.

Une seule certitude leur apparaissait nettement avec l'évidence d'un fait brutal, c'est que leur yacht était capturé, qu'il était en danger, qu'il luttait avec énergie ; et que le ravisseur était un de ces bandits sans foi ni loi, qui vivent en révolte ouverte avec l'humanité tout entière, et cela malgré l'active surveillance et parfois l'énergique répression exercée contre eux par les croiseurs de guerre des nations civilisées.

Aucun doute ne pouvait subsister à cet égard, puisque le forban avait pris soin de proclamer lui-même son infamie en arborant audacieusement son hideux drapeau, symbole du pillage, et de la révolte à main armée.

Certes, il y avait là des raisons suffisantes pour jeter les malheureux dans la plus effroyable des perplexités ; et l'amertume d'avoir à constater leur impuissance centuplait leur angoisse.

Car, n'étaient-ils pas prisonniers, eux aussi ?... Cernés par le volcan et la mer,

isolés dans une île inhabitée, n'ayant pas de vivres, ne possédant à eux trois que
deux carabines et environ une cinquantaine de cartouches, leur situation ne laissait
pas d'être presque aussi terrible; mais ils n'y songeaient même pas.

Une pensée commune de désolation les annihilait, les immobilisait en contemplation devant l'immensité de la mer ; et cette pensée se résumait en ce seul nom :
« Yvonne! »

Quant au lac d'Or, Sarbacane lui-même n'y songeait certes plus! Et si sa pensée,
emportée tout entière vers sa mignonne « perle rose », avait pu se reporter une
seconde sur le volcan, c'eût été pour le maudire, comme étant la cause probable du
malheur survenu.

Ah ! cette immense fortune ! ce trésor inestimable qui s'étalait à ses pieds sous
la transparence des eaux! Comme il l'eût donné, sans une hésitation, avec une joie
débordante, le bon Sarbacane!

Comme il en eût fait don, sans marchander, à celui qui lui aurait ramené sa
joie... sa petite-fille, saine et sauve! Mais que faire contre la Destinée implacable et
mauvaise? Dix lacs d'or, cent lacs d'or offerts n'eussent pu modifier la situation.... Et
c'est pourquoi Sarbacane pleurait de grosses larmes, devant l'horizon désert!

. . . .

Et pendant que Sarbacane pleurait, pendant que Roger de Maindragues, l'œil
sec mais allumé d'une lueur de rage, sentait l'angoisse la plus affreuse lui tordre le
cœur; tandis que la mère Lanfry grondait sourdement des phrases de colère, le *Sylphe*
continuait sa marche, toujours entraîné par le bateau noir, par le pseudo-*Newcastle*,
par le navire sans nom défini et sans patrie certaine, par le bateau pirate du redoutable forban Joë Pynch!

. . . .

Redoutable?... oh! certes!...

Joë Pynch était en effet un bandit peu ordinaire. Fils d'honnêtes ouvriers
anglais, il avait vécu sa petite enfance à Londres, dans les quartiers miséreux de
White-Chapel.

Bien qu'il fût doué d'une vive intelligence et que par suite il apprît avec facilité
tout ce qu'enseigne l'école primaire, Joë s'était dès ses premières années signalé

comme un mauvais sujet, coléreux,
désobéissant, brutal, menteur et, ce
qui est pire... voleur! Oui! Ce fut un
vilain enfant que Joë Pynch!

A peine entré dans sa huitième
année, il avait été surpris par un poli-
ceman, alors que le petit misérable dé-
valisait l'étalage d'un épicier.

Ramené par l'oreille jusque chez
lui, Joë reçut, comme premier avertissement, une volée de coups de mar-
tinet de la part de son brave homme
de père; mais ce châtiment n'eut
aucune espèce d'efficacité pour enrayer
la mauvaise nature du garnement.

Il recommença, se fit pincer plusieurs fois et ne dut qu'à son jeune âge
de ne pas tâter du work-house, c'est-
à-dire de la prison.

A seize ans, il était grand et fort,
bien que peu sympathique de visage, et
s'il eût eu un peu de courage, il aurait
dû commencer à gagner sa vie en tra-
vaillant, mais sa nature méchante avait
horreur de toute règle, de toute con-
trainte, de toute discipline.

Chassé par son père, Joë se mit
alors à traîner sur les bas ports de la
Tamise, gagnant par-ci par-là quelques
pennys en débardant des cargaisons,
et... buvant son gain!

Entre temps, il continuait à s'exer-
cer dans son métier de | pick-poket,

mais s'il avait un naturel vicieux et
profondément mauvais, le jeune drôle
était fin et adroit comme un singe;
si bien qu'il atteignit ses dix-huit ans
sans que la justice eût réussi à le prendre en flagrant délit, et ce fut réellement
bien regrettable!

Toujours est-il qu'à ce moment,
l'Angleterre, qui entreprenait une vaste
expédition dans les Indes, avait besoin
de racoler beaucoup de soldats.

Le soldat anglais est certainement
peu considéré, même dans son pays.
C'est un mercenaire, et on le regarde
comme une véritable machine; mais il
est bien payé, bien nourri et bien
habillé. En dehors des expéditions
coloniales, il n'a pour ainsi dire rien
à faire qu'à se promener, badine en
main, dans son uniforme rouge pincé
à la taille; et en guerre, il se dédom-
mage des fatigues endurées par une
solde supérieure, et les menus bénéfices
qu'amène le pillage.

Joë fut séduit par cette perspective,
s'aboucha avec un sergent racoleur,
et six semaines plus tard il embarquait
pour les Indes; Pynch était soldat.

Malheureusement, le métier de soldat comporte — même dans l'armée
anglaise — l'obéissance aux gradés, et
le respect d'une discipline. Joë ne
réussit point à s'y plier; et un beau

jour qu'il s'était battu avec son sergent, le triste personnage n'évita le conseil de guerre et peut-être le poteau d'exécution que par la fuite.

Déserteur, il fit, pour vivre, tous les métiers, y compris celui de voleur dans lequel — on le sait — il excellait. Il connut la prison dans cinq ou six pays différents; et comme dans tout Anglais il y a au fond un marin, Joë navigua sur toutes les mers du globe et sous tous les pavillons. Il s'engageait tantôt comme matelot, tantôt comme soutier, tantôt comme steward, tantôt comme chauffeur, et même à l'occasion comme cuisinier.

Fort intelligent, il apprit ainsi à fond toutes les finesses du métier de marin. La pratique pour lui remplaça l'étude : tant et si bien qu'à trente ans il avait, on ne sait trop comment, réussi à entrer dans la marine de guerre des États-Unis, où il avait acquis les galons de second maître. En cette qualité, il prit part à la guerre contre les Espagnols, à Manille, et pendant les longues croisières qu'il fit dans les mers chinoises, il put étudier à fond le genre d'opérations que pratiquent effrontément les pirates de race jaune ou malaise.

Il vit de simples jonques chinoises, aux voiles de nattes tressées, écumer les côtes; il sut que certains de ces forbans s'enrichissaient à ce dangereux commerce; et il résolut d'en essayer pour son compte, car il faut le dire, Joë n'avait peur ni de Dieu ni du Diable. Ce brigand possédait l'audace la plus extraordinaire, le mépris le plus absolu du danger.

Pynch déserta donc de la marine américaine avec autant de désinvolture qu'il l'avait déjà fait pour l'armée anglaise, gagna Hong-Kong, et s'aboucha avec un pirate chinois célèbre dans ces parages, nommé Lin-Yaw; il servit 6 mois sous ce chef bizarre, histoire de se faire la main, et quand il fut bien sûr de son affaire, il endormit un beau soir à l'aide d'un narcotique Lin-Yaw et l'équipage des seize Chinois et Malais qui montaient le bateau.

Rendons pour une fois justice à l'humanité relative dont Joë Pynch fit preuve en cette occasion.

Il eût pu envoyer au fond de l'eau ces dix-sept personnages, et on doit s'avouer que la perte n'eût pas été grosse; mais Pynch ne voulut sans doute pas se charger ainsi la conscience d'un assassinat aussi radicalement exécuté.

Comme le bateau de Lin-Yaw était ancré à cet instant sur la côte sud de Bornéo, il déposa lui-même ses dix-sept prisonniers à terre, non sans les avoir soigneusement ficelés, et il les abandonna à leur malheureux sort.... Les tigres firent le reste! car on ne sut jamais au juste ce qu'ils étaient devenus.

Quant à lui, remontant à bord, il partit l'âme tranquille, guidant lui-même et tout seul son bateau le long des côtes. Il atteignit ainsi un petit port Tagal, où il recruta un équipage nouveau.

Puis ayant vérifié le coffre-fort et constaté qu'il contenait environ 50 000 francs en piastres, en roupies d'argent, en « mohürs » d'or, Joë se frotta les mains de contentement.

Pynch devenait du coup armateur pour son compte personnel, puisqu'il était propriétaire d'un bateau, et riche, puisque 50 000 francs lui tombaient ainsi du ciel.

Mais le bateau — un vieux navire de l'ancien type — ne lui plaisait pas.

Joë rallia la Chine, le vendit et en racheta un autre; celui qu'il avait dénommé le *Newcastle* lors de sa rencontre avec le *Sylphe*.

Ayant savamment organisé son affaire, possédant un livre de bord falsifié au jour le jour, arborant sans scrupule tous les pavillons du globe, il pratiquait ainsi depuis trois années son joli commerce.

Jamais encore il ne s'était attaqué aux navires des nations européennes ou américaines; c'était plus prudent! mais le pirate avait certainement bien sur la conscience une cinquantaine de jonques chinoises qu'on n'avait jamais vu revenir à leur port d'attache; quant aux équipages jaunes, noirs ou bronzés qui les montaient, Pynch obtenait leur silence par un procédé un peu vif mais sûr.

Après avoir capturé un bateau, il l'entraînait dans un coin désert des côtes de Bornéo, où il avait établi son quartier général; alors il transbordait la cargaison quand elle en valait la peine, et s'emparait de l'argent monnayé qui se trouvait à bord.

Puis, reprenant la mer avec son captif en remorque, il lui collait au flanc un léger paquet de dynamite, avec une mèche allumée, et s'éloignait en lui souhaitant longue vie et prospérité!

Mettant alors le cap sur Singapoor ou Shang-Haï, il arrivait à quai en honnête commerçant, vendait sa marchandise et reprenait la mer. Parfois il allait se reposer, avec son bateau et ses hommes, dans ce qu'il dénommait son « Cottage ».

Juste au sud de Bornéo, dont toute la côte méridionale est déserte et à 200 kilomètres du cap Sambar, le brigand avait découvert une crique superbe, encaissée de hautes falaises et ne communiquant avec la mer qu'à l'aide d'une passe très étroite.

Ce lieu ressemblait à un fiord de Norvège comme aspect général, et présentait au pirate un port très sûr.

Des cavernes naturelles situées au flanc des falaises avaient fourni à Joë Pynch et à son sinistre équipage une maison de campagne toute bâtie.

C'était là son antre, son repaire!

C'était là qu'il avait son coffre-fort, enfermé dans une crevasse, et si bien masqué par une roche que nul n'eût songé à l'y découvrir.

Le forban passait quelquefois plusieurs semaines à villégiaturer en cet endroit.

La forêt qui dominait toute la côte lui permettait de se distraire en se livrant à l'excellente et hygiénique distraction de la chasse.

Il avait même installé en haut des falaises un village où habitait un équipage de rechange pour son navire. De la sorte, Joë Pynch possédait deux équipes complètes de gredins à peau jaune ou noire qui embarquaient à tour de rôle.

L'une gardait le port et les réserves pendant que l'autre écumait les mers de l'archipel.

.   .   .   .

Or, quelques jours avant la fameuse éruption, Pynch avait fait ses comptes et constaté que son encaisse se chiffrait par la jolie somme de 890 000 francs.

« Allons! mon ami Joë, s'était-il murmuré à lui-même, encore un petit effort! et tu vas atteindre ton million. Alors tu pourras aller te reposer dignement dans une bonne petite ville d'Europe, et terminer paisiblement, en bon bourgeois, une carrière déjà si bien remplie! »

Sur ce, le cataclysme survint.

Avec son flair d'animal de proie, Pynch pensa que de ce côté il y aurait peut-être quelque chose à faire. Sans doute, cette énorme révolution naturelle allait mettre pas mal de navires en détresse; Joë les recueillerait pour son compte.

Il partit donc pour le lieu du sinistre, et louvoya aux alentours, pendant que l'éruption s'apaisait graduellement.

Malheureusement, la présence dans ces eaux de plusieurs croiseurs de guerre le gêna considérablement.

Enfin, quand tout fut à peu près terminé, ces « empêcheurs de pillage » s'éloignèrent, et le pirate commença ses recherches.

Il ne trouva guère que des épaves sans valeur qui flottaient calcinées, au milieu des ilots de scories métalliques. Ces ilots eux-mêmes s'effondraient peu à peu et Pynch était réellement désolé, — le pauvre homme! — de s'être dérangé pour rien, quand, soudain, il tomba sur un petit ilot d'or en forme de dôme aplati. C'était une fortune! une immense fortune, que le bandit trouvait là!

Mais comment faire pour s'en emparer? Les moyens dont il disposait étaient insuffisants pour une pareille entreprise. Néanmoins, il fit commencer la désagrégation des blocs.

Hélas! l'ilot imita ses confrères, et son sol inférieur s'enfonçant peu à peu..., l'ile d'or s'engloutit sous les flots.

Pynch, qui venait d'entrevoir une richesse formidable, un véritable trésor des *Mille et une nuits*, s'arrachait les cheveux!

Comment faire, en effet, pour repêcher cette fortune? Ce n'était pas précisément commode, car Joë manquait du matériel spécial qui lui eût permis de se livrer à ce travail extrêmement difficile à exécuter.

Il prit donc un parti.

Après un sondage qui lui démontra que le bloc ne s'était enfoncé qu'à 15 mètres environ, il se fit attacher à une drisse, plongea, et reconnut que le bloc d'or semblait affermi sur le fond sous-marin.

Il remonta un peu rassuré sur son bateau, et, après avoir soigneusement relevé l'emplacement, il mit le cap sur Singapoor, afin d'aller quérir le matériel utile à l'enlèvement de l'île d'or.

Peu après il croisait le *Sylphe* qui se dirigeait dans la direction du trésor et le bandit se sentit envahir par une inquiétude mortelle, car le yacht, lui aussi, se livrait à des sondages.

S'il allait découvrir cette fortune !

S'il allait la lui enlever, à lui, Pynch, qui déjà s'en considérait comme le légitime propriétaire !

Un frisson parcourut le bandit ; l'idée d'une violence vis-à-vis du *Sylphe*, d'une destruction de ce gêneur le hanta une seconde; mais la prudence fut la plus forte.

A l'examen, le yacht semblait armé; son canon de gaillard donnait à réfléchir et le pirate se résigna à temporiser ; mais il se résolut à ne pas perdre un seul instant de vue ce bateau français, qu'il eût bien voulu voir ailleurs.

On a vu, du reste, qu'après le colloque survenu entre Roger de Maindragues et le pseudo-*Newcastle*, ce dernier n'avait pas perdu la piste du *Sylphe*; d'autant plus que Pynch avait frémi en voyant le navire blanc et or se livrer à des sondages, et avec un scaphandrier ! — sur le lieu même où s'était englouti l'îlot précieux.

Dès lors, le forban n'avait plus été dominé que par cette idée : trouver un instant propice pour détruire, si possible, ce maudit bâtiment qui devait évidemment connaître son secret; mais, fidèle à ses doctrines de prudence, il voulut pratiquer cette destruction dans des conditions telles qu'il n'en résultât pour lui-même aucun danger ni préjudice.

Joë suivit donc ainsi le *Sylphe* jusqu'au moment de l'éruption du lac d'or, près de Bali.

Au cours de cette poursuite, ou pour mieux dire de cette surveillance, aucun incident ne survint qui parut à Joë de nature à favoriser ses mauvais desseins.

La seule rencontre qu'il fit fut la suivante :

Avant d'arriver à Batavia, il avait croisé en mer une épave à laquelle s'accrochait désespérément un naufragé.

En règle générale, le bandit ne s'occupait pas d'un pareil détail, qu'il considérait comme de minime importance, et l'homme et l'épave restaient la proie des flots ou des requins, sans que le pirate daignât même leur jeter une bouée.

Cette fois pourtant, comme le bateau de Pynch frôlait presque le malheureux en détresse, et que ce dernier lançait désespérément, en français et en anglais, des appels d'angoisse, le pirate s'y intéressa.

« Tiens! fit-il, c'est un mousse! Ça n'a pas plus de quinze ans! »

Et, contrairement à ses habitudes, il donna en malais l'ordre à un de ses matelots de lancer une bouée.

Pourquoi cette humanité subite chez cet homme couvert de crimes, pourquoi cette pitié chez cet individu féroce?...

En fouillant les replis de sa vilaine âme, on eût pu y trouver l'explication suivante :

Depuis des années, Pynch, Européen, habitait constamment avec des sauvages et ne parlait guère que les dialectes malais de l'archipel. Pynch, habitué au contact des

civilisés, ne reprenait ce contact que lorsqu'il atterrissait dans des ports pour y solder ses prises de piraterie. Le reste du temps, il était en quelque sorte tout seul avec lui-même; et, au fond, il souffrait de ne plus se trouver en rapport avec des Européens comme lui... avec des blancs.

Il souffrait aussi, le misérable hors la loi, de ne pouvoir parler sa langue, de n'avoir pas la possibilité de formuler autre chose que des ordres en langue barbare à son équipage de gredins.

L'instinctif sentiment des races, des affinités, le besoin inné de parler couramment avec quelqu'un qui vous est semblable comme origine, l'amour quand même de la langue mère qu'on a épelée tout petit, tout cela dut sans doute agir, en une seconde de fugitive pitié, sur l'âme bourrelée de méfaits du misérable; et, un instant plus tard, le naufragé, un enfant de quinze ans, était halé à bord du navire pirate.

On peut aussi joindre aux sentiments énumérés plus haut l'idée de superstition qui hante souvent certains cerveaux de marins; Joë, sans même s'en rendre bien compte, voulut probablement mettre la Providence de son côté par l'accomplissement d'une bonne action.

Quoi qu'il en soit, et que ce fût pour cette raison ou pour une autre, l'enfant était sauvé. C'était le principal.

Et, ma foi! c'eût été vraiment regrettable qu'un aussi beau petit gars eût pu, sans cette circonstance bien fortuite, mourir de froid et de faim, sur son bout de planche ballotté au gré de l'Océan.

Questionné par Pynch, il déclara se nommer Pierre Bervic, être né au Havre. Son âge?... Quinze ans tout juste. Sa profession?... Pilotin, c'est-à-dire apprenti marin, à bord du steam-boat la Mouette, sombré en mer, quarante-huit heures auparavant, par suite des avaries qui lui étaient survenues au cours de la formidable éruption.

C'était, comme nous venons de le dire, un beau jeune garçon, bien taillé, large d'épaules, bien découplé, aux muscles solides.

Malgré les souffrances qu'il avait endurées depuis deux longues journées, ses traits, bien que fatigués, dénotaient la santé et l'énergie.

Blond, cheveux ras, imberbe, avec deux grands yeux bleus, francs, loyaux, audacieux, Pierre Bervic n'avait pas l'allure vulgaire; sa façon de s'exprimer, soit en

français, sa langue naturelle, soit en anglais, était non seulement correcte, mais élégante; et on pouvait s'étonner de le voir revêtu d'un sayon de simple matelot.

C'est que son aventure n'était pas celle de tout le monde!

Fils d'une riche famille d'armateurs havrais, Pierre, au moment où Pynch le recueillait, eût été sans doute au lycée du Havre en train de piocher son baccalauréat, s'il n'eût été d'un caractère plus que difficile, ce qui avait obligé son père à l'embarquer comme pilotin sur un de ses navires.

Il paraît que c'est là un moyen radical pour modifier les caractères mal faits.

Au reste, Pierre Bervic ne l'avait pas volé, car, malgré tous les conseils, toutes les objurgations, il s'entêtait à ne pas vouloir suivre les cours; il passait des journées à naviguer au large dans un canot de son père, l'armateur.

La mer exerçait sur lui une fascination, l'attirait invinciblement, prenait possession de ce gamin de quatorze ans, au point de l'accaparer d'une façon pleine et entière.

Pierre Bervic ne vivait que pour la mer, ne pensait qu'à elle. Guidant tout seul un fort canot, comme l'eût fait un vieux pilote; emportant des engins de pêche, un fusil qu'il *empruntait* subrepticement au râtelier d'armes paternel, et, se munissant d'un panier de provisions, le galopin, insoucieux des terreurs de sa pauvre mère, n'hésitait pas à naviguer ainsi pendant des journées entières sans qu'on sût même où il était allé.

Au retour, la semonce paternelle tombait sur lui dru comme grêle, mais sans l'émouvoir. Les pleurs de la maman avaient, il est vrai, un peu plus de succès, mais le repentir ne durait pas plus de vingt-quatre ou quarante-huit heures; et notre navigateur en herbe repartait de plus belle pour ses dangereuses excursions.

Bref, son père impatienté finit par se fâcher tout à fait.

« Mon garçon, lui dit-il, puisque tu y tiens tant que ça, je vais t'en donner, moi, de la navigation et, si tu n'en as pas une indigestion, je veux y perdre mon nom. »

C'est ainsi que Pierre Bervic, confié aux bons soins d'un vieux loup de mer, le capitaine Le Maradec, commandant de la *Mouette*, s'embarqua comme pilotin et cingla vers Saïgon.

Arrivé là, et sa cargaison débarquée, le capitaine Le Maradec trouva l'occasion de traiter avec le cirque Karamel qui cherchait un navire pour se rendre à Batavia.

Le lecteur voit tout de suite la fin de l'aventure.

La *Mouette*, surprise par la pluie des laves lancée en plein cataclysme, avait lutté tant qu'il avait été possible, quand, soudain, elle avait donné de l'étrave sur un récif inconnu, provenant sans doute de l'éruption, et elle avait coulé à pic, en moins de cinq minutes!

Personne n'en avait réchappé, sauf Pierre qui avait eu la chance de pouvoir saisir un espar. Accroché à ce faible point d'appui, il avait surnagé dans le tourbillon produit par l'engouffrement du navire; un courant circulaire l'avait entraîné au loin, puis ramené à son point de départ, et ainsi de suite pendant deux mortelles journées d'angoisse.

Ah! Il était vraiment temps qu'il fût secouru, le pauvre enfant, car il était au bout de ses forces et de son énergie! Et certes! les pensées qui l'assaillirent pendant ce dur moment ne furent pas couleur de rose. Il connut la mer qu'il aimait tant sous un aspect nouveau et terrible! Pourtant il continua—jusque dans son extrême détresse — à l'aimer quand même! mais il est certain aussi que le contact avec la mort imminente, tout seul, loin des siens, lui fit faire de sérieuses réflexions

24

Telle était l'aventure de Pierre Bervic.

Pynch s'était intéressé à son récit, et en apprenant la qualité des parents de son jeune passager, le forban, pratique avant tout, constata qu'il n'avait pas repêché une non-valeur et cela pour deux raisons.

La première, la plus importante, c'est qu'il pourrait sans doute rançonner la famille. Il y réfléchirait.

La seconde, c'est que Pierre, valant presque un matelot, ne serait point inutile dans son équipage.

De plus, Pynch, enchanté d'avoir une compagnie, fut tout à fait gentil; il admit même son jeune pilotin à sa table.

Il se garda bien — naturellement — de lui donner des explications sur l'estimable commerce auquel il se livrait, et se contenta de lui déclarer qu'ils ne débarqueraient qu'à Bornéo... dans cinq ou six semaines.

Mais malgré son jeune âge, Pierre Bervic n'était pas un novice des choses de la navigation. Le changement constant des pavillons, la qualité de l'équipage, l'allure du bateau et de son capitaine lui donnèrent à réfléchir. Il se rendit parfaitement compte de la poursuite à laquelle se livrait Joë Pynch vis-à-vis du bateau blanc et or battant pavillon français; et notre camarade n'était pas depuis trente-six heures à bord qu'il était fixé sur le compte de son sauveur.

« Je suis tombé chez un pirate, pensa-t-il non sans dégoût. Ce n'est pas précisément ce que j'aurais rêvé. »

Mais comme il était avant tout un petit gars énergique et un jeune chercheur d'imprévu, il ajouta en aparté.

« Ma foi! tant pis! J'aurai au moins, pour mon début en mer, vu quelque chose que n'ont même jamais frôlé la plupart de nos vieux marins, et advienne que pourra.... Je saurai bien m'en tirer un jour ou l'autre! »

Pierre s'affermit donc dans cette résolution; il se concentra dans une volonté de ne rien laisser paraître, aux yeux de Pynch, des sentiments qui l'agitaient, et le petit marin vécut avec cette idée constante : s'échapper à la première occasion favorable.

Tout en faisant admirablement son service à bord, il s'intéressait au bâtiment poursuivi avec une vive sympathie, car ce bateau portait les trois couleurs de France.

« Évidemment, pensa le gamin, le vilain monsieur qu'est Pynch ne veut pas précisément du bien à mes compatriotes. Je vais veiller au grain, et dame! si je puis les aider au moment opportun, j y tâcherai. »

Mais l'occasion désirée ne se présenta pas et finalement notre ami Pierre commençait à trouver le temps long, quand éclata l'éruption de la presqu'île de Bali, immédiatement suivie de l'apparition du lac d'or!

On se rappelle qu'en face de ce nouveau cataclysme Roger de Maindragues avait immédiatement émis cette idée, que Le Caillec avait dû prendre le large pour mettre le *Sylphe* en sûreté. Roger ne s'était pas trompé. Son lieutenant, en face du danger, n'avait pas hésité une seconde.

Certes, il lui en coûtait de s'éloigner sans avoir pu réembarquer son commandant, le docteur Sarbacane et la brave mère Lanfry; mais d'autre part, Le Caillec avait charge de la vie d'Yvonne, de la vie de son équipage, et de la sécurité du *Sylphe*. Il donna donc l'ordre de virer et, s'éloignant du foyer destructeur, il vint stopper à quatre milles de là, dans une baie assez profonde.

Le brave Breton avait bien vu le volcan; mais placé près de la terre, il ignorait complètement la formation du lac d'or, que l'éminence volcanique masquait à son regard.

Seuls de l'équipage du *Sylphe*, nos trois amis, le Docteur et ses compagnons se trouvaient placés aux premières loges pour contempler ce prodige; mais Joë Pynch, installé sur la gauche, hors de l'atteinte des laves, vit lui aussi le lac d'or s'étaler lentement à deux portées de carabine de son bâtiment.

Le sang du bandit bouillonna dans ses veines.

« Encore de l'or! murmura-t-il. Encore de l'or! »

Et instantanément le désir d'une prise de possession l'envahit. L'idée que le *Sylphe* pourrait lui disputer cette riche proie lui fit passer un frisson tout le long de l'échine, et Pierre Bervic, qui l'observait, vit une telle expression de haine envahir le visage du brigand, que le petit matelot en pâlit.

« Diable! pensa-t-il, qu'est-ce qu'il lui prend donc? ça va se gâter! »

Notre camarade ne se trompait pas.

Pynch, se tournant vers lui, articula d'une voix rude :

« Descends dans l'entrepont. Et si tu as le malheur d'en remonter sans ordre... tu es mort! »

Que faire?... Rien, sinon obéir avec passivité.

Pierre descendit donc, non sans que de ses yeux bleus un éclair de colère eût jailli à l'adresse de Joë. Du reste l'Anglais, tout à sa préoccupation, ne le remarqua même pas.

Pynch mit alors son navire en marche. Il contourna l'îlot et vint, comme la nuit tombait, s'embosser non loin du *Sylphe*, et hors de sa vue. Là, il stoppa, puis resta immobile dans le noir, sans allumer ses fanaux.

Longtemps, le pirate, silencieux et immobile, resta sur le pont; il réfléchissait à ce qu'il allait faire.

Sa première idée fut de s'approcher, à la faveur de l'ombre, du bateau français; puis, arrivé à quelques encablures, de forcer les feux, de foncer dessus et de le couler.

Oui !... mais son approche pouvait être signalée ; le *Sylphe* pouvait manœuvrer et se garer!

Et puis, en admettant que le français reçût le choc sans l'avoir même prévu, qui sait si le bateau pirate n'éprouverait pas lui-même une avarie irrémédiable dans cette terrible collision?

Pynch abandonna ce premier dessein et finit par conclure qu'il était préférable de capturer le français, de l'entraîner, et ma foi ! sauf résistance trop rude, de le dévaliser avant de le couler en haute mer.

Ce projet était terriblement risqué : pourtant le forban en mit la première partie à exécution avec une audace inouïe, avec une infernale habileté.

. . . .

Vers 2 heures du matin, Joë et deux de ses Malais mirent à l'eau une chaloupe préalablement garnie de grappins et de chaînes à dévidoir.

Un des deux Malais assis à l'arrière manœuvrait l'embarcation « à la godille ». Sa rame enfoncée sous l'eau tournait silencieusement, sans le moindre clapotis, et poussait la chaloupe en avant.

L'obscurité était profonde ! Le *Sylphe* n'avait que ses fanaux réglementaires de direction ; la mer en était donc très faiblement éclairée, et semblait un vaste lac d'encre.

Il en résulta que les trois écumeurs purent réussir à s'approcher du *Sylphe* sans être vus, et ils vinrent se placer contre son gouvernail.

Alors une scène étrange se déroula dans le grand silence que coupait seul le murmure des vagues.

LE MALAIS TENDIT A JOË LE BOUT DE CHAINE.

Le second matelot malais se laissa glisser à l'eau, Pynch lui tendit alors le bout d'une chaîne. L'homme la saisit, plongea, resta deux bonnes minutes immergé, puis reparut, et dit en malais :

« C'est fait! »

Et il tendit à Pynch le bout de chaîne, que ce dernier, à l'aide d'un fort écrou bien graissé, rattacha aux maillons de la chaîne elle-même.

Pynch venait ainsi d'enchaîner l'hélice et le gouvernail! Le *Sylphe* était immobilisé! Il ne pouvait plus se mouvoir en avant, ni se diriger!

Alors, toujours silencieuse, la chaloupe s'éloigna en dévidant, sur une rampe de feutre installée à son bord, la chaîne qui filait dans l'eau. Elle regagna le pseudo-*Newcastle*, y arrima la chaîne, puis elle repartit dans la nuit, pour pratiquer la même opération aux deux chaînes d'ancre sur lesquelles s'était affourché le *Sylphe*.

Enfin, cette opération terminée, Pynch et ses hommes remontèrent à leur bord et le bateau pirate se mit en marche, guidé par le fanal d'avant du bâtiment de Roger.

Arrivé à 150 mètres, il se laissa porter et, sur un ordre de Joë, les treuils de l'avant furent mis en branle. Les chaînes accrochées aux ancres du *Sylphe* se tendirent, se raidirent, grincèrent, résistèrent un instant; puis, sous l'effort de cette traction puissante, les ancres se dégrippèrent et, dans la nuit, une rumeur s'éleva sur le yacht français.

C'étaient les hommes de quart que Martigal, absolument stupéfait, lançait à l'avant vers les bossoirs des ancres pour vérifier ce qui s'y passait.

Mais ils y arrivaient à peine, qu'une violente secousse se produisit à l'arrière du *Sylphe*, secousse si imprévue, si rude que plusieurs hommes furent jetés sur le pont.

Cette fois, c'était le treuil à vapeur du pirate qui, tirant à lui la chaîne du gouvernail et de l'hélice, faisait virer le yacht bout pour bout.

Une stupeur inouïe s'empara de tout l'équipage français.

Comment, en effet, comprendre ce qui pouvait ainsi modifier la stabilité du bateau, alors que la mer était parfaitement calme? Comment s'en rendre compte, au milieu des profondes ténèbres que le crépuscule matinal commençait à peine à dissiper?

Mais la stupeur fut de courte durée, du moins chez Le Caillec et chez Martigal. Le Breton lança, de sa voix puissante, des ordres aux machines qui se mirent à bruire dans les flancs du navire; mais presque en même temps un craquement sec, presque une détonation, résonna dans ses profondeurs!... L'arbre de l'hélice, entravé par la forte chaîne qui liait l'hélice elle-même, venait d'éclater comme un roseau!

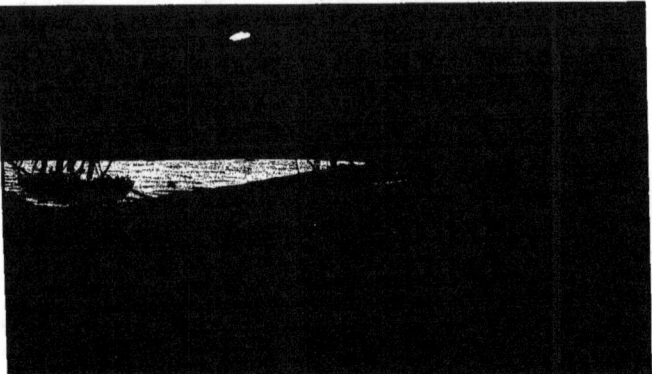

« Malédiction ! » gronda Le Caillec, en se précipitant alors au cadran du gouvernail. Il ne put, hélas! que constater avec désespoir l'impossibilité de gouverner le yacht.

Et, pendant ce temps-là, le *Sylphe*, entraîné dans la nuit par une force invisible, filait vers le nord; mais, chose bizarre, c'était l'arrière du *Sylphe* qui filait en avant!... Plus de doute possible, un navire venait de le harponner et l'enlevait.

Au reste, le grand fanal électrique, manœuvré par Martigal, vint donner à tous l'explication claire et décisive de ce qui se passait. La nappe de lumière blanche s'abattit sur le bateau noir, sur le pavillon noir que le pirate venait d'arborer, et un cri de fureur s'exhala de toutes les poitrines.

« Ah! les bandits! hurla Martigal. Ah! les « failli-chiens! ' » Stoppez! Tonnerre! ou je vous coule! »

Un ricanement lui répondit de l'autre bord, et, pris de fureur, le second maître, tout en lançant frénétiquement des ordres, se rua vers la pièce du gaillard d'avant.

Elle fut immédiatement retournée vers l'arrière, face à l'ennemi ; et comme on venait d'y introduire la charge, le soleil surgit brusquement des flots.

Alors commença la tentative de lutte dont, tout là-bas, sur leur falaise, les trois abandonnés purent apercevoir le début.

1. Terme injurieux employé par les marins et qui signifie : mauvais drôle, garnement.

Un premier obus creva la cheminée du pirate, qui riposta immédiatement par une fusillade nourrie. Les balles écornèrent la logette-cuisine où Bigoudi, en proie à une terreur folle, venait de se blottir derrière son fourneau, et le nègre se mit à pousser des cris stridents. Puis, soudain, à la porte des salons d'arrière, Yvonne apparut en larmes, suivie de Ziska Gottorp qui tout échevelée se lamentait en agitant en l'air ses longs bras.

A cette vue, Martigal, abandonnant sa pièce, s'élança.

« Mademoiselle! ne sortez pas! cria-t-il, rentrez et descendez par le petit escalier dans l'entrepont. »

Lanfry et Zanim suivaient Martigal.

Ils saisirent tous deux la fille de leur commandant et l'emportèrent en lieu sûr.

Il était temps! Car une nouvelle volée de balles déchira l'air et blessa légèrement un matelot.

« Tonnerre de Brest!... Tonnerre de Lorient et de tous les ports du diable, gronda Le Caillec, il faut pourtant en finir! »

Et, après une seconde de réflexion :

« Attention! ordonna-t-il d'une voix forte; Martigal, pointez vous-même, et tâchez de viser juste au gouvernail du coquin, et un peu au-dessous de la ligne de flottaison. Il faut le couler... tonnerre! »

Mais il avait à peine achevé sa phrase qu'une réponse lancée en anglais lui parvenait du bateau noir.

C'était Joë Pynch lui-même qui, caché derrière le bordage, lançait dans un porte-voix cette menace terrible :

« Je vous préviens que si un seul nouveau coup de canon est tiré; si un seul acte de résistance ou d'attaque se produit contre moi de la part de votre bâtiment, je vous coule comme une coquille de noix.

— Et avec quoi donc, vilain chien de mer?

— Avec une torpille, riposta le bandit, qui ponctua sa phrase d'un ricanement.

— Une torpille?

— A votre service, honorable commodore! insista railleusement le forban. J'en ai toujours quelques échantillons à bord. »

Et donnant corps à cette menace, un tube lance-torpilles apparut dans une coupée de l'arrière du bateau pirate; ceux qui le manœuvraient restaient masqués par deux piles de sacs.

Du coup, si fermes et énergiques qu'ils fussent, Martigal et Le Caillec pâlirent. Un lourd silence régna ; ce fut Le Caillec qui le rompit.

« Enfin ! fils de requin, qu'est-ce que tu nous veux ? Est-ce à notre argent que tu en as ?

— C'est mon affaire, et je n'ai pas de comptes à vous rendre... pour le moment du moins.

— Que prétends-tu donc ?

— Je prétends vous emmener sans que vous fassiez l'ombre d'une résistance. Je veux que, même si un navire passait en vue, vous ne bougiez pas ; je veux que vous ayez l'air d'être non pas capturés, mais secourus par moi. En un mot, vous êtes un navire rencontré par moi en pleine détresse et auquel, en bon camarade, je rends le signalé service de le remorquer. Hein ? Je suis vraiment gentil ?

— Cause toujours ! Nous verrons bien qui en aura le dernier !

— Oh ! mon honorable collègue, n'en doutez pas, ce sera moi ! Soyez gentils, je vous le répète, ne faites pas les méchants, et quand nous serons arrivés à destination (mais seulement à ce moment-là), nous pourrons causer... et peut-être nous entendre.

— La canaille ! gronda le lieutenant Roger.... Il est le plus fort... Que faire ?

— Ah ! si nous n'avions pas Mlle Yvonne à bord, murmura rageusement Martigal, ça ne serait pas long ; nous l'aurions, ce bandit anglais !.. quitte à y rester nous-mêmes !

— Sans doute.... Mais nous avons les mains liées. »

Et Le Caillec fit un geste d'impuissance navrée.

« Enfin ! dit-il après un silence, on est forcé de temporiser quand on ne peut faire autrement, n'est-il pas vrai ?

— Oui, lieutenant, mais....

— Attendez !... Vous pensez bien que si je ronge mon frein, ce n'est pas par pur plaisir et que j'ai autant que vous l'envie d'en découdre avec ce coquin ; mais je risquerais la vie de Mlle de Maindragues !... Je ne le puis ! »

Il s'interrompit.

« Et le commandant ! murmura-t-il. Et le Docteur, que sont-ils devenus ! Ah !... C'est terrible !... Quelle épouvantable situation ! »

Un gros soupir s'échappa de la profonde poitrine du Breton ; une larme faillit même déborder sa paupière, mais d'un effort énergique il se ressaisit.

« Martigal, reprit-il, voici ce que nous allons faire : nous allons obéir à ce failli chien !... Oh ! je sais que c'est dur pour des marins de France d'être obligés de prendre une pareille attitude vis-à-vis d'un pirate et, qui pis est, d'un pirate anglais. Mais c'est le devoir... momentané.... Le hasard nous servira peut-être !... attendons !

— Lieutenant ! insinua Martigal, j'ai une idée... les canots....

— J'y ai bien songé, mais... le danger est considérable. Ils nous tireront dessus pendant l'appareillage et alors....

— Mais... la nuit !

— Ils nous verraient quand même ! Vous pensez bien qu'ils surveilleront attentivement. Il faudrait, pour tenter ce coup, qu'un navire fût en vue et en tout cas n'embarquer Mlle Yvonne que lorsque nous serions secourus. Aurons-nous cette chance ?

. . . .

. . . .

Ils ne l'eurent pas !!!

Poursuivis par une fatalité désolante, ils naviguèrent ainsi pendant trente-six heures, à la remorque du pirate, sans que la vue lointaine d'une seule voile, ou d'un seul panache de fumée, vint leur apporter le moindre espoir de délivrance ; et après cette morne traversée ils virent enfin à travers la brume du soir apparaître à l'horizon la côte sud de Bornéo.

Peu après, Joë Pynch pénétrait tranquillement avec son captif dans l'étroit goulet qui donnait accès à son repaire, amarrait les chaines du *Sylphe* à des anneaux scellés sur la muraille de la falaise et jetait ensuite les ancres de son propre bâtiment juste au travers du goulet, de façon à en barrer la sortie.

Le *Sylphe* était donc définitivement son prisonnier !

CHAPITRE X

Le lecteur s'étonnera sans doute de la mansuétude relative de Joë à l'égard du
Sylphe; il trouvera peut-être bizarre que, pouvant se défaire si aisément de son
captif en lui envoyant une torpille, le forban n'eût pas exécuté sa terrible menace.

Pynch, en effet, ne se vantait point : il ne flagornait pas en assurant
qu'il était détenteur de ces engins, qui, bien dirigés, coulent un cuirassé en cinq
minutes. Il eût donc pu très facilement se débarrasser du yacht.

Mais le *Sylphe*, avec sa figurine dorée, sa coupe élégante, son aménagement
luxueux, avait de suite « donné dans l'œil » du pirate.

Ce n'était point là un navire vulgaire, un *steamer* quelconque; et tout son
ensemble dénotait le yacht de plaisance d'un riche armateur, le bateau de
promenade d'un Crésus quelconque.

Donc la prise en valait la peine, ne fût-ce que pour la valeur du bateau lui-
même.

De plus, il apparut à Joë Pynch que ce vaisseau de luxe devait contenir
un coffre-fort des plus sérieux. De cette constatation au désir de voir tout cela
devenir son bien personnel il n'y avait pour le brigand qu'une demi-seconde de
réflexion.

Aussi bien le *Sylphe*, étant en son pouvoir, ne pourrait retourner lui souffler son
île et son lac d'or; donc si on pouvait le garder en se débarrassant de l'équipage, il y avait double profit pour l'estimable Pynch.

Telle fut la première idée du gredin.

Mais on a vu que l'équipage du *Sylphe* ne s'était pas prêté à la combinaison
avec une parfaite bonne grâce.

« Diable ! se dit Joë ils ont leur satané canon qui peut endommager mon bateau, et qui en tout cas peut attirer l'attention de ce côté.

« Je n'aime pas les conversations de ce genre ; je suis ennemi du bruit en affaires. Tâchons donc de faire taire ce brutal ! »

On sait qu'il y avait réussi par l'intimidation ; mais il se trompa sur la cause de son succès.

Ce n'était point — on l'a vu — la peur de la torpille qui lia les mains à Le Caillec ; ce fut seulement le désir de ne rien faire qui pût compromettre la vie d'Yvonne de Maindragues.

En tout cas, Joé Pynch fut enchanté ; et il entraîna sa prise avec l'idée bien arrêtée de « nettoyer » l'équipage, sans risque et sans danger, une fois qu'il serait arrivé dans son « cottage ».

On peut donc estimer que la vie des marins du *Sylphe* était bien sérieusement menacée, et que la pauvre petite Yvonne n'embrasserait, sans doute jamais plus, ni son papa chéri, ni son excellent grand-oncle, le bon docteur Sarbacane.

. . . .

. . . .

Ceux-ci, de leur côté, avaient d'abord éprouvé la plus abominable des détresses morales ; mais Roger de Maindragues avait, le premier, recouvré son sang-froid.

« Après tout, pensa-t-il, il y a deux hypothèses en présence :

« Ou Le Caillec et Martigal viendront à bout du pirate et alors ils rallieront notre côte et en tout cas Batavia.

« Ou bien le pirate sera le plus fort !... Dans ce cas que peut-il arriver ?... Qu'il nous rançonne ; car ce ne peut être que l'intérêt qui le guide. Il veut faire payer à ma fille et à mon équipage leur mise en liberté. Eh bien ! soit. Je paierai.... quitte à le rattraper ensuite, le brigand ! Donc ne nous désolons pas !

« Pleurer ne signifie rien... agissons ! »

Il fit, à haute voix, part de ses réflexions au pauvre Docteur et à la mère Lanfry, puis conclut :

« Mon oncle, haut les cœurs ! Rien n'est perdu pour nous qui sommes énergiques. Ne nous lamentons pas ! Tâchons d'abord de sortir d'ici et de regagner la terre ferme ! N'est-ce pas, ma brave mère Lanfry ?

— C'est ma foi vrai ! mon commandant. Vous êtes un homme. Et puis, après tout, y n'y feront pas de mal à mam'zelle Yvonne, et si faut leur donner tout le lac d'or, on leur z'y donnera. »

Sarbacane lui-même se sentit réconforté par ces deux vaillances. Il sécha ses yeux.

« C'est ça même ! poursuivit Philomène en riant (histoire de ramener sur les lèvres de son maître le sourire coutumier). C'est ça même ? Et alllllez donc ! m'sieur le Docteur ! J'aime mieux vous voir comme ça, avec vot' bonne figure ; au lieu que tout à l'heure vous aviez *les cheveux hagards et les yeux hérissés !*

— Hein ? Comment dites-vous, ma bonne Philomène, questionna le docteur Sarbacane, riant malgré sa tristesse.

— Faitement qu'oui ! Vous aviez les cheveux hagards et les yeux hérissés. On dit comme ça dans les feuilletons pour expliquer qu'un homme est pas dans son assiette.

— Bien ! Bien ! j'y suis ! mère Lanfry, vous intervertissez l'ordonnance des mots d'une façon tout à fait charmante ! Quant à être moi-même dans mon assiette, je préférerais y voir un bifteck, attendu que malgré la fatigue et le chagrin j'ai une faim de loup.

— Pas étonnant ! J'vas voir à dénicher quelque chose à faire cuire ; mais vous m'excuserez si c'est un peu fade, car j'ai oublié d'emporter du beurre.

— Bah ! A la guerre comme à la guerre, dit Roger. Nous avons du bois pour faire du feu, c'est le principal. Allons chercher notre déjeuner, et, quand nous serons sustentés un peu, nous essayerons de regagner Java.

— C'est çà !... en route ! conclut la mère Lanfry qui s'arma de la carabine du docteur. Ah ! c'est égal ! poursuivit-elle. Pour une aventure, n'en v'la une d'aventure, c'est papa Anacharsis qui doit s'en faire du chagrin. Pas vrai, mon petit Muf ? »

Muf lâcha un ricanement, et « sourit » en ouvrant la bouche en four.

« T'es un beau petit bestiau, mon petit Muf, continua Philomène, t'es tout plein drôle, surtout quand tu causes anglais ?

— Hein ! Vous dites que Muf cause anglais ?...

— Mais oui ! m'sieur l'Docteur, les Anglais, vous savez bien, ça remue leurs grandes mâchoires, ça tortille les lèvres, ça se contourne la bouche..., enfin ! quand ça parle c'est comme si ça se mordrait l'oreille gauche....

— Heu ! Heu ! Je ne vois pas trop....

— Faitement qu'oui ! Eh bien, Muf fait tout pareil !... par conséquent y parle anglais !

— Voilà une conclusion que je n'attendais guère et....

— Silence !... attention ! »

Ce rappel à l'ordre énoncé par Roger de Maindragues arrêta la suite de la phrase.

C'est qu'un bruit de branchages, froissés sans doute par le passage d'un animal, venait de parvenir jusqu'aux trois chasseurs.

Roger et Philomène s'embusquèrent rapidement derrière deux touffes de raphis, et le docteur accompagné de Klaps se plaça en observation derrière un gros « fucus ».

Le bruit se rapprochait rapidement, et, soudain, émergèrent de la frondaison verdoyante deux personnages déjà connus du lecteur.

Ces personnages n'étaient autres que M. et Mme Casoar, les évadés de la veille, qui toujours soudés ensemble trottaient en cercle sans s'arrêter depuis vingt-quatre heures !

Elles étaient — les malheureuses bêtes — dans un état lamentable ! L'aile basse, le front pensif, l'œil rêveur, elles trottaillaient lourdement, sans but défini, hallucinées par cette maudite corde qui les traversait de part en part.

Mme Casoar surtout était à plaindre à cause de la carabine de Philomène qui lui battait les jambes, comme l'eût fait une sabretache, et cela l'agaçait terriblement. Mais qu'y faire ?

Indissolublement liée à son mari, la malheureuse, le cou raidi par le passage de la corde, n'avait même pas la ressource de tourner la tête de côté pour examiner l'appareil qui lui râpait les tibias (nous allions écrire : les mollets ; mais c'eût été un terme tout à fait impropre, s'appliquant à un casoar).

Il faut donc bien avouer que les deux échassiers étaient à plaindre, et que la femelle surtout devait commencer à avoir le torticolis.

Toujours ahuris, les deux animaux, s'avancèrent en prêtant le flanc à l'endroit où les chasseurs s'étaient embusqués.

C'était là un déjeuner royal — vu les circonstances — et la mère Lanfry n'hésita pas à tenter d'offrir au Docteur un rôti de casoar…. Elle épaula et fit feu.

« Ah ! sapristi de maladroite ! » s'écria-t-elle, en se morigénant elle-même.

En effet, son coup de carabine avait été dirigé trop à droite, mais il était parfait, comme direction générale, et surtout elle avait bien tiré dans le plan horizontal,

car la balle avait coupé la corde à 20 centimètres du bec de la femelle.

Sans plus s'occuper de son épouse, le monsieur s'en allait grand train ; tandis que, fort étonnée, madame s'arrêtait net et balançait le cou, comme s'il lui manquait un point d'appui.

Mais une seconde détonation avait retenti ; et à 50 mètres plus loin le casoar mâle tombait foudroyé par la balle de Roger de Maindragues.

La femelle, après un instant de saisissement assez compréhensible, reprit sa course folle à travers la brousse ; mais cette fois la carabine ne lui battait plus sur les tibias..., l'arme traînait dans les herbes. La corde qui s'allongeait à chacune de ses enjambées y tomba à son tour, et Mme Casoar, définitivement libérée, disparut dans un groupe de tulipiers, juste au moment opportun ; car la mère Lanfry l'ajustait à nouveau et pour tout de bon cette fois !

Philomène n'eut pas le temps de tirer, Mme Casoar eut la vie sauve ; cela lui était vraiment bien dû, n'est-il pas vrai ? Et peu après Klaps qui s'était élancé dans les herbes rapportait triomphalement la carabine abandonnée par l'oiseau.

. . . .

On pense que le rôti de casoar eut un réel succès. Pourtant il y a des naturalistes qui prétendent que cet animal est plutôt coriace aussi bien de chair que de tempérament. Il est, de plus, à remarquer que celui-là n'était plus de la prime jeunesse. Le docteur Sarbacane qui s'y connaissait lui décerna à vue de nez une trentaine d'années.

N'importe! les filets du pauvre oiseau furent cuits à point, et Sarbacane déclara qu'ils avaient une vague ressemblance avec des semelles de caoutchouc hors d'usage; mais ça passa tout de même. Quand on a bien faim on vous ferait manger un bonnet à poils en vous disant que c'est du lapin !

Puis, la digestion faite, on se dirigea vers le détroit qui, recouvrant le lac d'or, séparait l'île d'avec le volcan.

Roger se mit à l'eau pour explorer les fonds, et se rendre compte si le détroit n'était pas guéable. Il eut vite reconnu que, dès qu'on arrivait auprès du lac d'or, la pente s'infléchissait brusquement et qu'au bout de six pas on perdait pied.

Passer à la nage semblait possible, mais le Docteur, tout en sachant nager, n'était pas très ferré sur ce genre de sport, et tant qu'à prendre un bain il préférait une baignoire à l'Océan.

Mais voilà !... Pas de bateau, et surtout pas d'outils pour en fabriquer un.

On s'arrêta au plan suivant.

Un gros eucalyptus tombé de vétusté serait roulé à bras jusqu'au bord de la mer ; on le mettrait à l'eau, puis, se mettant à cheval dessus, les trois abandonnés partiraient ensemble.

La mère Lanfry avec Muf prendrait la tête, et à l'aide d'une forte branche pagayerait vigoureusement ; Sarbacane prendrait la seconde place et aurait pour consigne de rester parfaitement immobile. Klaps s'installerait derrière son maître. Quant à Roger il gouvernerait à l'arrière, à l'aide d'un gros bambou fendu en éventail et tressé avec du raphia.

Ainsi fut fait.

D'abord — ainsi que dans la chanson — ça ne marcha pas trop mal.

Et les navigateurs atteignirent sans encombre le milieu du détroit.

Fidèle à la consigne, le professeur ne bougeait pas plus qu'une borne kilométrique. Mais à ce moment, la curiosité l'aiguillonnant, il voulut jeter au moins, à travers l'onde transparente, un léger coup d'œil sur le lac d'or qui sommeillait au-dessous de lui.

Sarbacane se pencha donc très légèrement.

Mais, si léger qu'eût été son mouvement, il imprima au tronc d'arbre une secousse et instinctivement, pour rétablir son propre équilibre, le digne professeur saisit à deux mains la taille de la mère Lanfry.

Malheureusement la digne cuisinière était chatouilleuse comme on ne l'est pas!

L'impression inattendue des mains de Sarbacane la fit bondir en l'air en poussant un cri aigu. Sous l'empire de cette sensation imprévue elle lâcha sa branche et

envoya en arrière une gifle, qui arriva tout droit et sans arrêt sur l'oreille gauche du professeur.

Il n'en fallait pas tant pour provoquer un malheur. L'équilibre, jusqu'alors si bien conservé, se rompit brusquement.

Le tronc d'eucalyptus tourna sur lui-même, entraînant dans son mouvement giratoire les trois cavaliers qui le chevauchaient.

Inutile — n'est-ce pas — d'ajouter que Muf et Klaps se virent contraints et forcés de participer à cette baignade inopinée.

Mais le basset, bien qu'un peu surpris, ne manifesta pas son étonnement. Il se

mit à nager, vigoureusement, et regagnant le tronc d'arbre le brave Klaps parvint à
s'y réinstaller.

Une fois dégagé, il s'ébroua, et ferme sur ses pattes torses, le digne chien put
contempler à son aise l'embarras de ses quatre compagnons.

Après un fort plongeon, le Docteur venait d'émerger, sans son casque qui s'en
allait au loin à la dérive : il n'avait pourtant pas perdu ses lunettes, mais Klaps fut
une bonne minute à reconnaître son maître et ami.

En effet, Sarbacane, entraîné par son propre poids, avait d'abord coulé jusqu'au
fond. La tête s'était enfoncée dans la poussière du fond sous-marin; et quand le professeur reparut à l'air libre, il avait une tête en or !

N'exagérons pas !... Et soyons exacts, en disant que le savant avait l'air de s'être
fait dorer la tête.

Sous l'action d'un lent refroidissement, la masse d'or, d'abord solide, s'était peu
à peu craquelée, puis elle s'était émiettée, et, enfin, ces miettes elles-mêmes se
muaient en poussière fine. C'est dans un amalgame de vase et de poussière d'or que le
docteur Sarbacane avait plongé, la tête la première.

Du reste, il ne se doutait pas le moins du monde de cette décorative transformation de son visage, et sa seule préoccupation était de sauver sa boîte à insectes et ses
plantes rares, — car tout en barbotant, il élevait au-dessus de sa tête d'or sa boîte
verte d'herborisateur. — « Attrapez-la, mère Lanfry, sauvez mes plantes ! »

Mais la mère Lanfry était hors d'état de porter secours à son excellent maître.

Pauvre Philomène ! Elle n'avait pas plongé, grâce à sa large culotte à la zouave
qui la maintenait à fleur d'eau. Mais l'air s'y était emmagasiné, avait formé ballon et
seules les jambes de l'infortunée gigotaient en l'air — désespérément ! Muf, lié par
sa chaîne, avait accompagné Philomène au fond des ondes; puis, se dégageant, le
macaque avait grimpé sur le « ballon », s'était cramponné, des quatre mains et de la
queue, aux jambes puissantes de la digne épouse d'Anacharsis.

Pris d'une terreur abominable, Muf poussait des cris atroces, et le diable lui-
même ne lui aurait pas fait lâcher prise.

Cela compliquait même singulièrement l'embarras de la mère Lanfry dont la
situation ne pouvait se prolonger, sans le plus grand préjudice pour sa précieuse
existence.

Seul, un plongeur de profession eût pu encore atermoyer; et la pauvre femme commençait à perdre la respiration quand l'intervention de Roger de Maindragues vint mettre un terme à ses angoisses.

Roger, excellent nageur, avait d'abord aidé son oncle à s'accrocher au tronc d'eucalyptus ; puis, à brasses énergiques, il s'était dirigé vers le ballon, l'avait empoigné d'une main solide et, retournant Philomène, l'officier lui avait ramené la tête à l'air libre !... Il n'était que temps !... la mère Lanfry tournait au violet !

« Ouf !! cria-t-elle en crachant une gorgée d'eau salée. Merci, mon commandant ! Je commençais à boire un coup ! Mais ça ne sera rien que ça !... Ousqu'est mon petit bestiau ? »

Muf était sain et sauf : suivant le mouvement imprimé à Philomène par la poussée de Roger, l'estimable singe avait grimpé jusqu'au casque de la mère Lanfry et s'y était installé.

C'est ainsi que les naufragés en furent quittes pour un bon bain, et purent, non sans efforts, se réinstaller à califourchon sur leur eucalyptus.

Mais la leçon avait été bonne pour le Docteur. Pendant la fin de la traversée il demeura coi et conserva l'immobilité d'une statue.

On contourna, sans encombre, le volcan qui maintenant apaisé semblait une agglomération de roches ordinaires ; et quand on l'eut dépassé, une circonstance favorable vint aider nos camarades.

Un courant assez fort les prit en arrière, les poussa directement jusqu'à la terre ferme ; et la vague les fit aborder doucement sur une plage sableuse.

Le premier pas était fait, et non le moins difficile ; mais les abandonnés n'étaient pas sauvés pour cela, car le premier port de la côte — la petite ville de Bujoewang — se trouvait encore loin vers le nord. Pour la joindre nos cinq amis allaient avoir à franchir une centaine de kilomètres en pleine forêt vierge !

N'importe ! Le succès de leur première tentative les remplit de joie et de confiance en l'avenir ; et dans le fond de leur âme ils remercièrent ardemment la Providence.

« Enfin ! s'écria la mère Lanfry, v'là déjà un pas de fait ! Espérons que ça marchera maintenant comme sur des roulettes.

— Espérons-le, ma bonne Philomène, riposta le Docteur, mais, dites-moi, ne suis-je pas sous le coup d'une hallucination. Il me semble que vous êtes en or, que le paysage est doré ! Muf me semble un singe métallique ! Est-ce que le lac d'or m'aurait déteint sur le cerveau?

— Mon oncle, répartit Roger en riant, débarbouillez-vous et lavez le verre de vos lunettes.... Vous avez sur la peau un amalgame de poudre d'or qui vous fait voir les choses sous un aspect par trop précieux !

— C'est ma foi vrai ! s'écria Sarbacane, en s'essuyant le visage. Et franchement, je regrette que cette dorure soit aussi facile à faire disparaître. J'aurais aimé à conserver ce précieux souvenir. Ce n'eût pas été ordinaire, mon cher Roger, de voir un professeur doré sur tranches ! Rien que pour me voir — sinon pour m'entendre — tout Paris aurait afflué à mon cours du Muséum ; et cela eût changé un peu la physionomie de l'amphithéâtre où je professe de temps à autre sur l'histoire naturelle préhistorique.

— Vos cours n'étaient donc pas suivis, mon oncle ?

— Heu !... Je n'y ai jamais vu qu'un auditeur, déclara Sarbacane non sans jovialité. Oui ! un seul ! Encore est-il que j'ai tort de le désigner par cette qualification d'auditeur, car il n'entendait point.

— Ah ! bah ! Il dormait donc....

— Non pas ! C'est un vieux sourd-muet du quartier qui venait assister à mes leçons l'hiver... pour se chauffer. »

Et devant le sourire de son neveu, Sarbacane conclut avec flegme :

« Vous voyez, Roger, que les cours ont tout de même du bon, et qu'ils servent à quelque chose.

— Sans doute ! mon oncle, sans doute !

— C'est pas le tout, reprit Philomène, mon commandant, c'est vous qu'est not' chef, pas vrai ? Eh bien ! quoi ce qu'on va faire ?

— Ma brave mère Lanfry, nous allons d'abord nous procurer des vivres... un gibier quelconque pour notre dîner de ce soir. Si nous dénichons quelque chose, nous le ferons cuire, nous souperons et nous conserverons les reliefs de notre repas pour demain matin. Ensuite nous nous mettrons en route vers le nord en longeant la côte le plus possible jusqu'à ce que nous ayons atteint Bujoewang. Une fois arrivés dans cette localité, nous tâcherons d'y trouver une barque qui nous mène à Sourabaya. Quand nous y serons, nous trouverons bien un caboteur, un steam-boat quelconque pour rallier Batavia où cet excellent Pypenkorn obtiendra pour nous du gouverneur aide et assistance. Nous repartirons alors à la recherche du *Sylphe*.

— Ah ! s'écria Sarbacane, avec un ton d'amère désolation, mon bijou, ma pêche, mon trésor, ma fleur, ma rose d'or !... Où est-elle, monsieur ! où est-elle ?

— Mon oncle, je ne crois pas à un malheur. Un instinct secret me dit qu'il n'y a rien à craindre. Aussi voyez comme je suis calme. Soyez-le aussi ! Patience et...

— Ah ça ! qu'est-ce que j'ai donc dans ma culotte ? »

Cette exclamation extraordinaire émanait de la mère Lanfry. Le visage de la bonne femme, tordu par une grimace, reflétait l'inquiétude, et ses yeux se portaient alternativement à droite et à gauche, visant les deux larges poches de sa culotte flottante.

Effectivement, il s'y passait quelque chose de tout à fait anormal. Un fourmillement, des soubresauts, agitaient l'étoffe.

L'impression ressentie par la mère Lanfry était plutôt pénible : l'ex-cantinière du 52ᵉ d'infanterie de marine n'osait plus bouger. Cette femme si brave d'ordinaire semblait avoir peur de cet inconnu qui se débattait dans ses poches, et elle restait là, anxieuse, immobile, les bras écartés, et les doigts raides.

Soudain, hors de la fente de la poche gauche, une tête allongée, à l'œil vairon, émergea !... une tête grosse comme le poing, à la physionomie reptilienne !!

« Pouih !! » hurla Philomène en sursautant.

IL JAILLIT COMME UN RESSORT HORS DE LA POCHE DE LA MÈRE LANFRY.

Mais, au mouvement produit, la tête rentra brusquement dans la poche.

« Heu! gémit la cuisinière, de nouveau immobilisée. Ça serait-y que ça serait un serpent! Heu! heu! Dites voir un peu, m'sieu l'Docteur, ce que ça peut être que c'bestiau-là? D'où qu'y peut venir? »

Mais Sarbacane, et même Roger, se mirent à rire, sans aucune espèce d'arrière-pensée.

« Ah! par exemple! s'écria le professeur. En voilà une bien bonne!..... La mère Lanfry transformée en nasse à poissons! C'est à se tordre!... C'est un congre, ma bonne! Un superbe congre qui s'est introduit dans votre poche pendant la baignade! Ah! celle-là est vraiment extraordinaire!...

— Quoi que c'est ça... un congre?

— Une anguille de mer, si vous aimez mieux. »

Et Sarbacane, imitant le cri d'un marchand des quatre-saisons, s'écria :

« A l'anguille! .. de mer!... à l'anguille!... Hareng qui glââàce! hareng nouveau!

— Eh bien! que ça soye ce que ça voudra, retirez-la de ma poche. J'la sens qui grouille... Brrr!!! Pouih!!! Heu!!! »

On n'eut pas besoin de procéder à l'extraction de l'animal; car, prenant son parti, il jaillit comme un ressort, tomba sur le sable et rampa illico vers la mer, mais il ne l'atteignit pas, car Roger l'assomma d'un coup de crosse.

« Voilà le commencement d'un repas, dit-il. Ce congre est superbe! Allons, du courage, mère Lanfry, videz vos poches! »

Un peu remise de son émotion, la bonne femme finit par obéir.

C'était une pêche miraculeuse!

Un autre congre — plus petit —, deux belles soles, cinq merlans, et enfin huit harengs!

Ceux-ci apparurent les derniers, et Sarbacane ne rata pas l'occasion d'un jeu de mots.

« Ah! ah! fit-il, le *hareng sort!*

— Mais non! c'est pas des harengs saurs, c'est des frais, m'sieu le Docteur.

— Sans doute; mais ce hareng frais... sort quand même! articula Sarbacane.

— N'importe! conclut Roger de Maindragues. Voilà un résultat précieux. Ce poisson fumé nous donnera des vivres pour toute la journée de demain.... C'est parfait! »

La mère Lanfry organisa immédiatement son affaire. Le poisson, enfilé dans une baguette de bois de fer, fut soumis à l'action de la fumée, au-dessus d'un foyer d'herbes à demi sèches, et après un dîner frugal, il resta suffisamment de provisions pour la journée du lendemain.

Ce fut même très heureux pour les voyageurs ; car, au cours de cette première journée d'étapes, ils voyagèrent dans une brousse assez laide, fort dénudée, où ils ne rencontrèrent aucun gros animal ; et la pêche involontaire de Philomène leur permit de ne pas souffrir ce jour-là de crampes d'estomac.

Mais, par exemple, la chaleur fut insupportable, et Sarbacane finit par s'apercevoir que son casque colonial, perdu en mer, lui faisait défaut.

La mère Lanfry lui céda le sien, qui était incontestablement beaucoup trop large pour le crâne de l'éminent professeur. Mais, en pareille circonstance, la question d'élégance ne vient qu'au second plan. Quant à Philomène, elle eut vite fait de s'improviser une coiffure.

Elle enleva avec son couteau un large morceau d'écorce sur un sycomore ; l'attacha en forme de tube à l'aide de filaments de raphia ; elle en boucha l'ouverture supérieure avec du crin de palmier ; puis à l'aide d'une immense feuille de goyavier, dans le milieu de laquelle elle perça un trou rond, l'ingénieuse cantinière se constitua un parasoleil de premier ordre. Ajoutons qu'elle mit une pointe de coquetterie bien féminine à orner cet original couvre-chef, en plantant dans le crin du sommet une vaste fleur en forme de tulipe.... Et allez donc! Elle était parée comme pour aller au bal, la bonne Philomène Lanfry!

Le surlendemain on fit route en forêt, non sans y éprouver des difficultés sans nombre. Mais on tua une antilope; et ce menu arriva bien à point, car Sarbacane venait de déchiqueter jusqu'à la tête du dernier hareng.

On apporta donc le succulent gibier jusqu'à une clairière, où on se décida à faire halte; car la chaleur était extrême et nos trois voyageurs n'en pouvaient plus.

Justement, au milieu des hautes herbes, une roche grisâtre, à demi cachée sous la végétation, semblait placée là tout exprès pour constituer un banc confortable.

Sarbacane, qui précédait Roger et Philomène — lesquels portaient sur une branche l'antilope suspendue — Sarbacane, disons-nous, se dirigea vivement vers ce siège qui s'offrait à lui et le savant s'y laissa choir avec béatitude. Mais... il n'y demeura pas longtemps!

« Aïe! aïe! » lança-t-il douloureusement.

En même temps il se redressa comme si un serpent l'eût mordu, et le pauvre homme porta vivement la main à la place de son individu sur laquelle il avait l'habitude de s'appuyer pour s'asseoir.

Et derrière lui, la roche grise s'animait, grognait sourdement!

« Diable! pensa-t-il, serait-ce encore une éruption? » Mais ce n'était point un volcan nouveau! Ce qui avait paru au Docteur constituer un rocher..., c'était tout simplement un formidable rhinocéros en train de sommeiller paisiblement dans les herbes.

Aussi, quelle malencontreuse idée avait-il eue là — le pauvre Docteur — d'aller réveiller ce dangereux pachyderme... en s'asseyant juste sur sa corne!

Car, on le sait, les rhinocéros possèdent sur le nez une forte éminence cornée qui leur constitue une arme de défense et d'attaque de tout premier ordre. Ajoutons que, dans le règne animal, le rhinocéros peut passer à bon droit pour la plus stupide des brutes et le plus dangereux des voisins.

Sa peau, véritable armure de corne, est pour ainsi dire inattaquable à la balle ordinaire, sauf aux endroits où elle fait des plis, c'est-à-dire près du coude, près de la queue, au cou, sous le ventre et à la tête. De plus, lorsque le rhinocéros abandonne sa quiétude et son apathie naturelles, il devient d'une agilité surprenante et court aussi vite qu'un cheval de pur sang.

Sa force est colossale, son poids est énorme, et sa taille peut s'élever jusqu'à $1^m,95$ à la ligne du cou.

Or celui-là était un des plus formidables du genre. Il eût pu remplir les fonctions de bon tambour-major dans le régiment des rhinocéros!

Qu'on juge alors des sentiments complexes qui envahirent l'âme de nos amis, et en particulier du Docteur en voyant surgir devant eux un pareil mastodonte!

La mère Lanfry et Roger, lâchant l'antilope, avaient saisi leur carabine; mais le Docteur n'y avait même pas songé! Les deux mains sur le fond de sa culotte, le savant se trouvait sous l'impression d'une douleur physique assez cuisante pour lui enlever une partie de ses facultés. Néanmoins, l'amour de la science ne pouvait jamais l'abandonner, même dans les circonstances les plus poignantes; et, les yeux arrondis par une curiosité invincible, Sarbacane considérait le monstre qui demeurait, immobile, à trois pas de lui

« Quel beau type!... murmura le Docteur, quel beau type! Il est encore plus

beau que celui que j'eus autrefois l'honneur de guérir d'une maladie de peau ! »

Mais, après une bonne minute d'immobilité au cours de laquelle les divers personnages en présence s'observèrent, Roger avait doucement épaulé sa carabine et visait soigneusement le rhinocéros entre l'œil et l'oreille.

Il fit feu !... La balle — bien ajustée pourtant — glissa sur la carapace du pachyderme, et ce dernier s'ébroua comme si une mouche l'eût piqué. Puis, poussant un meuglement assez semblable à celui d'un bœuf, il agita en tous sens ses oreilles et sa queue... et, louchant de ses petits yeux noirs féroces, il fit un bond !

Sarbacane tournant les talons voulut fuir. Il n'eut pas le temps d'éviter le choc, et sous la poussée du nez cornu de l'animal, le Docteur roula sur le sol, le nez dans les herbes.

Philomène et Roger poussèrent un cri terrible. Ils lâchèrent chacun deux nouveaux coups de feu.

Hélas! leurs balles étaient bonnes tout au plus pour tuer les puces du rhinocéros, si toutefois il en avait. Le monstre n'eut pas même l'air d'en avoir ressenti le choc, D'un coup de sa corne nasale, il avait harponné le malheureux Docteur, puis prenant le galop, il l'emportait à travers la brousse!

« A moi!... A moi!... hurlait le malheureux savant! A moi, Roger!... A moi, Philomène! »

Vains appels! Le groupe du rhinocéros emportant le Docteur disparut au détour de la forêt... et Roger de Maindragues, littéralement médusé par ce spectacle, resta seul dans la clairière.

Seul? dira-t-on. Sans doute. Car la digne mère Lanfry avait suivi le mouvement!

Au passage du monstre, la brave Philomène avait pris un parti aussi prompt qu'énergique. Saisissant à deux mains la queue du rhinocéros, la mère Lanfry s'y était cramponnée de toute la force de ses doigts puissants et de ses biceps herculéens.

Vissée, pour ainsi dire, à l'arrière du monstre, elle suivait à larges enjambées son galop échevelé.

Muf, lié par sa chaîne à la bonne femme, s'était accroché à elle, et se demandait sans doute ce que signifiait une pareille cavalcade; mais, complètement ahuri, le singe ne poussait pas un cri.

Quant à Klaps, il s'était précipité à la suite de son maître; mais il l'eut vite perdu de vue. Comment le pauvre basset eût-il pu, avec ses courtes pattes, lutter contre un rhinocéros emballé? Roger le vit revenir au bout d'un instant, absolument essoufflé... n'en pouvant plus.

« Mon pauvre Klaps, lui dit-il, nous voilà dans une triste situation. Hélas! que va-t-il advenir de ton pauvre maître et de cette brave Philomène qui te soignait si bien?... Je n'ose y penser sans frémir! N'importe! Partons à leur recherche, mon pauvre Klaps, et faisons des vœux pour que nous ne les retrouvions pas en bouillie, percés par la terrible corne, ou écrasés par les formidables pieds du rhinocéros!... Allons! Klaps!... En route! »

Jetant sa carabine sur son épaule, Roger partit. Le chien, l'oreille et la queue basses, marcha dans ses talons.

La piste était facile à suivre; car une masse pareille lancée à toute vitesse écrase tout sur son passage. Le rhinocéros avait pratiqué à travers les herbes hautes, les joncs, les bambous, une véritable route. Sa course avait couché à terre les buissons,

LA MÈRE LANFRY S'ÉTAIT CRAMPONNÉE A LA QUEUE.

28

les nopals épineux, les palmiers nains, et jusqu'à des arbres de petite taille! Cela facilitait donc la marche pour Roger.

Mais une appréhension terrible lui faisait rouler sur les tempes de lourdes gouttes de sueur.

« Pourvu que, dans sa course effrénée, le mastodonte n'aille pas piquer tout droit en forêt. Ah! si ce malheur arrivait, qu'adviendrait-il de mon pauvre oncle? Au premier choc il serait aplati comme une galette!!! Ah! c'est terrible!!! »

Et il ajoutait avec désespoir :

« Qui sait même s'il n'est pas déjà mort, le pauvre cher Docteur? Qui sait si la corne ne l'a pas transpercé d'outre en outre, car sa disparition a été tellement rapide que je n'ai même pas eu le temps de remarquer s'il portait des traces de sang sur ses vêtements!!! »

Dans des conditions pareilles d'angoisse et de doute, on peut se faire une idée de ce que dut être pour Roger cette rude poursuite; d'autant plus que l'officier de marine marchait, marchait toujours, dans le sillage du monstre sans qu'aucun indice vint lui faire supposer que l'animal fût sur le point de céder à la fatigue.

Mais en même temps l'espoir revenait en l'âme de Roger, car les herbes foulées ne révélaient pas une seule trace de sang. C'était bon signe!...

Il marcha ainsi longtemps, longtemps! Déjà il avait parcouru plus de deux lieues, et la fatigue le saisissant, il fut contraint de s'arrêter un instant pour souffler.

Roger, se donnant un quart d'heure de répit, s'assit sur le lit foulé des herbes. A côté de lui Klaps s'étendit exténué, haletant comme un soufflet de forge; et l'officier désespéré rêva.

« Quelle fatalité, pensait-il avec amertume. Ma fille!... Mon oncle! Mon équipage! Vais-je donc les perdre à tout jamais? Quel désastre! »

Et le malheureux se faisait à lui-même d'amers reproches de n'avoir pas prévu que ce voyage entrepris dans un but d'excursion pouvait se compliquer d'événements aussi tragiques.

. . . . , ...

Soudain, un bruit encore lointain lui parvenant à travers la brousse, ses rêves désolés s'envolèrent brusquement.

Vivement Roger, se redressant, saisit sa carabine, et l'armant, il écouta.

Klaps, pointant son museau dans la direction d'où venait ce bruit, se mit à flairer, et ses yeux intelligents reflétèrent une joie.

Le bruit se rapprochait. Cela ressemblait à la marche calme et lourde d'un gros animal. On eût dit que quatre forts pilons battaient le sol à coups réguliers.

Et tout à coup, le basset, poussant un hurlement de joie, s'élança au petit galop dans cette direction, tout en jappant. Sans plus attendre, Roger se mit en route, guidé par la voix de Klaps qui résonnait allègrement à travers le rideau verdoyant. Et comme il venait de franchir deux ou trois cents mètres, l'officier pâle, de surprise et de joie, s'arrêta brusquement.

Le son d'une voix bien connue lui arrivait, apporté par la brise, et la voix disait :

« Il n'y a qu'à moi qu'arrivent de pareilles aventures. Voyez, mère Lanfry, comme il est gentil et doux ce brave « Papillon ». Je l'aurais élevé moi-même au biberon qu'il ne serait pas plus docile.

— Ça ! c'est ma foi vrai ! M'sieu l'Docteur. J'aurais jamais cru qu'on pourrait apprivoiser si vite un *rinoféroce !* »

On peut croire que l'audition d'un pareil dialogue redonna des jarrets à Roger qui bondit en avant ; et comme il venait de contourner un bouquet de palmiers nains, il s'arrêta net et se crut devenu la proie d'un rêve baroque.

Devant lui, le Docteur souriant chevauchait le rhinocéros ! ! !

Derrière lui, également à califourchon sur le pachyderme, trônait la mère Lanfry, sur l'épaule de laquelle Muf, digne et grave, tenait avec élégance le manche du parapluie rouge du docteur.

Autour de ce singulier cortège Klaps, empoigné d'une joie sans bornes, bondissait en aboyant ! ! !

Quant au monstre, il semblait somnoler ; sa marche était lourde, presque hésitante. Les yeux clignotaient, comme s'il eût été envahi d'une invincible envie de dormir.

Au travers de ses narines, une forte liane tressée en anneau était reliée fortement à la corne de son nez. De chaque côté de cet anneau étaient fixées, en guise de rênes, les deux bretelles du docteur Sarbacane, et ce dernier, les tenant à deux mains, guidait tranquillement cette monture d'un genre inédit !... C'était charmant ! ! !

Enfin, une forte noix de coco, solidement enfoncée sur la corne de l'animal, rendait cette corne elle-même parfaitement inoffensive !

Tout cela tenait du prodige!

Comment ce miraculeux résultat avait-il été obtenu? C'est ce qui fut expliqué avec détails par Sarbacane, après les premières effusions.

Certes! Il revenait de loin, le cher homme, et ce fut avec une tendresse indicible que Roger de Maindragues le serra dans ses bras; mais, il n'y avait pas à le contester, c'est encore à la science, à la science toute-puissante et souveraine que Sarbacane devait son salut!

« Mon cher Roger, déclara-t-il, veuillez prendre place à l'impériale de mon omnibus « rhinocéromobile ». On y est très confortablement, et vous devez avoir besoin de vous reposer. Je vous raconterai mes impressions en cheminant. »

Ainsi fut fait, et le « rhinocéromobile » repartit dans la direction de la clairière où on avait abandonné l'antilope.

« Donc, articula Sarbacane, je me suis tout d'abord cru bien perdu. Pourtant par un providentiel hasard, la corne de « Papillon » (je l'ai baptisé ainsi, mon cher neveu, à cause de la légèreté qu'il déploie dans la course), la corne de Papillon, dis-je, ne me frappa pas normalement.

« Elle fila le long de mon épiderme.

« Pénétrant un peu plus bas que ma ceinture, elle troua — naturellement — mon pantalon, voyagea tout contre mon épine dorsale et sortit en crevant l'étoffe de ma blouse, juste entre mes deux omoplates.

« Un centimètre plus bas..., j'étais empalé!!!!

« Brrr!!! C'est le cas ou jamais de le dire : j'en ai encore froid dans le dos!

« Mais, pour n'être pas aussi douloureuse que celle d'un poulet embroché tout vif, ma position n'avait — je le jure — absolument rien de bien réjouissant !

— Mon oncle, je vous crois sur parole.

— J'avoue même, sans fausse honte, que j'ai eu un petit peu peur. Dame! j'étais immobilisé! Impossible de me retourner en arrière, et le vent de la course me coupait la respiration.

« Je pris le parti de ne pas bouger; mais je regrettai de n'avoir pas, sous la main, un notaire pour lui dicter mon testament.

« Tout à coup, j'entends derrière moi la voix de mon excellente Philomène! Je n'en pouvais croire mes oreilles... et pourtant c'était bien elle, en chair et en os.

« Le son de sa voix me réconforta; car elle continuait à travers notre galopade à me raconter son aventure.

« Saisissant la queue de Papillon, elle l'avait suivi, dans cette posture, pendant 2 ou 3 kilomètres; mais toute solide qu'elle est, cela l'avait réellement mise à bout. Alors concentrant dans ses bras nerveux toute son énergie, la vaillante et chère

Philomène fit sur la queue du rhinocéros ce que, en terme de gymnase, vous dénommez, je crois, un rétablissement sur les poignets.

— C'est cela même, mon oncle.

— Une fois dans cette position, elle enjamba la croupe et gagnant l'encolure vint me réconforter par de bonnes paroles.... Ah! digne mère Lanfry! »

Philomène sourit modestement, et le Docteur continua :

« Elle me fit d'abord cette proposition : tuer l'animal en lui lâchant un coup de feu dans l'oreille. C'était pratique, certes! mais cruel. Et puis, voyez-vous le rhinocéros arrêté net par la mort, au beau milieu de sa course (il faisait bien du 24 kilomètres à l'heure)! nous eussions été totalement écrabouillés par la chute et le choc atroce qui en fût résulté. Du reste, tout en voyageant à bout de corne, je réfléchissais, et l'idée d'une capture possible de l'animal m'était venue à l'esprit.

— Vraiment, mon oncle? Ah! quel sang-froid incroyable vous possédez!!!!

— Nous autres savants, nous sommes tous comme ça, affirma Sarbacane en souriant. Donc, je priai Philomène de ne pas donner suite à ses projets. Je lui suggérai simplement d'ouvrir ma boîte à collections, qui, soit dit en passant, me battait les flancs de façon très pénible. Elle y trouverait ma pharmacie de campagne, dans laquelle j'ai toujours, vous le savez, un flacon de chloroforme.

— Je commence à comprendre! s'écria Roger.

— Ah! ah! Voyez-vous, mon neveu, que la science est la grande sauvegarde du genre humain; qu'elle ne fait point faillite comme on l'a prétendu, et qu'elle s'applique à toutes les circonstances de la vie!!!! Philomène obéit à mes injonctions.

« D'abord elle enfonça dans chaque narine de Papillon un tampon de coton hydrophile. Ça m'en a coûté deux paquets entiers, hélas! car les fosses nasales d'un rhinocéros sont d'une capacité désespérante. Cette opération pratiquée, la mère Lanfry laissa choir sur le coton du chloroforme pur!... Ah! ce fut extraordinaire!!!!

« Tout d'abord Papillon, fort surpris, poussa des meuglements atroces et se livra à des bonds désordonnés. Mais peu à peu, l'hébétude anesthésique l'envahit; son galop cessa pour faire place à un trot alourdi. Peu après le pauvre garçon se mit au pas,

mais ça n'allait plus du tout! Il zigzaguait comme un homme ivre. Enfin il s'arrêta, poussa un large soupir qui me fit passer un ouragan d'air sur les mollets et il s'assit en fermant les yeux.

« Dix secondes plus tard, il s'étendait sur le flanc et demeurait immobile.

« Alors, Philomène me dégagea et nous nous sommes mis à l'œuvre sans perdre une seconde.

« La mère Lanfry lui perça le cartilage nasal, y fixa l'anneau que vous voyez. J'enlevai mes bretelles; j'en constituai une paire de guides : puis à coups de cailloux j'enfonçai par mesure de précaution une noix de coco sur la corne. En somme, nous pratiquâmes sur Papillon les opérations ordinaires à l'aide desquelles on rend un taureau très maniable. Et voilà!!!!

— Mon oncle, vous êtes un savant admirable! c'est du génie cela!

— Vous êtes bien bon, mon cher neveu, de me complimenter pour si peu de chose! C'est l'enfance de l'art.

— Hé! hé! Je ne trouve pas.

— Si fait! Mais quelle gloire pour moi de pouvoir rapporter au Muséum une pareille capture.

— Comment!!!! Vous voulez emmener....

— Papillon!... Parfaitement!!!!

— C'est un colis un peu encombrant.

— Nous verrons!... nous verrons!!!! En tous cas, nous n'allons plus nous fatiguer pour regagner Bujoewang.

— Hum! Ça marche bien pour l'instant, mais cela durera-t-il?

— Vous osez en douter! Ah! si vous l'aviez vu lorsqu'il a repris ses sens! Pauvre bête! il a essayé de se dégager; mais la mère Lanfry a eu vite raison de sa résistance. Saisissant les bretelles, je veux dire les rênes, Philomène lui a collé quelques bonnes saccades sur le nez. Ce fut l'affaire d'un petit quart d'heure, au bout duquel Papillon était entièrement dressé.

« Je le maintiens encore — par précaution — sous l'influence d'une légère inspiration de chloroforme; mais demain je n'en aurai plus besoin.

— Superbe résultat! » acquiesça l'officier

Ils arrivaient à la clairière et en y débouchant une surprise peu réjouissante les y attendait.

29

Accroupie sur l'antilope, une superbe panthère mouchetée s'occupait consciencieusement à la dévorer.

A la vue du rhinocéromobile, elle interrompit son repas, et miaulant furieusement, la bête se mit en défense.

Déjà elle se repliait pour bondir quand un coup de feu bien ajusté par Roger
la coucha net sur le flanc en travers de l'antilope.

« Comme ça tombe bien, déclara le Docteur, une fois dépouillée, sa peau va nous
constituer une selle magnifique; et somme toute, c'est pour nous tout bénéfice, car
elle n'a pas eu le temps de dévorer notre dîner. L'antilope est presque intacte. »

On descendit de cheval, pardon! de rhinocéros. Papillon fut attaché à un arbre;
on lui donna sa provende : deux ou trois arbres que coupa la mère Lanfry.

Puis on s'occupa de dîner d'abord, de fumer ensuite la viande d'antilope, et
enfin nos amis purent goûter un repos bien gagné.

Le lendemain, ils repartirent vers le nord. Papillon fit bien quelques légères difficultés pour se mettre en route; mais allez donc lutter — tout rhinocéros qu'on
soit — contre un anneau nasal au bout duquel est pendue une vigoureuse personne
comme la mère Lanfry. Ce fut la dernière tentative du pauvre Papillon. Il se résigna
définitivement à son malheureux sort, et véhicula très sagement, très consciencieusement les voyageurs à travers plaines et bois.

Le destin avait été jusqu'alors assez cruel pour Sarbacane et ses amis. Il leur
devait bien une compensation. A cet égard il n'y a pas de reproches à lui faire, car le
voyage si dramatiquement commencé se termina sans incident et trois jours plus
tard, le rhinocéromobile faisait une entrée sensationnelle dans la petite ville côtière
de Bujoewang

.   .   .   .

Ici, des difficultés d'un autre ordre allaient surgir pour nos voyageurs.

Bujoewang est, en effet, un port peu fréquenté. Sa population, malaise et chinoise, vit de pêche et de culture. Les Européens y sont rares.

En fait de navires, il n'y a guère que des jonques malaises. Rarement on y voit
des navires d'un tonnage important, en dehors d'un petit vapeur qui tous les quinze
jours vient apporter et enlever le courrier.

Il fallait pourtant trouver un moyen de rallier par mer Batavia, car le voyage
terrestre, même à dos de rhinocéros, était sinon impraticable, du moins fort long et

DEUX JOURS DURANT, PHILOMÈNE TRAINA PAPILLON PAR LES RUES.

fertile en dangers. De plus, nos amis avaient quitté le *Sylphe* sans emporter d'argent.

Tout compte fait, et leur fortune mise en commun, ils ne pouvaient réaliser que la somme de 17 fr. 95, ce qui est généralement insuffisant pour fréter un bâtiment.

Roger s'adressa à plusieurs pêcheurs, et leur proposa de les payer royalement s'ils consentaient à le transporter avec ses compagnons et Papillon jusqu'à Batavia. Les Malais firent la sourde oreille et exigèrent le payement anticipé avant l'embarquement.

« Si nous vendions Papillon, insinua la mère Lanfry.

— Ça ne me sourit guère! déclara Sarbacane. J'y tiens beaucoup, et je serais navré de m'en séparer.

— Pourtant, mon oncle, ce serait peut-être la meilleure solution; car nous ne pouvons nous éterniser dans ce coin perdu de Java; des devoirs impérieux nous appellent ailleurs.

— Enfin! soupira Sarbacane. Il est des circonstances bien pénibles à traverser. Vous avez raison, Roger. Essayons de trouver un acquéreur. »

On se procura de la couleur jaune; et sur chaque flanc du pachyderme, Sarbacane, qui écrivait très bien, inscrivit :

A VENDRE à L'AMIABLE

Pour cause de départ

PAPILLON, Rhinocéros adulte (en plein service)

AGÉ d'environ 15 ANS

TRÈS DOUX, SE MONTE, S'ATTELLERAIT très probablement !!!

OCCASION à saisir par la corne !!!

L'ANIMAL n'ayant jamais rencontré d'AUTOMOBILE
N'EN A PAS ENCORE PEUR !!!

QU'ON SE LE DISE !!!

Deux jours durant, Philomène traînant Papillon par les bretelles, se promena dans les rues de Bujoewang où elle eut un succès d'estime et de curiosité.

Mais, si alléchante que fût la proposition, aucun acquéreur ne se présenta.

« Allons! déclara Sarbacane, il n'y a pas moyen de faire des affaires dans ce maudit pays. Nous gardons Papillon pour compte!... C'est désolant!

— Si ça serait à Paris! ça ne serait pas pareil, dit la mère Lanfry. En tous cas, nous aurerions la ressource de le mettre au mont-de-piété.

— Non! ma bonne. On ne prête rien sur les rhinocéros, à moins toutefois qu'ils ne soient empaillés. Et encore! »

Bref, nos amis se trouvaient dans une situation extrêmement ennuyeuse. Leurs fonds diminuaient avec rapidité et Sarbacane, qui avait été désigné comme le trésorier de l'Association, venait de constater que le bilan se chiffrait à l'actif par la somme réellement dérisoire de 4 francs et 3 sous, quand la Providence intervint en leur faveur, sous la forme d'un major hollandais, qui, en garnison dans un fortin situé à 2 kilomètres de Bujoewang, était venu faire un petit tour en ville.

Roger l'aborda poliment, se fit connaître, raconta leur aventure et dépeignant à l'officier leur détresse momentanée, lui fit part de son désir de trouver un bateau.

« Monsieur, répondit le major, rien il est plus facile, je puis réquisitionner une jonque, mais, dans ces conditions, vous allez mettre un temps infini à rallier Batavia, puisque vous caboterez le long des côtes uniquement à la voile. Le mieux il serait d'attendre le petit vapeur-postal. Il arrive après-demain. Je vous donnerai une lettre de passage et en cinquante et quelques heures vous serez rendus à destination.

— Mais, objecta Sarbacane, le vapeur pourra-t-il embarquer mon rhinocéros?

— Heu!... riposta dubitativement le major. Cela est une autre affaire! En admettant que le capitaine il veuille le bien prendre à bord, ce que je sais pas du tout, il est pas très sûr que la place elle soit possible dans ce petit bateau.

— J'ai une idée! s'écria le professeur. Pour tout arranger, voici ce que je propose. Veuillez réquisitionner pour nous une jonque. Nous l'achetons et la paierons à l'arrivée. Nous nous embarquerons dedans avec mon brave Papillon; et le vapeur-postal nous remorquera jusqu'à Batavia. Là, mon ami van Pypenkorn remboursera tous les frais.

— Ça! Il est une bonne idée! Ça est entendu. »

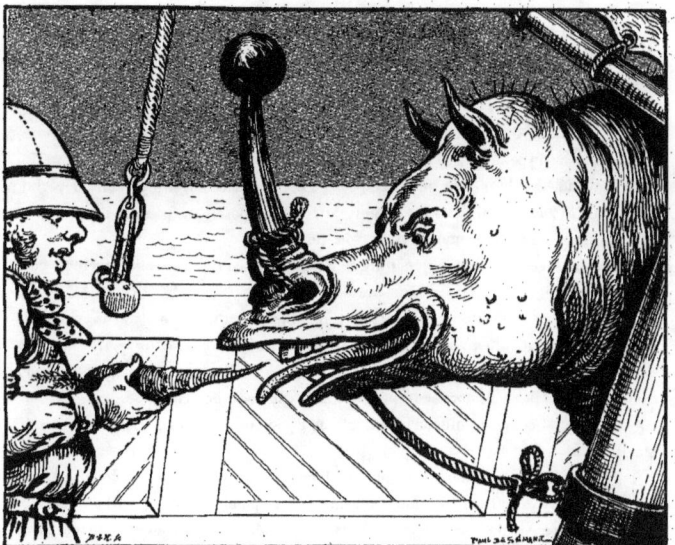

En effet, trois jours plus tard, le steam postal entraînait en haute mer une jonque assez confortable dans laquelle avaient pris place Roger de Maindragues, Sarbacane, Philomène, Muf, Klaps et Papillon.

Ce dernier avait fait des difficultés pour embarquer, mais on était parvenu quand même à l'installer, et à l'attacher solidement au pied de l'unique mât de la jonque.

Pour le faire tenir tranquille, Sarbacane avait embarqué un fort lot de carottes fraîches. Il était urgent en effet que l'énorme animal ne se livrât pas à des entrechats trop violents sur cette barque assez mal équilibrée. Un bond trop rude, une trop forte secousse eussent tout fait chavirer. Aussi le bon Sarbacane passa-t-il les cinquante-sept heures que dura la traversée en tête à tête avec Papillon. Il lui prodiguait de douces paroles d'encouragement, et lui passait, une à une, les carottes que le rhinocéros dévorait avec appétit.

Cette conversation suivie eut du reste les meilleurs résultats; et le caractère toujours un peu sauvage du pachyderme s'adoucit singulièrement au contact de l'excellent homme. A l'arrivée, le rhinocéros et le savant étaient devenus très camarades... mieux que cela!... deux amis.

En quittant Bujoewang, Roger de Maindragues eût vivement désiré pouvoir télégraphier à Pypenkorn. Malheureusement Bujoewang ne possédait pas de câble ni de ligne télégraphique. Le premier poste d'où l'on eût pu envoyer une dépêche se trouvait à Sourabaya. Mais au retour, le courrier postal ne pouvait s'y arrêter : cette escale n'était pas comprise dans son service.

Les passagers de la jonque durent donc faire contre mauvaise fortune bon cœur et se résigner à arriver sans prévenir.

La traversée s'effectua sans incident notable. Aucun accroc, aucun coup de vent, aucun orage intempestif ne vinrent contrarier la marche du petit steamer; et ce fut avec une joie intense que, sur le coup de 10 heures du matin, Sarbacane et Roger virent leur remorqueur pénétrer dans la rade de Batavia.

« Enfin!!! soupira l'officier, nous allons donc pouvoir courir à la recherche de ma fille! »

Peu après ils s'arrimaient à quai, et lançant une passerelle, ils débarquèrent. La mère Lanfry détachant Papillon l'engagea sur le plancher volant, et l'animal tout à fait docile venait de prendre pied sur le sol ferme, quand un homme en uniforme s'approcha vivement et intervenant :

« Passez au bureau des douanes, dit-il en hollandais. Il faut acquitter les droits. »

Sarbacane, pas plus que Roger, et encore moins la mère Lanfry ne comprenaient le langage des Frises.

Le Docteur, faisant signe qu'il n'avait point saisi, demanda en français des explications.

« Ah! monsieur, dit le douanier en français cette fois. Ça vous faut payer pour ce hanimal.

— Pour Papillon?

— Ça est pas une papillon, ça est un rhinocéros.

— Vous l'avez deviné du premier coup, mon brave. Mais ça ne paye pas. C'est une bête sauvage!

— Çà, c'est que vous vous trompez, monsieur, ça paye tout de même.

— Ah! par exemple! Elle est raide, celle-là!

— Ça est comme ça, monsieur. Vous dois payer 24 florins.

— 24 florins?

— Comme vous dis!

— Pour mon rhinocéros?

— Non! Pas pour le rhinocéros... pour la pancarte que vous lui met sur le dos! »

Absolument ahuri, Sarbacane resta bouche bée devant le douanier qui souriait gentiment.

« Pour la pancarte?... balbutia-t-il. Pour la pancarte?... 24 florins! Eh bien, voilà une affiche de vente qui va me revenir joliment cher, pour ne m'avoir rien rapporté!

— Dites un peu si vous veut payer, monsieur, insista le douanier. J'ai pas du temps pour perdre. Si vous veut pas payer, je saisis votre pancarte.

— Mais enfin?...

— 24 florins! Ça c'est le prix pour le publicité ambulante.

— Et dire que je n'ai plus que 70 centimes en poche! » soupira Sarbacane.

En effet, défalcation faite du prix des carottes, il ne lui restait que 14 sous!

« Mon ami, fit-il, conciliant, je me rends chez mon ami M. van Pypenkorn au Veltevreden, si vous voulez bien avoir l'extrême obligeance de bien vouloir me rendre le signalé service de m'y accompagner, je vous remettrai les 24 florins... et un bon pourboire.

— Ça est que vous veut se moquer de moi, riposta le douanier courroucé, laissez-là un peu votre hanimal. Vous viendre payer pour le chercher. »

Malgré les protestations du Docteur, malgré la mère Lanfry qui refusait de lâcher les bretelles, l'homme s'en empara et entraîna Papillon vers les bâtiments de la douane.

Mais cela ne faisait pas l'affaire du rhinocéros qui résista vigoureusement et qui, finissant par se dégager, rejoignit illico son maître.

Le douanier appela. Le poste sortit en armes, et ma foi! on parlait déjà de mettre tout le groupe en prison, quand un cavalier qui passait poussa une exclamation de surprise

C'était l'intendant général de Pypenkorn junior, le même qui avait accompagné Roger et Sarbacane au cours de leur voyage à Wakaria. En route depuis quarante-huit heures, il arrivait justement de la plantation avec une escorte de quelques hommes et reconnaissant nos amis, il intervint, paya les 24 florins, et tout le monde, y compris Papillon, se mit en route pour le Veltevreden.

Or, comme après avoir traversé la cour d'honneur, ils montaient le grand perron, Sarbacane, Roger de Maindragues et la mère Lanfry s'arrêtèrent soudain.

Une pâleur mortelle envahit leur visage; et en même temps un même cri leur échappa.

Cri de joie!... Cri de stupeur!... Cri d'amour et de délivrance! Car au travers des rhododendrons qui masquaient en partie la grande baie vitrée du salon, nos trois amis venaient d'apercevoir un spectacle qui, pour eux, résumait le bonheur suprême!

En face de Pypenkorn senior qui fumait gravement sa grosse pipe, Yvonne, toute pâle, était assise dans un fauteuil de jonc! Près d'elle, Ziska Gottorp causait en gesticulant. La digne personne semblait raconter quelque aventure surprenante, car le vieux planteur arrondissait ses gros yeux bleus et se grattait le nez en signe d'étonnement.

Derrière la fillette de Roger, les arrivants purent reconnaître Martigal, Zanim et Anacharsis. Et près d'eux, son béret à la main, accoudé au dossier du fauteuil d'Yvonne, un jeune matelot d'une quinzaine d'années restait debout et souriait.

Celui-là, Roger non plus que Sarbacane ne le connaissaient, mais nos lecteurs ont deviné peut-être que ce petit matelot n'était autre que notre ancienne connaissance : Pierre Bervic!

CHAPITRE XI

Où Joë Pynch commence à n'être pas le plus fort!

Ah! ce n'était point une émotion ordinaire qu'ils venaient d'éprouver, de façon si imprévue..., nos trois amis!

Qu'on se mette pour un instant à leur place et qu'on veuille bien songer que malgré les incidents très mouvementés de leur voyage, malgré la belle confiance qu'ils semblaient avoir dans l'avenir, il ne s'était pas écoulé une minute, pas même une seconde sans qu'une angoisse affreuse ne leur eût torturé le cœur en pensant à leurs chères affections!

Et voilà que sans transition, sans se donner la peine de prévenir, cette mauvaise destinée se muait en joie ineffable!

Voilà que l'angoisse fait place à un véritable délire de félicité!

Voilà que la perle, la rose, le bijou... Yvonne la jolie... Yvonne la fleur... Yvonne qu'on croyait captive pour le moins... morte peut-être!... Yvonne de Maindragues saine et sauve, libre, entourée d'amis, apparaît subitement aux regards stupéfaits de son père et de son grand-oncle!

On ne s'étonnera donc point, en apprenant que pour le docteur Sarbacane, la secousse fut telle qu'il pâlit tout à coup, et que, ses jambes se dérobant sous lui, le digne et excellent homme s'évanouit.

Roger, frémissant de la tête aux pieds, le reçut dans ses bras.

Il pleurait aussi lui, l'homme si ferme et si maître de soi!... Il pleurait des larmes de joie! Quant à la mère Lanfry, sa stupeur fut si intense, son étonnement fut si formidable qu'elle en lâcha les bretelles de Papillon, qui, libre, se dirigea tranquillement vers un massif d'anémones géantes et se mit à les dévorer avec bonhomie et tranquillité.

Muf gloussait, sans bien se rendre compte des événements; mais Klaps, guidé par son flair, était parti; et en proie — lui aussi — à une joie énorme, il bondissait à travers le salon (non sans casser une superbe potiche hindoue!) et vint se rouler aux pieds de sa petite maîtresse retrouvée.

Du coup, la stupeur fut chez les assistants aussi violente que celle qui s'était emparée des arrivants.

En effet, la triple exclamation poussée par Roger, Sarbacane et Philomène, n'était parvenue à Pypenkorn que comme un bruit extérieur assourdi. On n'y avait prêté qu'une attention distraite; mais l'entrée bruyante de Klaps mit tout le monde sur pied. Le vieux planteur, suivi par tous, se précipita au dehors, et nous laissons le lecteur se figurer la scène délicieusement déchirante qui suivit.

Des sourires noyés dans les larmes! Des phrases heurtées, sans suite, s'échappant des lèvres en un besoin d'expansion! Le père enlevant sa fille dans ses bras et la serrant follement sur sa poitrine! L'oncle revenant à lui après une courte syncope, et, le visage inondé de larmes, s'agenouillant pour étreindre la mignonne qu'il avait eu si grand'peur de ne jamais revoir! Muf gambadant! Klaps aboyant! Pypenkorn si ému qu'il en laisse éteindre sa pipe! La mère Lanfry se précipitant vers son Anacharsis, l'étreignant à lui couper la respiration; puis prise d'une vraie folie lui saisissant les mains et dansant une gigue échevelée! Yvonne riant nerveusement... pleurant... balbutiant! Ziska Gottorp se tamponnant les yeux et le nez avec son mouchoir, pour refouler son émotion! Zanim toujours grave, mais découvrant dans un sourire ses dents merveilleuses de blancheur! Martigal faisant des efforts pour ne pas pleurer! Enfin Pierre Bervic qui, très ému, mais le visage radieux, tourmente nerveusement son béret pour occuper ses doigts!

Cela dura cinq bonnes minutes et ce fut la mère Lanfry qui, calmée par sa gigue, rompit le charme pénétrant de cette scène inoubliable.

« Ah! mais! s'écria-t-elle, n'en v'là un animal qui ne s'gêne pas! Ah! Mon pauv' monsieur Pypenkorn, il l'a bien arrangé vot' massif!

— Ça! ça fait rien, madame, ça est une petite affaire!

— N'empêche que j'vas l'rattraper, ce satané Papillon. »

Effectivement, reprenant en main les bretelles, elle emmena le rhinocéros aux écuries, et l'installa dans un box luxueux, avec un râtelier bien garni de provende pendant que tous les assistants rentraient dans le grand salon.

Il est bien évident qu'alors, et des deux côtés à la fois, les questions affluèrent. Chacun voulait savoir par le menu ce qu'il était advenu pendant la cruelle séparation.

Mais Sarbacane qui avait pris possession de « son Yvonne », et la gardait sur ses genoux, déclara :

« Nos aventures sont insignifiantes.

— Pourtant, grand-papa chéri.... Le rhinocéros.... Comment l'as-tu trouvé ?

— Je te raconterai ça plus tard, mon petit oiseau-mouche, ça n'est pas pressé. Ce qui m'importe avant tout c'est de savoir ce qu'il est advenu de vous tous et....

— Et du *Sylphe*, appuya Roger.

— Mon commandant, dit Martigal, le *Sylphe* est à Bornéo, dans une crique très retirée et toujours captif d'un pirate.

— Oui ! nous vous avons aperçus en mer, quand il vous entraînait, reprit Roger. Mais vous n'avez donc pas pu le couler?

— Hélas non... à cause de Mlle Yvonne ! »

Et Martigal raconta les péripéties dramatiques de l'enlèvement du *Sylphe* par Joë Pynch jusqu'au moment où ils avaient été enchaînés à la falaise.

« Bien, dit Roger, et la suite. Comment vous êtes-vous évadés tous les sept?

— La suite, mon commandant, ce n'est pas moi qui vais vous la raconter. Je tiens à laisser d'abord la parole à M. Pierre Bervic auquel revient tout l'honneur de notre délivrance, car c'est lui qui en a eu la première idée. »

La présentation faite, Roger serra avec reconnaissance les mains du petit marin, qui dit d'abord simplement son histoire antérieure jusqu'au moment où — on s'en souvient — Joë Pynch l'avait fait descendre d'autorité dans l'entrepont.

Il continua :

« J'étais, mon commandant, très en colère, car je vous avoue que mon plus ardent désir était de tenter d'être utile au *Sylphe* que j'aimais déjà et que j'aime encore bien davantage ! Mais je ne pouvais qu'obéir, car l'ordre donné par Pynch me démontrait qu'il n'avait en moi qu'une confiance très relative et il n'eût pas hésité à me supprimer.

« Du reste, peu après il descendit et me tint ce langage, tout en me conduisant vers un réduit à l'avant de son bateau.

« — Tu vas entrer dans cette logette. Je t'y ferai donner des vivres, et tu n'en sortiras que lorsque je le jugerai utile. Pas de résistance! pas de tentative de fuite ! N'essaye pas de rejoindre ce chien de navire français ou je te casse la tête d'un coup de hache. Tu as saisi?

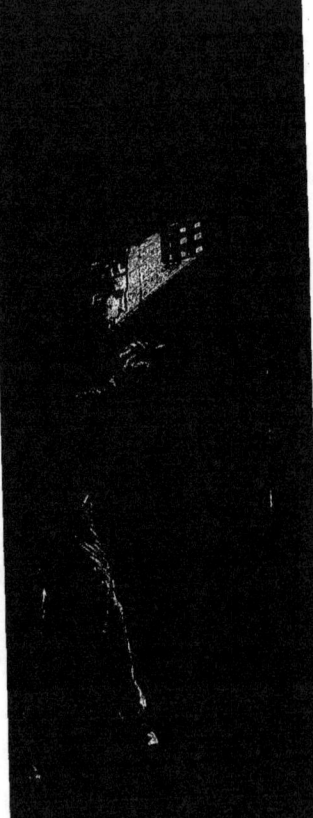

« — Parfaitement ! » répondis-je.

« Et j'ajoutai d'un air dégagé.

« — Soyez rassuré, patron, je ne tiens pas à autre chose qu'à ma tranquillité personnelle.

« — Tu as raison ! menaça-t-il. Sois calme, tu t'en trouveras bien ! »

« Sur ce, il ferma sur moi le verrou et partit, me laissant dans ce trou noir absolument obscur et sans air.

« J'y suis resté deux jours, sans voir autre chose que des rats, ou parfois la vilaine tête du maître coq chinois qui m'apportait une gamelle de nourriture.

« Ah ! mon commandant, je vous jure que je me suis ennuyé là-dedans !

« Heureusement j'avais mon couteau, et une idée !

« L'idée, c'était — coûte que coûte — la conquête de ma liberté, et le couteau, c'était l'outil de délivrance.

« Je me suis donc mis à la besogne ; et j'ai commencé à entailler le bois de la porte à la hauteur des écrous du verrou.

« Entre temps, je me rendis compte que nous avions stoppé, car j'avais entendu le grincement des chaînes d'ancre, et du reste nous ne bourlinguions plus. Le bateau était immobile.

« J'arrivai à pratiquer un trou assez large pour y passer trois doigts, et par la fente ainsi pratiquée je vis que la nuit tombait.

« Alors, je me suis recueilli pendant un long moment, car j'allais sans doute affronter la mort et peut-être ne reverrais-je jamais les miens. Fervemment j'ai envoyé toute ma pensée, tout mon cœur, toute mon âme, vers mon père et ma mère, qui me croyaient déjà sans doute mort, puisqu'ils ne pouvaient guère supposer que j'avais échappé au naufrage de la *Mouette*, et qui certes ne se doutaient guère que, sauvé par un pirate, j'allais peut-être recevoir la mort de sa main.

— Monsieur! interrompit Pypenkorn. Faites-moi pardon de vous interrompre. Mais vos bons parents, ils vont demain être bien contents. J'ai fait expédier un câblogramme à eux pour avertir que vous êtes sauf.

— Oh! merci, monsieur, merci! dit Pierre avec élan; et une larme de reconnaissance vint mouiller ses cils.

« Donc, continua-t-il, au travers de la fente pratiquée, je pouvais atteindre le levier du verrou. Tant avec le doigt qu'à l'aide de la lame de mon couteau, je réussis, non sans difficulté, à le faire glisser à gauche. Ce fut long! mais au bout d'une heure le verrou était hors de sa gâche.... Doucement je poussai la porte.... J'étais libre!

« J'ai tort d'employer ce terme, car ce n'était pas encore pour moi la délivrance; mais je n'étais plus enfermé, ce qui était déjà un joli résultat! Il me fallait maintenant sortir du navire sans donner l'éveil.

« Heureusement la nuit était assez profonde. D'autre part, l'équipage était, en partie, débarqué et le poste de surveillance ne comprenait que quatre hommes.

« Mon couteau ouvert, et bien serré dans mon poing droit, je me suis faufilé avec d'infinies précautions le long du bordage. A chaque minute je m'arrêtais et m'abritais derrière tout obstacle, cordages, espar ou caisse, qui pouvait me dissimuler.

« Enfin j'atteignis les bossoirs; j'enjambe la lisse; je me laisse glisser le long de la chaîne d'ancre;... me voilà dans l'eau!...

« Devant moi, à cent mètres, la silhouette élégante du *Sylphe* se détachait en clair, sur le granit bleuté des falaises. C'était là qu'il fallait arriver!

« Nageant entre deux eaux, je suis venu émerger doucement juste en arrière de son gouvernail enchaîné et j'ai repris haleine. Malheureusement aucun moyen ne se présentait à moi pour escalader les parois du yacht. Vous pensez bien, mon commandant, que le lieutenant en second ne laissait pas traîner drisse, filin ou échelle de cordes, le long des bordages! Je me demandais donc anxieusement comment j'allais sortir

à mon avantage de cette passe assez ennuyeuse, quand, au-dessus de la lisse
d'arrière, une tête émergea !... C'était
M. Martigal ici présent.

« Ma foi ! j'ai sifflé doucement, tout
en agitant mon béret, histoire de bien
montrer que mes intentions étaient paci-
fiques.

« Je dois, reconnaître, continua en
souriant Pierre Bervic, qu'au premier
abord M. Martigal ne me regarda pas
d'un très bon œil.

« Somme toute, il avait raison, car
enfin il était en droit de redouter une
surprise. Ses sourcils froncés, ses yeux
étincelants dans l'ombre m'impression-
naient d'autant plus qu'il venait d'allon-
ger le bras dans ma direction et qu'au
bout de son bras je vis scintiller un
revolver suffisamment respectable.

« Pourtant je ne perdis pas la tête.

« — Monsieur l'officier ! dis-je à
mi-voix.... Ami ! Je suis un ami !... un
Français qui vient de réussir à s'échapper
des griffes de l'aimable Joë Pynch ! Ne
tirez pas ! ne faites aucun bruit. Bien au
contraire accueillez-moi et tendez-moi
une drisse.

« Ce ton de ma phrase était sans
doute convaincant, car M. Martigal remit
son revolver en poche ; et dix secondes
plus tard, une corde descendait de la lisse du *Sylphe* jusqu'à moi, et je vous assure
que je ne fus pas long à embarquer

« Après une courte explication, M. le second maître voulut bien me féliciter. Il me serra la main et je sentis qu'une sympathie réciproque nous unissait déjà. Il me conduisit immédiatement auprès de M. le lieutenant Le Caillec auquel je donnai tous les renseignements que je possédais sur le pseudo-*Newcastle*, sur son équipage et sur son peu estimable capitaine.

« Ensuite je fus conduit jusqu'à un bon lit et... je m'endormis à poings fermés.

— Ça est sérieusement compréhensible, monsieur, ponctua Pypenkorn. Vous avez pendant une paire de journées un peu mal dormi dans la cellule de Joë Pynch.

— Sans doute, monsieur. Pourtant je m'éveillai de bon matin et, comme mon cerveau était aussi bien reposé que mon corps, un projet hardi me vint à l'esprit. Je sautai hors du lit et m'en fus trouver MM. Le Caillec et Martigal.

« — Messieurs, leur dis-je, il m'est venu une idée.

« — Dites, monsieur Bervic.

« — Voici ! Il n'y a plus que 4 hommes à bord du pirate. Si nous nous en emparions ?

« — Oui, sans doute, riposta le lieutenant, mais les autres sont postés sur le haut des falaises, et au flanc des cavernes, ils vont nous canarder à loisir.

« — Opérons la nuit !

« — Ceci mérite réflexion, dit M. Martigal.

« — Seulement, il y a une grosse difficulté pour la suite, reprit M. Le Caillec. C'est que le *Sylphe*, même déchaîné, ne peut plus se mouvoir.... Son arbre d'hélice est cassé. Avec les moyens dont dispose le mécanicien il faudrait au moins huit jours pour le mettre en état. Encore est-il que ce ne serait là qu'une réparation hâtive et peu sûre. J'admets un instant que nous nous emparions du pirate ; que nous puissions y transborder sans risques Mlle Yvonne et tout l'équipage ; qu'ensuite nous levions l'ancre et que nous filions. Le *Sylphe* reste là ! Et je ne veux à aucun prix l'abandonner. »

« Cette logique me désarçonna ; mais M. Le Caillec était dans le vrai. Je n'avais pas encore eu le plaisir de voir Mlle Yvonne, mais je compris qu'on ne pouvait réellement tenter une pareille opération en y engageant une petite fille. Maintenant que je la connais, et permettez-moi de le dire, maintenant que je l'aime comme si elle était ma petite sœur, je le comprends encore davantage.

— Moi aussi, monsieur Pierre, dit gentiment Yvonne. Je vous aime tout plein, absolument comme si vous étiez mon grand frère ! »

31

Elle tendit sa main mignonne à Pierre Bervic qui la saisit et l'embrassa.

« Merci, mademoiselle ! fit-il. Mais ça ne fait rien, vous êtes sauvée tout de même, grâce à l'idée de M. Martigal.

— Ah ! Ah ! Ça ne m'étonne pas de lui, déclara Sarbacane. Voyons un peu comment vous y êtes pris, mon brave maître. »

Pierre céda donc la parole à l'énergique second maître et celui-ci raconta sans forfanterie, sans vanité, avec une simplicité extrême, l'évasion audacieuse dont il avait été le promoteur d'abord et le directeur ensuite.

Voici comment l'opération fut menée.

On se rappelle qu'au moment de la capture du *Sylphe*, Martigal avait songé à utiliser les canots à accumulateurs.

Il reprit cette première idée et la soumit, avec les modifications que comportait la situation, à son chef Le Caillec, qui, cette fois, l'approuva des deux mains.

Il fallait résoudre ce double problème : sauver Yvonne de Maindragues, et ne pas abandonner le *Sylphe* aux griffes rapaces du forban.

Mais pour sauver Yvonne sans risque pour sa vie, on devait tout d'abord immobiliser le bateau pirate, car, sachant le *Sylphe* incapable de manœuvrer, Pynch pouvait très bien lancer son bâtiment à la poursuite des fugitifs.

Il fallait donc s'emparer du pseudo-*Newcastle*, lancer à toute vitesse le canot dans l'étroite passe laissée libre par le bâtiment du bandit et, laissant le canot se diriger à toute allure vers Batavia, on conserverait les positions conquises en attendant du secours qui ne tarderait sans doute pas à arriver.

Ce principe une fois posé, Le Caillec décida que Martigal commanderait le canot qui emporterait Yvonne de Maindragues. Dans ce canot embarqueraient : Martigal, Zanim, Anacharsis, Pierre Bervic, comme équipage, plus Yvonne et Ziska Gottorp comme passagers.

A sa remorque, le canot entraînerait un second canot rempli d'accumulateurs chargés, afin de parer à toute chance d'accident et aussi dans le but de ne pas ménager la vitesse. A sa suite on attacherait un chaland à vivres avec réservoir d'eau.

Tout cet appareillage serait organisé à la nuit tombante, de façon à n'avoir plus — au moment opportun — qu'à lâcher les moufles des portemanteaux pour mettre à l'eau les embarcations entièrement chargées de leur personnel, de leur matériel et de leurs vivres.

Puis sur une baleinière préalablement armée, 8 hommes de l'équipage prendraient place; ils attaqueraient de vive force le pirate, et pendant l'action, la chaloupe d'Yvonne et sa remorque fileraient à la faveur des ténèbres.

Il faut dire aussi que depuis quarante-huit heures Joë n'avait plus donné signe de vie.

A l'arrivée, après avoir amarré son captif, il avait tenté de parlementer à nouveau, proposant par porte-voix à Le Caillec de faire parvenir à son armateur une demande de rançon qu'il chiffra à la somme de cinq cent mille francs à déposer dans une banque chinoise que lui Joë indiquerait.

Le Caillec avait répondu ceci :

« Je suis maître à mon bord, et je refuse tout arrangement avec un chien de ton espèce. Sois tranquille, mon garçon, tu paieras ça en gros ! J'ai le temps d'attendre. On saura bien venir nous tirer de tes pattes. Maintenant tu peux causer pendant douze heures d'horloge, espèce de brigand, tu n'auras plus l'honneur d'une réponse. »

Pynch se l'était tenu pour dit; mais il se trouvait maintenant fort embarrassé de sa capture; ce qui prouve que la force d'inertie et la patience ont parfois du bon.

Il résolut donc d'attendre les événements, espérant peut-être que le manque d'eau ou de vivres amènerait le *Sylphe* à capituler.

En somme, ce fut un siège d'un genre nouveau qui commença, et au cours duquel le pirate anglais se borna à faire surveiller l'assiégé du haut des falaises par un cordon de sentinelles et dans la crique par son bâtiment qui interdisait l'accès de la passe à un navire du tonnage du *Sylphe*.

. . . .

. . . .

Donc, quand la nuit fut venue, tout fut préparé dans le plus grand silence.

Yvonne pleurait, la pauvrette ! Et au moment d'embarquer dans le canot qui devait l'emporter, elle s'élança en sanglotant dans les bras de Le Caillec.

Le rude marin, en proie à une émotion poignante, l'embrassa vivement, puis sécha ses yeux où tremblait une larme.

« Allons! mademoiselle, dit-il en reprenant son sang-froid, ça ne sera rien que ça! Vous allez, dans un petit quart d'heure, naviguer tranquille. Soyez courageuse! Mais je n'ai pas besoin de vous faire cette recommandation, car vous êtes la fille d'un brave! Au revoir, mademoiselle Yvonne... au revoir! »

Il la prit, l'enleva comme il eût fait d'une plume, et l'embrassant une dernière fois, la passa à Martigal qui avait déjà pris place dans le canot.

« Tout est paré? demanda ensuite le Breton.

— Oui, lieutenant!

— C'est bien! lâchez tout et que la Providence nous soit en aide! »

Doucement, les moufles grincèrent et les canots descendirent à fleur d'eau sur la face de tribord du *Sylphe*.

En même temps, sur la face bâbord, la baleinière montée par huit matelots armés de haches et de carabines était mise à flot, et démarrait la première. Debout à l'avant, un matelot tenait en main une échelle de cordes, munie de grappins en fer.

L'embarcation fila silencieusement dans le noir.

A bord du *Sylphe* et du canot de fuite, tout le monde retenait son souffle. Une profonde anxiété flottait dans l'air, et soudain, dans la nuit profonde, un bruit sec traversa la nuit, le bruit des grappins s'abattant sur le plat-bord du pirate!

Puis, sans transition, une rumeur sourde, des chocs, une imprécation en langue barbare!... Et Martigal lâcha le déclic qui reliait l'accumulateur à l'hélice de son canot.

L'embarcation se mit en marche, entraînant sa remorque.

Trois minutes plus tard, elle filait avec vitesse dans l'étroit espace laissé libre entre l'arrière du *Newcastle* et la roche grise du goulet.

Pendant son passage rapide, le second maître entendit nettement un bruit de lutte qui continuait à bord du bateau pirate. Des cris montaient dans la nuit; mais Martigal n'avait qu'une consigne : passer le plus vite possible, et tout à son devoir, il fit donner à l'hélice de son canot tout son développement.

Il fit bien, du reste, car du haut des falaises des coups de feu jaillirent, zébrant d'éclairs rouges la nuit bleue. C'étaient les sentinelles de Joë Pynch qui, elles aussi, s'étaient rendu compte de l'attaque qui se produisait contre leurs compagnons. Mais déjà le canot était hors de leur portée, car, en sortant du goulet, le second maître avait prudemment viré pour mettre la roche entre lui et les balles.

Yvonne était donc sauvée!... et le canot, vibrant sous la poussée de son hélice, gagna la haute mer.

UNE LUEUR ILLUMINA LE CIEL.

« Enfin! soupira Martigal, voici déjà un résultat! Le premier danger est écarté et ma foi.... »

Il s'arrêta soudain; et sa phrase se termina par un cri d'angoisse. Au reste, tous les passagers avaient eux aussi poussé une exclamation.

C'est que, là-bas derrière la côte, une détonation formidable venait de se produire.

En même temps, une vaste lueur illuminant le ciel, avait découpé en silhouette rouge sombre la falaise couronnée d'arbres.

L'impression avait été rapide et fugitive comme celle qu'on ressent par une nuit d'été, en voyant un éclair traverser la campagne au cours d'un orage... puis le noir avait repris possession de l'atmosphère. Et maintenant, il ne restait plus aux passagers du canot que la sensation bourdonnante qui persiste dans l'oreille après une explosion.

« Quelqu'un a sauté là-bas, murmura Martigal, qui est-ce?... Le pirate?... ou le *Sylphe*? »

Douloureuse question qui se posait à l'esprit de tous! Et d'autant plus douloureuse qu'ils ne pouvaient retourner en arrière pour la trancher, car un devoir impérieux s'imposait : fuir! Fuir toujours et quand même!

Et Martigal soucieux, mais esclave des ordres de son lieutenant, précipita encore la marche de son petit bateau qui vola comme une flèche sur l'océan noir!

Yvonne, brisée par tant de douleurs, sentit une torpeur somnolente l'envahir.... On l'enroula dans une peau d'ours, et, terrassée par le sommeil, elle ferma les yeux.

. . . .

Ce fut une traversée bien triste, mais au moins se passa-t-elle sans accident, et au bout de trente-neuf heures de course folle le canot entrait à Batavia....

Martigal en terminant son récit conclut :

« Mon commandant, voici le résumé exact de tout ce qui s'est passé. Nous arrivions chez M. Pypenkorn depuis à peine une demi-heure, lorsque votre venue nous a remplis de joie, car je vous laisse juge de l'angoisse qui nous étreignait en pensant à vous, à M. le Docteur et à cette bonne Mme Lanfry!... Je suis même surpris que vous n'ayez pas reconnu notre canot amarré dans l'avant-port. Mais, somme toute, vous ne pouviez guère vous attendre à le voir à Batavia; et vous étiez vous-même assez

préoccupé pour n'y pas faire attention. Reste maintenant la question du *Sylphe*!
Celle-là n'est point résolue. Pourtant en cours de route j'ai bien réfléchi, j'ai pesé
le pour et le contre. Or voici le résultat de mes réflexions :

« Ce ne peut être que le pirate qui a sauté. Sans doute un des hommes de Joë
Pynch, se voyant acculé, a dû pénétrer jusqu'aux soutes et y mettre le feu. Ce sont des
sauvages que ces gens-là ! Et plus j'y pense, plus il me semble que je suis dans le vrai
en formulant cet espoir. »

Roger, jusqu'alors silencieux, s'était redressé. Une flamme traversait son regard.

« C'est aussi mon avis, mon cher Martigal, dit-il en serrant la main du second
maître. Et ma foi! tant mieux si les choses se sont passées ainsi ; car la lutte devient
impossible pour le forban. Pourvu toutefois qu'un ou plusieurs de mes braves matelots
n'aient pas trouvé la mort là-bas !... »

Martigal eut un geste vague où perçaient à la fois la pitié, le doute, et un peu de
ce fatalisme que porte en son âme tout marin.

« En tout cas, dit-il, j'espère que nous serons bientôt renseignés, n'est-ce pas?
mon commandant?

— Vous l'avez dit, mon brave maître, car maintenant que vous m'avez ramené
ma fille, c'est à moi qu'incombe le devoir de porter secours à Le Caillec.

— Bravo! mon commandant, s'écria Pierre Bervic.... J'en suis!

— Peut-être! mon enfant, nous verrons! riposta en souriant l'officier. L'important est d'abord de nous procurer un bateau.

— Monsieur, ça est mon mien que je mets à votre disposition, articula simplement Pypenkorn senior.

— Merci! merci mille fois! cher monsieur. Dès aujourd'hui je vais, avec votre
aide, l'aménager pour la lutte et former un équipage.

— Ça est des hommes à moi qui le fourniront. Et puis ça est moi que je fournis
des armes. En plus, monsieur le Gouverneur il prêtera bien pour nous un canon-
revolver.

— Bravo! bravo! bravo! s'écria Sarbacane, j'en suis!... J'en suis!

— Et moi aussi! dit Anacharsis.

— Et moi aussi, moussu! dit Zanim.

— Et puis moi aussi!... Pas vrai? on part pas les uns sans les autres! »

C'était la mère Lanfry, qui venait d'arriver et revendiquait sa place de combat.

« Si ça n'est pas pour vous un ennui, dit Pypenkorn, je dis : moi aussi. Et je retiens un petite place pour mon fils Assuérus qui vient demain nous trouver.

— Merci, mes amis, merci! dit Roger au comble de l'émotion, vous êtes des braves cœurs! Mais il est parmi vous quelqu'un dont je ne puis accepter l'offre courageuse. C'est de vous qu'il s'agit, mon petit ami Pierre Bervic.

— Oh! mon commandant, cependant....

— Mon enfant, je n'ai pas le droit de vous faire courir un nouveau danger. Vous en avez déjà eu suffisamment à affronter pour votre âge. Et je suis certain que madame votre mère trouvera que j'ai eu raison. »

Et comme le petit Pierre tout désappointé faisait la moue :

« Seulement, poursuivit Roger de Maindragues, en échange de mon refus, je vais vous demander de me rendre un service.

— Un service? mon commandant.

— Oui, mon enfant! Yvonne reste ici avec sa gouvernante pendant notre expédition. Eh bien, voulez-vous lui tenir compagnie et veiller sur elle? Vous serez son protecteur, son grand frère, ainsi qu'elle le disait si bien tout à l'heure. »

Pierre sourit.

« J'accepte, dit-il. Et je tâcherai de m'acquitter du mieux que je pourrai de mes fonctions, n'est-ce pas... Yvonne?

— Oui! Pierre, nous jouerons tous les deux en attendant père et grand-papa. Mais tout de même il ne faut pas qu'ils restent longtemps sans revenir.

— Quelques jours! à peine quelques jours, déclara Sarbacane. Mais comme je suis sevré de t'embrasser depuis quinze jours, et que je vais être obligé de m'en passer pendant au moins deux semaines, je vais me rattraper et faire des provisions pour le voyage.... Tant pis s'il ne te reste plus de joues!

— Oh! tu peux bien! s'écria la fillette. Use-les! Elles repousseront en t'attendant!

— Dites donc, mon commandant, interrompit Philomène, et mon petit bestiau, je peux l'emmener... pas vrai?

— Ah! non! Pas de passagers inutiles. Pourquoi ne proposez-vous pas aussi d'embarquer Papillon?

— Ça ne serait peut-être pas une non-valeur, dit Sarbacane. En lui enlevant sa noix de coco, il deviendrait un combattant redoutable....

— Mais indiscipliné! Je préfère le laisser dans son box. »

32

Roger avait certainement raison. Dans une expédition du genre de celle qu'il allait entreprendre, il ne faut s'encombrer d'aucuns *impedimenta*. En tous cas, il faut les réduire au strict minimum.

C'est pourquoi, laissant sa fille chérie aux soins de Ziska Gottorp, de Pierre Bervic et du docteur Sarbacane, l'officier, accompagné de l'aimable Pypenkorn, se mit-il immédiatement en devoir d'organiser le très beau yacht du planteur et de l'armer en guerre.

Ce yacht à vapeur se nommait *Reine Wilhelmine*, en honneur de la jeune et charmante souveraine des Pays-Bas.

Son équipage de dix-huit matelots malais comprenait, en outre, un cadre blanc composé de sous-officiers hollandais. Roger de Maindragues en prit le commandement. Quant à Martigal, il n'aurait pas à proprement parler de commandement à la mer ; c'est à lui qu'était confiée la direction de la force armée et de l'artillerie de la *Reine Wilhelmine*.

En effet, on engagea vingt-cinq hommes d'infanterie qui embarquèrent le jour même.

On sait, en effet, que la Hollande entretient dans ses colonies indiennes une armée considérable, car elle a très souvent à réprimer des révoltes.

Ces vingt-cinq hommes, recrutés par Pypenkorn, avec l'autorisation du gouverneur, venaient de terminer leur engagement dans l'armée coloniale hollandaise : c'étaient donc des soldats de métier, des hommes éprouvés, énergiques et bons tireurs.

Pour compléter cet appareillage de guerre, le gouverneur mit encore à la disposition du planteur, une mitrailleuse — genre Maxim — qui fut arrimée à l'avant et qui, vu son poids léger, pouvait facilement être déplacée selon les circonstances, ou même — au besoin — être débarquée à terre.

C'est ainsi que, deux jours plus tard, la *Reine Wilhelmine* était garnie de ses vivres, de ses munitions, de son équipage, de son artillerie et de sa troupe de fusiliers marins.

Dès le matin, elle fut mise sous pression, et Martigal, qui avait eu soin de relever l'emplacement exact où se trouvait le *Sylphe*, établit la table de marche de concert avec le second du bord.

Pendant ces préparatifs, Pypenkorn et son fils Assuérus, arrivé le matin même, réunissaient, dans leur villa de Veltevreden, Roger, Sarbacane et tous leurs compagnons. Ils leur offraient un somptueux déjeuner avant l'embarquement.

Nous devons, à la vérité, de déclarer que ce repas fut plutôt triste.

De graves préoccupations assaillaient tous les convives; car ce n'était point un voyage d'agrément qu'on allait entreprendre, mais bien un départ pour la guerre.

Yvonne refoulait ses larmes, et mangeant du bout des dents, laissa pendant tout le temps du déjeuner sa petite menotte dans la main de Sarbacane qui l'embrassait à chaque minute.

Les autres assistants étaient graves; ils causaient peu.

Pourtant, à la fin, le vieux Pypenkorn leva sa coupe de champagne.

« Messieurs et aussi mesdames, dit-il, il convient que je porterais un toast. Ça est pour M. Le Caillec dont sa belle résistance et sa splendide énergie permettront sans doute à nous que nous pourrons arriver à temps.

— Bravo! m'sieur Pypenkorn, s'écria Philomène. Ça, j'en suis bien sûre! Et mâtin de mâtin, ça sera moi, j'en réponds, qui l'empoignera ce maudit brigand de Joë Pynch! Et quante c'est que je l' tiendrai par la margoulette, j' vous réponds qu'il échappera pas!

— Bravo! bravo! » s'écrièrent tous les assistants.

Peu après, Roger et ses compagnons partaient pour le port.

Yvonne, sa gouvernante et Pierre Bervic les suivirent du regard jusqu'à la ville basse.

Yvonne pleurait silencieusement.

Klaps qu'on avait dû attacher pour qu'il ne suivît pas son maître, gémissait en tirant sur sa chaîne; et Muf qu'on avait enfermé auprès de Papillon, piaillait comme un enragé.

« Allons! Yvonne, dit alors Pierre Bervic, venez. Il y a dans le parc un endroit d'où l'on découvre la mer. Allons voir passer la *Reine Wilhelmine*. »

Ils s'y rendirent ensemble en se tenant par la main et sans se dire une parole.

Ziska Gottorp les suivit.

Arrivés à l'endroit du parc indiqué par Pierre, ils s'assirent contemplant l'immensité de l'Océan.

Et bientôt le petit marin s'écria :

« Les voilà! »

En effet, la *Reine Wilhelmine* passait à toute vapeur à deux milles en mer.

Une fusée partit du yacht en guise de salut, car Pypenkorn pensait bien que la fille de Roger viendrait voir le yacht à son passage.

Toute secouée de sanglots, la mignonne agita son mouchoir pour répondre à cet adieu et saisie d'une émotion poignante :

« Oh ! Pierre, dit-elle, pourvu qu'il ne leur arrive pas malheur !

— Non ! Yvonne, soyez sans crainte, répliqua-t-il. Je suis sûr du résultat ! J'ai là quelque chose qui me dit qu'ils seront vainqueurs !

— Merci ! dit la fillette. Embrassez-moi, Pierre, pour me donner du courage ! »

Fraternellement le petit pilotin embrassa, en souriant, la mignonne sur les deux joues, pendant que la *Reine Wilhelmine* filait... filait toujours.

Bientôt on ne la vit plus que comme un point noir. Elle finit par disparaître derrière la ligne d'horizon, mais on distinguait encore son panache de fumée.

A la fin, celui-ci disparut à son tour.

Alors, la main dans la main, le cœur gros, l'âme oppressée, les deux enfants s'en allèrent à travers les grands arbres, sous les somptueuses frondaisons, dans le décor féerique des fleurs miraculeuses du parc splendide ; et ils regagnèrent la villa du vieux Pypenkorn.

CHAPITRE XII

Où la Mère Lanfry adopte une nouvelle coiffure
qui provoque des résultats tout à fait imprévus.

En quittant le *Sylphe*, Martigal avait, on le pense bien, pris toutes ses dispositions pour permettre à l'expédition de secours d'arriver sans tâtonnements jusqu'à la crique où Joë Pynch retenait le yacht prisonnier.

Il avait relevé le point exact ; la *Reine Wilhelmine* avait donc, dès son départ de Batavia, son but bien net, bien défini.

Mais le brave maître avait fait mieux. La veille de l'évasion, il avait dressé un plan hâtif, donnant une indication suffisante de la configuration du rivage et de la position des rochers. Ce plan ne valait pas évidemment une carte d'état-major ; mais on procède comme on peut dans des circonstances aussi difficiles ; et, malgré son imperfection, ce plan était quand même une indication précieuse pour Roger.

Néanmoins, c'était là un atout bien maigre dans la redoutable partie qui s'engageait ; et les passagers de la *Reine Wilhelmine*, depuis Roger de Maindragues jusqu'à la mère Lanfry, en passant par Zanim, Assuérus et nos autres camarades, les passagers, disons-nous, se sentaient l'âme oppressée d'une anxiété immense.

Que de doutes ! que d'obscurités planaient en effet sur la situation actuelle du *Sylphe* !

L'explosion entendue par les fugitifs du canot suffisait à elle seule à justifier leurs angoisses, car on ignorait totalement d'où cette formidable détonation avait pu provenir.

Était-ce le bateau pirate qui avait sauté? Était-ce le *Sylphe*?... Était-ce un magasin à poudre du forban ?... Autant de questions... autant d'énigmes.

« Ah ! si par malheur c'était le *Sylphe*, pensaient-ils tous, sans même oser se faire part à haute voix de cette affreuse hypothèse. Ah ! si cette catastrophe abominable a

eu lieu et qu'en arrivant là-bas nous ne trouvions plus que de lamentables débris!
Si nos malheureux amis ne sont plus là!... »

Certes! on les vengerait!... On ferait payer cher au pirate ce dernier forfait;
mais cela ne leur rendrait pas la vie à tous ces braves gens... à tous ces bons amis!

Et c'est pourquoi le digne docteur Sarbacane avait perdu son bon sourire.

Nerveux et inquiet, il arpentait sans cesse le pont du vapeur; il fumait pipes sur
pipes pour donner un dérivatif à son angoisse.

Le bon savant, si loquace d'habitude, était devenu taciturne depuis l'embarquement. A peine répondait-il aux questions que lui posait la mère Lanfry.

Cette dernière, au contraire, manifestait son énervement par des phrases de
colère à l'adresse du bandit anglais, et cela presque à jet continu.

En même temps, elle ponctuait ses mots de vigoureux coups de poing sur l'objet
quelconque qui avait le malheur d'être à sa portée.

C'est ainsi qu'elle faillit fausser le mécanisme de fermeture de la mitrailleuse
en lui allongeant une gifle, tout comme si l'engin eût été Joë Pynch lui-même.

« Ah! canaille de brigand, de coquin d'Engliche, grognait-elle. C'est moi que
je vas te faire voir comment que je m'appelle!!!! »

Et dans une langue imagée, elle l'invectivait, l'injuriait, le provoquait; finalement — histoire de se soulager la bile — la robuste cuisinière allongeait un *coup
de pied de figure tournant*, selon les principes les plus purs de la savate et du
chausson.

Éternellement, elle maugréait contre le bateau qui n'allait pas assez vite à
son gré.

On la voyait, à tout instant, dévaler lestement le long des échelles de fer de la
chaufferie.

« Eh bien! clamait-elle aux chauffeurs, c'est tout ce que vous faites! Vous ne
vous la foulez pas, mes fistons!... Allons!... Chauffez!... bon sang!... Du charbon!
du charbon!!!! Faut que ça marche! »

Elle empoignait la pelle, engouffrait la houille dans le fourneau, et remontait
en nage sur le pont pour continuer sa pantomime rageuse et ses interpellations
bruyantes.

Quant aux deux Pypenkorn, s'ils avaient de l'inquiétude (et ils en avaient comme
les autres!) il n'y paraissait point.

Ces deux natures froides et calmes se résorbaient en elles-mêmes ; et à les voir tranquillement fumer, installés dans des fauteuils bascules, on n'eût pu démêler sur leurs faces placides, dans leurs yeux doucement rêveurs, quelle somme énorme d'énergie et de force ils apportaient pour leur part dans la force et dans l'énergie générales.

Il en allait de même pour Zanim qui restait impassible, et aussi pour Anacharsis qui n'avait rien perdu de sa coutumière placidité.

Mais, chez ce dernier, cet état d'âme provenait de l'exemple. Il suivait constamment de l'œil ses chefs, Roger et Martigal.

Or, ceux-ci affectaient une belle assurance, une confiance sereine qu'ils étaient pourtant loin de posséder.

C'est que le sentiment de leur responsabilité, comme chefs, était entier chez eux ; que leur devoir était de propager chez leurs subordonnés cette confiance qu'ils n'avaient pas ou que du moins ils n'osaient avoir.

Raidis dans cette idée fixe, souriant par volonté, ils communiquaient à l'équipage la foi qui enfante les prodiges.

. . . .

. . . .

La *Reine Wilhelmine* — malgré les allégations de la mère Lanfry — marchait fort bien, même en temps de voyage ordinaire. Mais pour la circonstance elle marchait encore mieux !

Pypenkorn avait prescrit de forcer les feux et la pression à leur maximum, sans s'occuper de ménager les chaudières. Pourtant, le yacht hollandais ne pouvait rivaliser de vitesse avec le *Sylphe*, ni même avec ses canots électriques ; aussi mit-il cinquante-trois heures pour parcourir la distance que les fugitifs avaient mis trente-neuf heures à franchir.

Comme on arrivait dans les parages de la crique, la nuit venait de tomber, une nuit assez sombre, car la lune n'était pas encore levée.

Roger fit éteindre les fanaux et on stoppa ; puis réunissant ses amis et ses serviteurs :

« Mes chers amis, dit-il, nous voilà près du but ! L'action décisive va commencer !... Quelqu'un parmi vous regrette-t-il d'encourir sa part de danger ?

— Non, mon commandant ! répondirent tous les assistants, nous vous suivrons jusqu'au bout.

— Il ne manquerait plus que ça qu'on recule! ajouta Philomène.

— Bien! Recevez mes remerciements, continua Roger. Je vous savais tous braves, mais votre élan me fait du bien au cœur. Nous allons donc commencer les opérations. Tout d'abord reconnaissons le terrain, comme on dit à la guerre; ou, pour être plus exact, nous allons reconnaître le passage d'entrée de la crique, n'est-ce pas, Martigal?

— A vos ordres, mon commandant.

— Bien! Armez le canot électrique. »

On avait en effet emporté le canot du *Sylphe*, dont les accumulateurs avaient été rechargés à Batavia.

« Mais, objecta la mère Lanfry, y n'va pas s'en aller tout seul, monsieur Martigal?

— Si fait! riposta ce dernier.

— Ah! mais non! moi j'y vais avec vous! car, voyez-vous, dans ces manigances-là, vaut mieux être deux qu'un.

— Sans doute, interrompit Sarbacane, mais l'opération réclame un profond silence. Or je remarque, ma bonne, — et cela soit dit sans vous offenser — je remarque chez vous, depuis Batavia, une surexcitation de geste et de parole qui pourrait nuire à la réussite.

— Oh! m'sieu l'Docteur, faut pas vous faire de bile. Maintenant nous voilà au feu, pas vrai?... Eh bien, je vous garantis que n'y a pas un des soldats ni des matelots du bord qui me feraient la pige pour la discipline. Faut pas parler, que vous dites? Eh bien, on sera muette.... Et voillà!!

— Allons! reprit Roger, allez-y, mère Lanfry, mais du calme! ».

Philomène lança un salut militaire bien détaché.

« Compris, mon commandant! »

Puis, jetant sa carabine en bandoulière, elle embarqua avec Martigal : le canot glissant sur la face bâbord largua ses amarres et fila sans bruit dans la nuit. L'ex-cantinière avait remplacé à Batavia son fameux chapeau d'écorce par un panama à larges bords ; mais elle n'avait pas prévu le petit vent du nord-ouest qui soufflait assez dru, ce soir-là ; sans quoi elle eût pris soin de se confectionner une mentonnière. Et, en effet, le canot n'avait pas fait cent mètres que le panama enlevé par le vent disparaissait.

« Mâtin! fit la brave femme, m'en vl'à encore pour cinquante sous! Et puis j'vas attraper un rhume de cerveau. J'suis tout plein *sensibe* de la tête. »

Elle prit son mouchoir à carreaux, se le noua en foulard autour du crâne, avec les deux bouts en pointe qui flottaient sur son front comme deux oreilles de lapin.

En fait, c'est bien cela! En silhouette sur l'avant du canot, la mère Lanfry avait l'air d'un gros lapin qui guette; mais dans l'indécis des contours, on eût pu tout aussi bien la prendre pour tout ce qu'on aurait voulu et croire à une apparition fantastique.

Cependant, le canot avait fait du chemin, et se trouvait arrivé à hauteur de la passe.

Martigal le mit à toute petite allure et piqua résolument sur l'étroit goulet.

On n'y voyait goutte, et le fond de la crique était enveloppé de ténèbres; pourtant une forme vague, d'une tonalité moins sombre semblait s'y mouvoir, doucement bercée par le va-et-vient des vagues.

« C'est le *Sylphe!*... C'est le *Sylphe!!* pensa Martigal, pendant qu'une joie lui faisait battre le cœur. Ce n'est pas lui qui a coulé!... Mais où donc est l'autre? »

La réponse à cette muette question arriva d'elle-même.

Le canot, doucement porté en avant par son hélice silencieuse, venait de buter légèrement; son étrave avait donné sur un corps résistant!

« Un mât qui émerge! » souffla la mère Lanfry.

Plus de doute! C'était le bateau pirate!! Martigal arrêta la marche, fit machine en arrière et voulut contourner cette mâture désemparée.

Un nouveau choc se produisit, mais cette fois sur le bordage du pseudo-*Newcastle* à demi englouti!

Pendant quelques instants, le brave maître continua sa manœuvre. Il espérait trouver un passage... Vaine tentative! Le bateau de Joë entièrement recouvert en son arrière, mais émergeant encore vers son avant, barrait complètement l'entrée du goulet!

Il était donc bien évident qu'on ne pourrait arriver jusqu'au *Sylphe!*

« Allons! dit à voix basse Martigal, tant pis! Il va falloir changer le plan d'attaque! Rentrons à bord. En tout cas nous n'avons pas perdu notre temps, car nous rapportons au moins cette bonne nouvelle que ce n'est point le *Sylphe* qui a fait explosion. »

33

Virant alors bout pour bout, le canot s'éloigna tout en côtoyant le rivage. A cet instant, la lune sortit des flots noirs. Le sommet de son disque d'argent pointa légèrement au-dessus de l'horizon obscur et sa clarté répandit sur la mer une légère — très légère — lueur qui vint également adoucir les angles bruts des rochers de la rive.

Le canot devint ainsi plus visible; mais néanmoins, il formait une masse compacte dont on ne distinguait guère que le contour. Masse bizarre du reste!... inquiétante même à cause de sa marche absolument silencieuse et de la baroque silhouette de la mère Lanfry.

Or, comme ils passaient à quelques encâblures d'un rocher qui surplombait à pic, Martigal et Philomène ne purent retenir un mouvement d'inquiétude! Mais ils ne poussèrent ni un cri, ni même une exclamation de surprise, tant était forte en eux la volonté du silence.

Pourtant, du haut du rocher, un homme venait de lancer dans la nuit un hurlement bizarre en langue inconnue; et ce hurlement coupant longuement le murmure des vagues produisit un effet lugubre.

Que signifiait ce cri? Ni Martigal ni Philomène n'en comprirent le sens exact; mais l'impression en était poignante. L'angoisse, l'horreur, une peur invincible s'en dégageaient nettement? Oui, l'homme qui avait lancé cette note de terreur à la vue du canot avait dû frémir jusqu'au fond des moelles.

Au reste, il ne le répéta pas... ce cri, mais les passagers du canot, purent, sinon le voir, du moins l'entendre fuir à toutes jambes; car des pierres roulant sous sa course échevelée tombèrent du haut de la falaise jusque dans la mer.

« C'que ça signifie? questionna enfin la mère Lanfry.

— Un signal sans doute!... un guetteur... une sentinelle de Joë qui nous a vus! » répondit Martigal.

Il ajouta, soucieux :

« Filons!... Filons! Inutile d'engager une action en pleine obscurité.

— Oh! riposta l'ex-cantinière. Y z'en ont sans doute pas grande envie, puisqu'au lieu de nous canarder, ils s'ensauvent comme des lièvres.

— C'est bon!... Silence, la mère..., Filons! »

. . . .

Cinq minutes plus tard Martigal et la cuisinière étaient remontés à bord

UN HOMME VENAIT DE POUSSER UN HURLEMENT

de la *Reine Wilhelmine*, et le premier maître rendait compte de sa mission.

« Parfait! Parfait! déclara Roger de Maindragues dont une joie visible éclaira le regard. Parfait! mon brave *Sylphe!*... Il est là! Ils sont là, mes braves!... Ah! vont-ils être heureux quand ils sauront que nous sommes là, nous aussi!

— D'accord, mon neveu, mais c'est bien là le difficile, déclara Sarbacane. La crique est obstruée, et vous n'avez pas la prétention de les rejoindre en ballon..., puisque nous n'en possédons malheureusement pas!

— Oh! mon oncle. Je vous avoue que même si j'avais un ballon à ma disposition ce n'est pas ce mode de locomotion que j'emploierais.

— Alors.... Comment comptez-vous?....

— Mon oncle! Napoléon Ier a déclaré que l'infanterie était « *la reine des batailles* ». Je suivrai ses principes. C'est mon infanterie qui va débloquer ma marine.

— Ah! ça, c'est chouette!... Alorsse on va débarquer?

— Comme vous dites, mère Lanfry.

— Bravo! mon commandant.... Hein? mon vieux Anarcharsis, te v'là revenu dans l'infanterie de marine.

— Ma foi! c'est une bonne idée! conclut Sarbacane que la certitude de l'existence du *Sylphe* rassérénait. Me voilà fantassin sur mes vieux jours, et ça me va. Je ferai ma partie dans le concert. »

Là-dessus, le vapeur reprit du champ et s'éloigna des parages du repaire de Joë sans toutefois perdre de vue la côte.

Gagnant ainsi plusieurs milles, Roger mit son bâtiment hors de la vue des sentinelles du pirate, puis il jeta l'ancre et attendit le jour.

Dès que le soleil parut, l'officier commença à prendre ses dispositions de débarquement, opération assez délicate lorsque la côte ne s'y prête pas.

Heureusement, Martigal, envoyé en reconnaissance, découvrit tout près une sorte de petite plage couverte de galets, où il serait possible de faire atterrir la mitrailleuse.

C'était là, en effet, la partie difficile du débarquement.

Pour les soldats, ça marcha tout seul. Un va-et-vient des canots les déposa à 20 ou 30 mètres de la rive; arrivés là, ils se mirent à l'eau; chacun prit son fusil et ses munitions et gagna la terre.

Alors, on forma les faisceaux, et le débarquement des provisions commença.

Ensuite ce fut le tour de la mitrailleuse, qui, installée sur un radeau, arriva, elle aussi, à bon port.

Néanmoins ces préparatifs durèrent toute la journée; on bivouaqua la nuit sur la rive rocheuse, pour ne se mettre réellement en route que le lendemain.

Somme toute, cette expédition se composait d'une troupe éminemment souple et maniable, car ce qui constitue en général la difficulté la plus considérable pour une marche, aux colonies, c'est la longueur du parcours à effectuer avec un gros effectif.

Dans ce cas, le grand nombre des soldats exige un ravitaillement considérable en conserves de toute sorte; par suite, il faut un long convoi de porteurs.

Ici, rien de pareil! la petite colonne, en y comprenant les soldats hollandais, leurs sous-officiers et l'état-major, ne comprenait que 46 hommes.

Or, la distance qui séparait le point de départ du repaire de Joë Pynch n'était guère que d'une quinzaine de kilomètres.

En admettant que la brousse fût épaisse et difficile à traverser (ce qu'on ignorait encore), il faudrait tout au plus deux jours pour arriver sur l'ennemi.

Chacun n'eut donc à porter que quatre jours de vivres, en outre de ses outils et de ses armes; on pouvait donc marcher vite.

De plus, les 18 matelots de la *Reine Wilhelmine*, commandés, comme on sait, par un cadre blanc, restaient à bord, et le second, un vieux marin des Frises, avait comme consigne de rapprocher insensiblement son navire de la crique.

Il se tiendrait toujours ainsi à portée de recueillir la colonne en cas d'échec, de la ravitailler, s'il en était besoin, et enfin de lui donner, au moment décisif, un appoint, en organisant, de son bord même, une fusillade nourrie sur les crêtes.

Tout était donc parfaitement prévu; Roger de Maindragues prit alors le commandement, et une fois la falaise gravie, on pénétra dans la brousse, sans toutefois s'éloigner du bord de la mer, qui constituait pour les assaillants la base de direction.

. . . .

Quant à Joë Pynch, que le lecteur a depuis un bon moment perdu de vue, disons de suite qu'il était de fort mauvaise humeur.

On ne s'en étonnera sans doute qu'à demi, puisqu'avec Martigal nous avons constaté la perte du pseudo-*Newcastle*.

Encore est-il que la perte du bâtiment n'eût été somme toute pour le bandit qu'une demi-catastrophe, si la fatalité n'avait fait couler le bateau juste dans la passe du goulet.

Au surplus, mettons les points sur les *i* en racontant les détails de ce désastre, tels que les apprirent plus tard Roger de Maindragues, Sarbacane et leurs amis.

Lors de la fuite d'Yvonne, enlevée dans le canot électrique, on se souvient que le brave Le Caillec avait voulu masquer l'évasion par une attaque, et que, pendant que Martigal filait à travers la passe, les matelots du *Sylphe* avaient lancé des échelles à grappins sur le bordage du forban.

Puis, ç'avaient été des cris, un bruit de lutte..., et enfin l'explosion finale, encore inexpliquée pour nos amis.

C'est que nos braves matelots du *Sylphe* n'y étaient pas allés de main morte!

A coups de hache, ils avaient assailli les Malais de Joë; ç'avait été rapide et décisif.

Déjà nos hommes se croyaient définitivement maîtres du navire, quand un Malais à face féroce, le second de Joë, leur était apparu, surgissant de l'escalier central.

Celui-là commandait le poste de garde. Laissant ses hommes veiller seuls, il s'était endormi bien confortablement dans une couchette de cabine; et sans le bruit de la lutte, sans les coups de feu partant des falaises, il est probable qu'il ne se fût pas réveillé si tôt.

On juge de sa stupeur en apercevant les matelots du *Sylphe* maîtres du bâtiment, et ses hommes à lui, râlant dans des flaques de sang!

Du coup, et bien qu'il eût au poing droit un criss et dans la main gauche un revolver, il lâcha pied et redescendit l'escalier quatre à quatre. Mais deux des nôtres l'avaient suivi, et ce fut à travers le dédale des couloirs du bâtiment pirate une poursuite enragée, au cours de laquelle le Malais déchargea sur les assaillants cinq coups de feu, sans les atteindre du reste.

Enfin, il se trouva acculé dans le réduit qui commandait la soute aux poudres.

« Rends-toi! » lui cria un des matelots.

Pour toute réponse l'homme lâcha une imprécation en malais, et bondit dans la soute. Puis soudain un éclair jaillit des ténèbres!... la détonation du sixième coup de son revolver retentit!... Une flamme formidable envahit la soute!... En même temps, une épouvantable explosion déchire les panneaux, fait craquer les flancs du navire!... Tout cela en un dixième de seconde!...

Le second du pirate avait tiré sur un baril de poudre!!!..., et maintenant le navire, troué d'une large échancrure, s'enfonçait lentement, engloutissant avec lui les acteurs de ce drame affreux... morts tous les trois... hélas!

. . . .

Quant aux autres matelots du *Sylphe*, ils avaient eu la chance extraordinaire d'être seulement projetés par-dessus bord; et nageant à brasses énergiques, ils regagnaient le navire français sous une grêle de balles.

Aucun ne fut blessé! Et du bord, les échelles hissées par des bras vigoureux les enlevèrent.

On juge quelle stupeur indicible avait envahi l'équipage à ce coup de théâtre! Bigoudi en resta pendant une grande heure à demi fou!

Mais, du côté des falaises, ce ne fut pas seulement de la stupeur, ce fut une colère délirante! Joë Pynch excitait son monde avec des phrases furieuses que coupaient tous les jurons du globe; et pendant un quart d'heure le *Sylphe* fut littéralement criblé de balles qui tintaient sur le métal de son pont et de ses flancs.

Cependant Le Caillec qui n'avait pas perdu, même pendant une seconde, son beau sang-froid, avait fait descendre tout son monde.

Les panneaux donnant accès au pont avaient été cadenassés; et du bateau français nul coup de feu ne partit à l'adresse des pirates. Dominés comme on l'était, on ne pouvait demeurer sur le pont; c'eût été s'exposer à une mort certaine, à une extermination rapide et complète.

Enfin le feu de l'ennemi cessa; et le calme de la nuit ne fut plus troublé que par les cris de colère, les invectives imprécatoires et les jurons de Joë.

A bord du *Sylphe* un silence de tombe ne cessa de régner!...

Il en fut du reste ainsi pendant tous les jours qui suivirent.

Personne, à bord du yacht français, ne parut plus sur le pont. C'était l'ordre formel de Le Caillec; mais, par exemple, les hublots ouverts laissaient passer des canons de carabine. On veillait quand même du côté des Français.

En somme, la situation était bizarre pour Joë. S'il assiégeait toujours ce bateau silencieux, captif dans la crique, il était lui-même prisonnier de son

UNE FLAMME FORMIDABLE ENVAHIT LA SOUTE.

34

prisonnier puisque, grâce à l'attaque française, le *Newcastle* barrait la passe d'un obstacle infranchissable.

Pynch « la trouvait mauvaise », comme on dit vulgairement.

Il tenta d'abord de parlementer : on ne lui fit même pas l'honneur d'une réponse.

Alors le bandit voulut essayer de déblayer l'entrée de son port.

Six hommes à lui descendirent des falaises, portant l'outillage nécessaire pour faire sauter la carcasse du *Newcastle*; ils ne réussirent même pas à atteindre l'épave.

Un feu tranquille et bien ajusté partit à leur adresse des hublots du *Sylphe*, et les six hommes qui venaient d'embarquer dans un canot furent tués net.

Joë dut s'avouer vaincu par cette ténacité calme.

Que tenter en effet? Rien!

Chercher à assaillir cette forteresse flottante c'était risquer de faire démolir un à un tous ses hommes.

Rageant, furieux, se rongeant les poings, le brigand dut subir cette situation tout à fait imprévue, et ne plus escompter que la faim pour réduire son captif.

Le pirate ignorait en effet la fuite de la chaloupe française; il ne pouvait supposer qu'elle avait glissé le long de son bâtiment pour aller chercher du secours. Il pouvait donc se dire qu'il arriverait fatalement un moment où les vivres finiraient par manquer à ses assiégés.

L'écumeur de mer fit donc contre mauvaise fortune bon cœur, et des deux côtés ce fut un blocus silencieux.

Certes! S'il n'eût écouté que son désir de vengeance, l'Anglais eût cherché à couler le *Sylphe*, en lui lançant un paquet de dynamite du haut de son repaire. Mais le *Sylphe*... il en avait besoin! Il le lui fallait maintenant qu'il n'avait plus son autre bâtiment!

Nous avons donc raison de dire que Joë Pynch était de fort méchante humeur.

Or, cette mauvaise humeur s'était encore accentuée depuis la visite nocturne de Martigal et de Philomène à l'épave du pseudo-*Newcastle*; et la cause déterminante de cette accentuation provenait de ce qu'un de ses guetteurs avait, au moment du lever de la lune, aperçu l'embarcation et s'était enfui précipitamment après avoir poussé un cri de terreur.

A dire vrai, ce n'est point une embarcation qu'avait cru apercevoir le guetteur ; car alors, loin de s'enfuir terrifié, il eût commencé par tirer dessus.

Mais les équipages de Pynch se composaient, on s'en souvient, de Malais et de Chinois. Ce sont là des gens frustes, à l'âme sauvage, sans aucune culture intellectuelle et qui croient à toutes les sorcelleries, à toutes les histoires fantastiques que racontent leurs vieilles légendes.

Il en est une, entre autres, qui a cours dans les populations des îles Malaises : c'est qu'il existe un démon « le démon des vagues », qui glisse éternellement sur les flots. Ce démon, est, naturellement, un être terrible, un génie malfaisant aux hommes.

Son approche est grosse de périls. Il déchaine la tempête, souffle la mort dans les parages qu'il traverse ; et le fait seul de l'avoir aperçu équivaut à un véritable arrêt de mort non seulement pour le malheureux qui a la malechance de l'entrevoir, mais pour ses parents, pour ses amis et même pour la tribu dont il fait partie.

Or le guetteur de Joë, voyant soudain apparaître ce groupe fantastique et silencieux dont la mère Lanfry faisait le plus bel ornement, avait soudain éprouvé une terreur extraordinaire.

L'aspect des « oreilles de lapin », s'agitant avec frénésie dans le vent, avait atterré le Malais, et les pointes du foulard étaient devenues pour lui les « cornes du diable », les cornes du hideux « démon des mers ».

Du coup, il avait lâché pied en hurlant, s'était enfui, et n'avait rien eu de plus pressé que de raconter le fait à ses camarades.

Comme une traînée de poudre, la nouvelle de l'arrivée du *Mauvais Génie* gagna jusqu'aux paillotes du village installé par le forban sur le haut des falaises ; et tous — absolument tous — mus par une terreur folle, manifestèrent la volonté formelle de s'enfuir à l'intérieur de l'île, et d'abandonner Joë.

Il fallut à ce dernier une énergie incroyable, et, disons-le, une sauvagerie sans nom pour refréner cette désertion en masse.

Il massacra cinq des mutins à coups de hache, et déclara aux autres que si un seul d'entre eux essayait de le quitter, il ferait sauter tout le bloc de rochers et eux avec.

Pour mieux les maintenir dans sa main, il les poussa comme un troupeau dans une vaste grotte située tout au fond de ses cavernes. Cette grotte était commandée par une forte grille que Joë ferma à clef; et le forban se trouva dans cette situation extraordinaire d'un chef qui est forcé pour conserver son armée de mettre tout son monde à la salle de police.

« Enfin! se dit-il, c'est vraiment une déveine. Me voilà tout seul pour garder ces maudits chiens de Français! Heureusement qu'ils ignorent la situation, sans quoi!... je ne ferais pas long feu ici!... Brrr!... Aussi faut-il que ces imbéciles de Malais et de Chinois soient niais, avec leur démon des mers : cet autre animal, ce guetteur, a eu certainement une hallucination... et crac! il la transmet aux autres qui le croient sur parole!.... Pas moyen de les convaincre. Ah! malédiction!.... Enfin! C'est l'affaire d'une couple de jours à les nourrir en cage.... Ça leur passera! »

Tel fut l'état d'âme de Joë, pendant que — sans qu'il s'en doutât le moins du monde — l'expédition de secours commençait son mouvement contre lui.

Il ne supposa pas, un seul instant, que son Malais avait pris une embarcation pour un gnôme.

Il crut à la faiblesse d'esprit d'un halluciné. Car, enfin, il lui était presque matériellement impossible d'admettre une autre hypothèse.

Pynch ne soupçonna pas un seul instant que ladite hallucination de son matelot eût pris naissance dans la contemplation d'un foulard!... car ce foulard eût impliqué le voisinage d'une embarcation, d'un bateau quelconque en ces parages déserts.

Dans ce cas, le premier soin du pirate eût été de chercher à se rendre compte. Il eût voulu savoir ce que venaient faire en pareil lieu ces navigateurs imprévus; et en tous cas il eût certainement redoublé de vigilance afin de parer à toute attaque.

Or, s'il fut vivement contrarié de l'incident, Joë n'en conçut aucune inquiétude pour sa sécurité personnelle et n'eut pas, une minute, l'idée qu'il pouvait être assailli du côté de la terre.

Et pourtant, pendant que l'ancien petit voleur londonnien, pirate aujourd'hui, se morfondait à garder prisonniers le *Sylphe* d'une part, son équipage de l'autre, la colonne de Roger de Maindragues arrivait sans accident à trois kilomètres du village abandonné par les Malais.

Comme à ce moment la nuit tombait, Roger ne voulut pas aller plus loin. La prudence la plus élémentaire lui commandait, en effet, de ne pas engager de nuit sa troupe, sur un terrain inconnu. Il donna donc l'ordre de halte; et avisant un groupe de baobabs géants qui formaient une sorte de cirque propice à un campement, il y installa son monde en attendant le lever du soleil qui allait bientôt éclairer l'action décisive!

CHAPITRE XIII

Où la Mère Lanfry fait enfin connaissance avec Joë Pynch.

« Où diable est donc passée la mère Lanfry? »

Telle fut, le lendemain matin, la question qui courut, au moment du réveil, sur les lèvres de tous.

C'est le docteur Sarbacane qui, le premier, articula cette phrase; car, contrairement à son habitude journalière, Philomène ne se trouvait pas à son poste, pour servir à son maître le café matinal.

Du reste, le digne Anacharsis lui-même ne put fournir aucune explication sur l'absence anormale de sa robuste moitié. La seule chose que put raconter le valet de chambre, c'est qu'en s'éveillant sous sa tente-abri, il s'était retrouvé tout seul, alors que la veille au soir (cela, il en était parfaitement sûr) Philomène était à ses côtés.

En outre, Anacharsis se rappelait bien que le cours de son sommeil avait été brusquement interrompu par une bourrade énergique de sa femme.

La digne personne, emportée par un rêve belliqueux, lui avait appliqué sur l'œil gauche un coup de poing magistral. Cela était au reste d'une évidence formelle; car Lanfry avait l'air de s'être fait peindre l'œil en bleu foncé. Néanmoins il n'en gardait pas rancune à son épouse; le brave homme ayant parfaitement compris que ce n'était point à lui-même, mais à Joë Pynch que s'adressait — en rêve — la bourrade. Anacharsis n'avait même pas fait d'objection, et se retournant, il s'était rendormi.

Au réveil, se trouvant seul, il pensa tout d'abord que sa femme avait été plus matinale que lui; mais il fallut bientôt se rendre à l'évidence et on dut constater l'absence réelle de la mère Lanfry.

Une des sentinelles déclara, en effet, qu'une heure avant le lever du soleil, Philomène, carabine à l'épaule, avait quitté le camp dans la direction de l'ennemi.

Loin de rassurer Sarbacane et Roger, cette déclaration les remplit au contraire

d'une vive inquiétude ; et Martigal fut chargé de partir immédiatement en reconnaissance, avec une patrouille, pour essayer d'avoir des nouvelles de l'absente.

Une heure plus tard, le premier maître revenait au camp, mais sans avoir rencontré l'épouse d'Anacharsis.

Du coup, l'inquiétude devint une angoisse véritable ; la prolongation de cette
absence ouvrait la porte à toutes les hypothèses dans le sens d'une catastrophe.

L'idée que Philomène avait pu être enlevée par un fauve ou par un serpent
traversa un instant l'esprit de Sarbacane ; car en cours de route, la petite colonne
avait croisé quelques-uns de ces peu sociables animaux. Pourtant Martigal n'avait
rien relevé de suspect : ni trace de sang, ni foulage des herbes de la brousse !

Où diable avait donc pu passer la pauvre cantinière ?

Était-elle donc tombée dans les mains de l'ennemi ?

C'était possible après tout ! Et cependant Martigal avait patrouillé jusqu'au
village malais, l'avait contourné ; puis constatant le profond silence qui régnait
aux alentours, il s'était enhardi, avait pénétré à l'intérieur et reconnu l'abandon
complet des paillotes.

Peut-être Philomène Laufry avait-elle été surprise par les habitants et emmenée
par eux dans l'intérieur de la forêt ?... Là-dessus, Martigal ne pouvait formuler qu'une
supposition, car rien ne lui avait démontré que ce malheur se fût réellement produit.

On peut donc croire que Roger, le bon Sarbacane et le malheureux Anacharsis
étaient réellement perplexes.

Néanmoins la reconnaissance de Martigal avait amené un bon résultat ; car se
glissant à plat-ventre jusqu'au bord des falaises, le premier maître avait aperçu le
Sylphe immobile et silencieux. Donc le navire était bien sain et sauf.

En haute mer, Martigal avait reconnu aussi la *Reine Wilhelmine,* qui louvoyait
selon les instructions reçues.

Mais ce qui intriguait fortement le premier maître, c'est qu'il n'avait pas aperçu
l'ombre d'un pirate.

Les crêtes étaient désertes !... Personne n'apparaissait à l'entrée des cavernes !...
Pas trace de forban aux environs !... Partout..., même à bord du *Sylphe,* régnait un
silence de mort ! ! ! !

« C'est à n'y plus rien comprendre ! déclara le Docteur. Est-ce que ce brigand
de Joé aurait abandonné la partie et se serait retiré dans les forêts de l'île ?

— Non! cela ne me paraît pas vraisemblable, riposta Roger. Si cela était, le *Sylphe* ne resterait pas inactif, comme me le dépeint Martigal.

— Pardon, mon neveu! Mais à bord du *Sylphe* on ne sait peut-être rien du tout de la disparition des pirates; c'est ce qui expliquerait qu'il garde ainsi la position d'attente.

— Oui!... peut-être! » murmura l'officier.

Puis tout haut :

« En tous cas, il n'y a pas d'hésitation possible, il nous faut marcher en avant; et notre marche doit s'exécuter absolument comme si Joë était là avec son monde; en un mot nous allons prendre nos formations pour l'attaque.

— C'est bien mon avis, mon commandant, dit Martigal.

— Mais!... mon épouse! ma douce et chère épouse!... où est-elle subséquemment? où c'est y qu'elle est passée? soupira Lanfry.

— Ah! mon pauvre ami, déclara le docteur Sarbacane, je donnerais, vous le pensez bien, tous les lacs d'or du monde pour préserver sa précieuse existence. Mais hélas! nous ne pouvons que pleurer sa perte!... Cependant, je veux espérer encore! Avec une belle et forte nature comme la sienne, votre Philomène est apte à triompher de toutes les difficultés. Elle est femme à broyer tous les obstacles. Espérons! ami Anacharsis, espérons!... Le dernier mot n'est pas dit sur son cas!

— Je veux donc auquel vous croire, m'sieu le Docteur », répondit le valet de chambre en se mouchant bruyamment pour cacher son émotion.

Pendant ce colloque, Martigal avait pris les dispositions pour la marche en avant. Assuérus marchait à l'aile gauche; Roger au centre avait le commandement général; Martigal à droite s'occupait plus spécialement de la mitrailleuse.

Quant au Docteur, il restait avec Pypenkorn, Anacharsis et Lanfry au centre de la ligne et en arrière, dans le sillage de Roger.

On traversa ainsi le village désert, et quand on l'eut franchi, une brousse aux herbes maigres s'étala devant la ligne des soldats. Elle couvrait à peine 200 mètres, et se terminait sur le bord même de la falaise qui descendait ensuite presque à pic.

Au loin l'Océan s'étalait dans la splendeur d'un magnifique lever de soleil équatorial, et sur les flots dorés, la *Reine Wilhelmine* — bien reconnaissable — tirait des bordées à deux milles de la côte.

35

« Décidément, opina Sarbacane, je renonce à comprendre ce qui se passe! C'est à croire que nous avons rêvé, et que tous ces pirates n'existent que dans notre imagination! Mon cher monsieur Martigal..., ajouta-t-il gravement, êtes-vous bien sûr qu'il y avait des forbans?

— Hélas oui! répondit Martigal, non sans sourire, mais j'avoue que je n'en reviens pas! C'est étrange!

— Allons toujours voir le *Sylphe*! » reprit Sarbacane.

Sur un ordre, les soldats s'arrêtèrent; puis le Docteur suivi de Roger s'avança à travers les herbes et se dirigea vers la crête des falaises. Mais soudain, au moment où il enjambait un petit buisson épineux, le digne professeur bascula en avant!... Il étendit les bras pour chercher un point d'appui; sa bouche s'ouvrit pour lancer un cri d'appel, mais il n'eut pas le temps de le pousser! ou du moins Roger n'eut pas le temps de l'entendre!... Car subitement, en moins de temps qu'il n'en faut pour l'écrire, le docteur Sarbacane avait disparu!!!!

Disparu? dira-t-on.... Allons donc?... C'était pourtant la vérité!... La chose se passa comme elle se passe au théâtre, lorsque le plancher machiné de la scène s'ouvre soudainement pour engloutir un personnage de féerie! On peut même affirmer que l'éclipse fut plus rapide qu'au théâtre, car ce n'était point dans une trappe, mais bien dans un trou du sol que venait de choir le bon savant!

Un trou assez large s'ouvrait en effet derrière le buisson qui en masquait la vue; Sarbacane, au lieu d'un terrain ferme, n'avait rencontré que le vide sous sa semelle et, entraîné par son propre poids, il avait été aspiré, en quelque sorte, par l'ouverture béante!

On pourrait encore espérer qu'il n'y avait là que demi-mal, et que Roger, immédiatement accouru, allait n'avoir qu'à tendre la main à son oncle pour le tirer d'embarras.

Erreur!... Erreur profonde!... Aussi profonde que pouvait l'être cette maudite ouverture!... Car en arrivant près de l'orifice, l'officier n'aperçut qu'une excavation très obscure, d'où s'élevait une poussière fine et noire!

Roger se pencha, étendit le bras, sans rien rencontrer que les parois de cette espèce de tunnel vertical.

Il appela :

« Mon oncle!... Mon oncle!! »

Rien ne lui répondit!... Sa voix se perdit au loin sous la terre!

Un désespoir subit et poignant s'empara du commandant.

« Ah! misère! s'écria-t-il. Quelle maudite aventure! Sont-ce donc des chausse-trapes aménagées par ces bandits avec une habileté infernale?

— Non! mon commandant, non! Du tout! énonça d'une voix calme le vieux Pypenkorn qui s'était approché. Ça est pas une chausse-trape. Ça est bien sans doute une cheminée du M. Joë Pynch! Et ce poussière noire ça est, savez-vous bien, de la suie. »

Cette simple réflexion du vieux planteur fut pour tous une révélation.

Effectivement c'était bien de la suie. Cette suie impliquait évidemment une cheminée, et c'était bien dans le tuyau de cheminée d'une des cavernes de Pynch qu'avait disparu Sarbacane!

Au fond, cela n'avait rien de rassurant pour les amis du docteur; car de deux choses l'une : ou Sarbacane était resté étouffé dans ce long boyau; ou, entraîné par son poids, il était arrivé dans la caverne elle-même.

Dans ce cas, et si les bandits s'y trouvaient, le brave docteur risquait bien de ne jamais revoir le soleil.

Il fallait donc, sans perdre une minute, en avoir le cœur net, et pour cela s'emparer des cavernes elles-mêmes.

« En avant! mes amis! En avant! s'écria Roger. Il n'y a plus d'hésitation possible! Attaquons de vive force!... Il faut le sauver!!... Aux falaises!! »

En un clin d'œil toute la troupe eut gagné le bord escarpé des roches, mais, hélas! la pente n'était pas praticable en cet endroit.

De là, on apercevait bien le *Sylphe* qui paraissait tout petit, vu d'aussi haut; les orifices des cavernes s'ouvraient bien à mi-côte; mais pour y accéder, il fallait descendre une route en lacets créée au flanc de l'escarpement.

Or, cette route — ou plutôt ce sentier — aboutissait sur la plate-forme des falaises, mais à une distance d'au moins deux kilomètres!

« Malédiction! gronda Martigal. Dépêchons! courons!!... Vite!! »

On prit le pas gymnastique pour gagner la voie praticable, et quand on y fut arrivé, on la dévala grand train au risque de se rompre les os.

Ce ne fut qu'en arrivant à cent mètres de l'ouverture principale que Roger donna l'ordre de ralentir cette allure enragée.

L'officier voulait en effet mettre un peu d'ordre dans sa troupe pour attaquer.

On assura les baïonnettes, et la colonne repartit en silence.

Chaque homme, aussi bien que chaque chef, sentait le cœur lui battre à cette minute décisive!

Bien mieux! L'absence de l'ennemi les impressionnait encore davantage, car c'était peut-être là une feinte; et ce silence était peut-être aussi le prélude d'une surprise terrible, d'un danger imminent.

Roger, revolver au poing, s'engouffra le premier dans la grotte. Les autres suivirent.

C'était une excavation aux parois abruptes et nues. Aucun meuble ne la garnissait, mais au fond une porte entr'ouverte donnait accès à une autre caverne.

Résolument, Roger l'ouvrit.

Cette fois, une pièce où se trouvaient un lit confortable recouvert de fourrures et quelques meubles apparut aux arrivants; mais elle était veuve d'habitants.

Néanmoins, le ou les propriétaires ne devaient pas être absents depuis bien longtemps, car une lampe allumée brûlait sur une table scellée à la roche.

« Attention à nous! » souffla Martigal qui, écartant Roger, passa devant et se dirigea vers un couloir sombre débouchant dans l'angle de cette singulière chambre à coucher.

Ce couloir était fort long; il formait de temps à autre des coudes inattendus; sur ses faces latérales, quelques grilles de fer commandaient d'autres cavernes.

Nos amis avançaient prudemment, le doigt sur la détente, l'œil au guet, l'arme prête. Devant eux, Martigal, le cou tendu, marchait à pas comptés, prêt à tout.

Tout à coup, dans l'éloignement du couloir obscur, un bruit se fit entendre.

Il semblait aux assaillants qu'on secouait avec fureur une grille de fer. Comme ils approchaient, un murmure de voix leur parvint, d'abord indécis, puis plus net... et soudain une stupeur joyeuse les transporta, car voici ce qu'ils entendirent :

« Saperlipopette!!! C'qu'elle est dure à tordre, cette mâtine de grille! J'en sue sang et eau, mon pauv'monsieur l'Docteur!

— Ma bonne, répondait-on, vous n'y arriverez jamais de la sorte! Vous allez vous faire des ampoules aux mains! C'est tout ce que vous récolterez à cet intempestif

EN AVANT DE LA GRILLE UN HOMME BALAIT.

travail!... Croyez-moi!... le mieux est d'attendre, car monsieur mon neveu ne saurait
tarder à arriver!

. . . .

    — Mon oncle! s'écria Roger.
    — Ma femme! Ma bonne petite femme! soupira Anacharsis.
    — Ce sont eux! clama Martigal.
    — Ça est tout de même une drôle d'histoire », dit Pypenkorn en riant aux
éclats.

    Et dans l'étroit couloir, ce fut une ruée vers les deux dialogueurs qu'on
entendait toujours mais qu'on n'apercevait pas encore.

    Soudain, le couloir tournant brusquement, une clarté apparut et une scène
extraordinaire dans son comique et dans son horreur jaillit en pleine lumière.

    Le couloir s'élargissant formait une sorte de rotonde qu'une forte grille coupait
en son milieu.

    En avant de cette grille un homme râlait... et cet homme c'était Joë
Pynch!!! Secoué de spasmes violents, le misérable luttait désespérément avec la
mort! Éclairée par un falot à demi renversé près de lui, sa face hargneuse
et mauvaise était hideuse, sous les reflets rouges de la flamme. Serrant les dents, il
semblait ricaner monstrueusement.

    Le bandit s'était soulevé sur les deux poings et de sa poitrine le sang tombait,
en gouttelettes, formant sur le sol une flaque où se réverbérait la lumière
dansante de la lanterne; au milieu de cette flaque un revolver qu'il avait lâché
semblait flotter.

    Derrière la grille, deux êtres s'agitaient, noirs comme de l'encre, pareils à deux
diables. L'un surtout donnait cette illusion, à cause des cornes qui semblaient
danser sur sa tête, et celui-là — sans s'occuper de Joë Pynch — secouait la
grille avec fureur.

    Enfin, tout au fond, derrière ces deux personnages, un groupe de Malais
et de Chinois étaient prosternés, la face contre terre, n'osant bouger, semblables
à des fakirs en pleine hypnose.

    Et pendant que les arrivants demeuraient un court instant immobilisés par
la surprise d'une pareille scène surgissant brutalement devant eux, le diable cornu
lâchant la grille, poussait un hurlement où se mêlaient la joie et la stupeur.

« Ah!... Pas trop tôt! s'écriait-elle (car on l'a déjà deviné, ce diable, c'était la mère Lanfry). Te v'là enfin, mon vieux Nanacharsis!... Viens que j'tembrasse. »

Anacharsis ne se fit pas répéter l'invitation; il bondit, et au travers des barreaux il échangea avec sa moitié transformée en diable une chaude étreinte qui le changea instantanément en ramoneur.

Quant à l'autre diable, qui n'était autre que notre ami le Docteur, il souleva son casque avec grâce.

« Mon neveu!... Messieurs! dit-il avec urbanité, soyez les bienvenus! Seulement vous seriez bien aimables de me faire tenir une cuvette, de l'eau et du savon, attendu que la porte est fermée que je n'en possède pas la clef; que par conséquent il m'est impossible de me procurer autrement ces objets qui, vous pouvez vous en convaincre, me seraient sinon indispensables, du moins fort utiles! »

Comme le Docteur terminait sa phrase, Joë Pynch fléchit sur les bras.... Sa tête s'inclina violemment en arrière... puis tout le buste s'écroula sur le sol.... Pynch était mort!

« Tant mieux! dit Martigal, il nous évite une besogne cruelle, mais qui était indispensable.. , celle de le faire achever.

— Oui! dit tristement Roger. Cela vaut mieux! Faites fouiller cet homme, Martigal, il a peut-être sur lui la clef de la grille. »

Roger ne se trompait pas. Un sergent hollandais se chargea de la besogne, et trouva la clef en question.

Un instant plus tard, le Docteur et Philomène étaient délivrés; mais par mesure de précaution la grille fut refermée momentanément sur les matelots pirates qui semblaient toujours changés en statues; puis laissant là le cadavre du forban :

« Allons-nous-en! ordonna Roger. Occupons-nous du *Sylphe*. »

Or comme la troupe, revenant en arrière, débouchait dans la pièce dont Joë avait fait sa chambre à coucher, une nouvelle surprise les attendait en la personne de Le Caillec qui arrivait avec ses hommes d'équipage.

À l'affût derrière les hublots, les sentinelles du *Sylphe* avaient signalé l'arrivée du commandant; ils avaient vu la colonne de secours s'enfoncer dans la grotte. Alors le second n'avait plus hésité, et faisant armer les canots, il arrivait apporter à son chef l'aide de ses fusils.

On peut supposer que la rencontre fut saluée de chauds vivats de part et d'autre ; et Bigoudi se mit à danser une sarabande échevelée en apercevant la mère Lanfry et le Docteur transformés en nègres.

« Ci l'souleil, pas vrai ? qu'a fait ça ! criait-il. Bono ! l'souleil ! Bono ! Ci toi est d'mon famille maintenant, missié Docteur ! Ci toi nigresse, mame Lanfy !

— Tais-toi ! moricaud, tu nous assommes ! Tu vois bien que c'est de la suie !

— Tout de même, opina le Docteur, j'ignore si le noir va bien à mon genre de beauté, mais c'est égal, je pourrai dire que ce voyage n'en a fait voir de toutes les couleurs !

— Comment cela, mon oncle ?

— Oui, monsieur mon neveu ! Je fus blanc pour débuter ; je puis même dire que je fus rose ; et à l'encontre de la généralité des hommes, je noircis en vieillissant ! C'est un comble ! J'ai du reste eu l'honneur d'être doré, vous en souvenez-vous ? Et quand, grâce à d'indispensables ablutions, j'aurai recouvré ma couleur normale, je n'en dirai pas moins : J'en suis bleu !!!

— Ma foi ! c'est tout de même vrai ! conclut Philomène, nous devons avoir une drôle de bobine, et si mon p'tit bestiau était là, il ne me reconnaîtrait sûrement pas.

— Allons ! Allons ! dit Roger. Assez causé pour le moment, en route ! J'ai hâte de revoir mon brave *Sylphe*. »

Un détachement de soldats fut laissé à la garde des pirates, et on regagna le yacht.

Ce ne fut pas sans émotion que nos amis réintégrèrent le *Sylphe*.

Il avait — le joli bateau — sa tenue de guerre avec les mouchetures de balles qui avaient piqueté la couleur blanche et les filets d'or de ses flancs.

La figurine de bronze doré symbolisant le *Sylphe* avait, elle aussi, reçu le baptême du feu, car son aile droite était percée en deux endroits ; mais, somme toute, le bateau n'avait pas trop souffert. Il n'y avait plus qu'à réparer son arbre d'hélice et son gouvernail pour le remettre à même de reprendre la mer.

Or Roger avait tout prévu, et la *Reine Wilhelmine* possédait à son bord tout l'outillage et les mécaniciens nécessaires à ce travail.

On envoya donc un canot du *Sylphe* à la rencontre du navire de Pypenkorn pour lui apprendre les nouvelles et lui donner l'ordre de jeter l'ancre en dehors du goulet.

Les réparations du *Sylphe*, d'une part, d'autre part le démembrement de la carcasse du *Newcastle* à la dynamite, tout cela devait prendre environ une semaine. Mais le résultat important était atteint. Le *Sylphe* était délivré !

Malheureusement, cette expédition coûtait la vie à deux hommes du bord.

Roger l'apprit avec douleur de la bouche de Le Caillec.

« Hélas ! dit-il, c'est terrible !... Je ferai pour leurs familles tout ce qui dépendra de moi pour les soulager dans leur douleur. Heureusement encore que nous n'avons pas eu d'autres morts à déplorer, et que cette expédition, qui pouvait ne réussir qu'au prix d'un combat meurtrier, s'est terminée sans que nous brûlions une cartouche.

— Faites escuse ! mon commandant, interrompit la mère Lanfry. Z'en avons tiré deusse ! !

— C'est juste ! ma brave Philomène, c'est juste !.. sur Joë Pynch.

— Oui, mon commandant ! Que c'est moi que je lui ai allongé ça !... V'lan ! !.. dans les contrevents. Mais c'est lui qui avait commencé.

— Ah bah ?

— Tiens ! J'vous crois ! Six coups d'revolver qu'il nous a lâchés, le coquin. Heureusement que m'sieu le Docteur et moi nous avons pas été touchés.

— Au fait, ma bonne, contez-nous un peu votre aventure, car dans l'émotion et le bouleversement général nous avons oublié de vous complimenter. »

Et la mère Lanfry raconta :

« Pour lorsse, mon commandant, une idée m'était venue comme ça d'aller voir à voir ce qui se passait du côté de l'ennemi. Et alllez donc ! Je lâche mon Nanacharsis, qui ronflait comme une toupie, et je me mets en route.

« Crac !.. un village ! mais personne dedans. Ça va bien, que je me dis. Y se sont ensauvés. Z'ont peur de nous, ces sauvages, et je me dirige vers la côte.

« Crac !... Je ne sais pas comment que ça se fait. V'là que j'mets le pied dans un trou et que j'dégouline dans un tuilliau pendant deux bonnes minutes.... Ah ! j'ai z'eu peur, ça c'est vrai. Et puis n'y avait une poussière que ça m'*asfisquait les estomacs*, rapport à la suie, comme j'ai vu quand j'ai été rendue en bas.

— Oui, mère Lanfry, vous êtes tombée dans la cheminée... comme le docteur,

— C'est ça même, mon commandant. Seulement vous me direz ce que vous voudrez, faut être vraiment sauvage pour aller mettre les cheminées par terre au lieur que d'faire comme tout le monde qui les met sur les toits.

— Sans doute, ma bonne! sans doute, déclara en riant Sarbacane sans s'attarder à relever l'explication naïve de la mère Lanfry.

— Bref! me v'la tombée dans l'foyer. Heureusement y n'y avait pas de feu. Non! m'voyez-vous dégouliner dans la marmite et prendre un bain dans le pot-au-feu?

— Ma bonne, interrompit encore Sarbacane, les propriétaires du pot-au-feu ne s'en fussent sans doute aucunement offusqués, car vous êtes grasse à point. Vous eussiez fait un excellent bouillon.

— Vous pouvez vous moquer, m'sieu l'Docteur, n'empêche que ça m'a fait un drôle d'effet de m'trouver nez à nez avec une bande de coquins tout plein mal attifés. Je m'dis comme ça : Philomène, t'es flambée! Ces gars-là vont te faire un mauvais parti. Ah bien ouitche! Les v'là qui roulent des yeux et qui s'mettent à hurler comme si on les écorchait. Puis les v'là qui s'ensauvent dans le fond de la grotte et qui crient :

« — Arrakouanne!... Arrakouanne!!

» — En v'là des idiots! que je réponds. Sont y bêtes avec leur kouanne.

— Madame, dit Pypenkorn intervenant, « *arrakouanne* » en dialecte malais des îles, ça veut une fois dire : démon des vagues.

— Alorsse, ils m'ont pris pour le diable?

— Sans doute.

— C'est bien ça. Ils pointaient leurs doigts sur le front comme pour me faire les cornes.

— Parfaitement! Ils indiquaient ainsi : c'est le démon des vagues... il a des cornes!

— J'ai pourtant pas des cornes.

— Si fait!

— Moi?... J'ai des cornes? »

Et Philomène regarda tout le monde de travers.

« Ne vous offensez pas, ma bonne, dit Sarbacane conciliant. Vous n'avez pas de cornes, mais vous avez l'air d'en avoir. Regardez-vous dans cette glace et dites-moi si les pointes de votre foulard n'ont pas, malgré leur élégance, une vague ressemblance avec des cornes.

— C'est ma foi vrai!... Alorsse j'm'explique! surtout que je suis toute noire! Enfin les idiots se sont mis à genoux et n'ont plus bougé. J'parie qu'y sont encore dans la même position.

« N'empêche que la situation n'était pas tout à fait drôle. J'essaye de parlementer avec ces lascars. Ah bien oui! Dès que je m'mets à causer, les v'là qui tremblent comme si j'aurais voulu les manger tout crus!

« Ils poussaient des : « heu! heu! heu! » comme si je leur aurais passé la colique. Enfin, que je m'dis : Y a pas trop de mal! Faudrait voir à voir à s'en aller!

« J'menvas donc vers la grille. Elle était fermée! Du coup... j'y comprenais plus rien. Z'étaient donc prisonniers, ces singes-là?

« Mais crac!!... J'entends du bruit dans la cheminée. Je me retourne et v'lan!! je vois dégouliner quéqu'un d'tout noir!

« — Qué qu'cest qu'ça? que j'fais en épaulant ma carabine.

« Mais l'homme noir qu'avait ainsi fait *éruption* dans le foyer s'met à crier :

« — Ah! par exemple! N'en v'là une aventure!! C'est la mère Lanfry!!

« — Tiens! que j'réponds, en v'là un qui m'connaît, c'est ça qu'est drôle!!

« Et tout à coup, en regardant bien, je reconnais mossieu l'Docteur!! Vous direz ce que vous voudrez, mon commandant, mais c'est des affaires pas ordinaires qui nous arrivaient là.

— Ah! Vous pouvez le dire, ma bonne! opina le Docteur. J'en suis encore abasourdi et je me demandais si nous ne rêvions pas. Mais non! nous étions bien éveillés et je vous jure, du reste, mon neveu, que ce qui se passa par la suite m'eût réveillé net, si nous ne l'avions été déjà!

— Racontez-nous cela, mon oncle.

— Voici : La digne Philomène était en train de me raconter son arrivée inopinée dans la grotte; les Malais restaient toujours prosternés, quand un bruit de pas arrive jusqu'à nous, du fond du couloir, en arrière de la grille.

« — Attention! » crie la mère Lanfry.

« Au même instant un jet de lumière surgit du couloir, et un homme portant une lanterne sort de l'ombre.

« Au portrait que nous en avait tracé notre petit ami Pierre Bervic, je reconnus de suite Joë Pynch.

« Son visage rude et méchant exprima d'abord une immense surprise, qui instantanément se mua en fureur.

« — Ah çà! cria-t-il en anglais, qu'est-ce qui se passe ici? Et d'où sortent ces deux êtres-là?

« — Sir, lui répondis-je poliment, en anglais aussi, nous venons d'arriver! Excusez l'importunité de notre visite, mais c'est bien contre notre volonté que nous nous sommes introduits chez vous.

« — C'est extraordinaire! murmura-t-il. Par où ont-ils pu pénétrer dans la caverne? »

« J'entendis cette question et me hâtai d'y répondre.

« Sir! ripostai-je, votre cheminée ouverte au ras du sol est réellement un danger public pour les promeneurs. Vous devriez, au moins, y mettre un écriteau comme l'U.V.F. en place à certains endroits pour prévenir les cyclistes qu'ils vont rencontrer un tournant brusque ou une descente rapide. Descente rapide me paraît même tout indiqué dans le cas actuel, car je vous affirme que nous n'avons pas mis une minute à effectuer le parcours.

« — Enfin qui êtes-vous? et que voulez-vous?

« — Qui nous sommes? s'exclama la digne Philomène. Eh bien! nous sommes des braves gens! Ce que nous voulons?... Tanner ta peau pour faire une descente de lit, vilain coquin! gredin de pirate! voleur de bateaux!

« Je n'eus, hélas! pas le temps d'intervenir, ni de faire comprendre à la mère Lanfry combien son langage était — en l'occurrence — antipolitique, contraire aux règles de la diplomatie courante, et antiparlementaire.

« Et de fait, Joë Pynch s'en offusqua. Il comprit aussi sans doute dans quel but nous arrivions chez lui, car il ne répondit que par un grincement de dents.

« Puis, fouillant dans sa poche, il en tira un très respectable revolver dont, sans aucune hésitation, il déchargea les six coups à travers la grille.

« Les Malais hurlèrent d'épouvante, mais ne bronchèrent pas!

« Quant à moi, j'avais ressenti une si vive émotion que je m'étais assis par terre. Mais Philomène (ah! la brave personne!) n'eut pas la moindre hésitation, et répondit à Joë sur le même ton!

« Épaulant sa carabine, la courageuse mère Lanfry fit feu par deux fois!!

« Et je vois encore monsieur Pynch lâcher revolver et lanterne, tournoyer sur lui-même en poussant un cri rauque; puis tomber en avant sur les deux poings.

« — Ménageons nos munitions, articula Philomène toujours calme, le brigand a son compte! Et comme il y en a peut-être d'autres qui vont venir, gardons des balles à leur service. Mais d'abord tâchons d'nous en aller! Ça sera plus sûr.

« Là-dessus, elle appliqua toute sa vaillante robustesse à démolir la grille... C'est à ce moment, mon neveu, que j'eus l'ineffable joie de vous voir arriver! Voilà l'aventure!

— Bravo! Bravo, mon oncle!

— Ça! C'est une fois bien envoyé! » déclara Pypenkorn.

A ce moment le sous-officier hollandais de garde auprès des Malais captifs demanda à parler à Roger de Maindragues.

Immédiatement introduit, il rendit compte d'un colloque qu'il avait eu avec les matelots du forban.

Il avait pu, grâce à sa connaissance de leur langage, les amadouer, et leur faire raconter leurs impressions.

C'est ainsi qu'il avait appris la genèse de la légende du « Démon des mers », cause réelle de la facilité avec laquelle on avait, presque sans effusion de sang, remporté la victoire; calmés maintenant, les pirates demandaient grâce, car ils avaient une peur atroce d'être pendus.

« Nous devrions le faire! déclara Roger, car c'est là de la bien mauvaise graine! Mais enfin, on peut allier l'humanité avec la justice. Le chef est mort, on peut faire grâce aux sous-ordres.

« Donc, vous allez leur transmettre ma volonté qui est la suivante :

« Ils resteront captifs jusqu'à notre départ. A cet instant seulement on les lâchera. Ils trouveront alors dans le village quelques provisions d'attente et des armes pour pouvoir chasser et se défendre contre les animaux féroces.

— Mais, objecta Sarbacane, s'ils nous assaillent avec les fusils que vous leur offrez si gracieusement.

— Soyez sans crainte, mon oncle. Il leur faudra, pour aller les chercher, gravir le sentier des roches. Pendant ce temps-là nous aurons gagné la haute mer.

— C'est juste!

— Et le cadavre? qu'en a-t-on fait? questionna Roger.

— Mon commandant! Je le ferai jeter à la mer du haut des falaises. A la nuit, Pynch partira dans une toile à voile... avec une roche attachée aux pieds.

— Bien! Avez-vous exploré les cavernes?

— Oui, mon commandant. J'ai dressé un inventaire complet. Il y a près d'un

PYNCH PARTIRA DU HAUT DES FALAISES AVEC UNE ROCHE AUX PIEDS.

million en numéraire, des meubles, des vivres en quantité, de la dynamite et des munitions.

— Parfait! Nous emporterons ces dernières sauf une petite quantité qu'on laisse à ces gens. Quant au numéraire, c'est la part de prise des équipages et de la troupe. »

Cette nouvelle, immédiatement annoncée aux matelots et aux soldats, fut, on le conçoit, reçue avec enthousiasme. Quant aux Malais, délivrés de l'obsession du « Démon des vagues », ils exultèrent en apprenant qu'on leur donnait, dans des conditions inespérées, la vie sauve et la liberté.

A partir de ce moment, on se mit fiévreusement au travail.

Les mécaniciens s'attelèrent aux réparations du *Sylphe*, tandis que Martigal, avec une équipe de matelots, faisait sauter par fragments l'épave du *Newcastle*.

Enfin, au bout de huit jours d'efforts et de travail continus, la passe fut dégagée et le *Sylphe* était prêt à reprendre la mer.

Pendant ces opérations on avait retrouvé les cadavres des deux matelots du *Sylphe*, tués, on s'en rappelle, par l'explosion; et Roger les avait fait inhumer sur le plateau. Les deux équipages du *Sylphe* et de la *Reine Wilhelmine* ainsi que la compagnie hollandaise rendirent les honneurs à ces deux braves.

Puis, quand tout fut paré, on rendit, selon le programme adopté, la liberté aux pirates; et les deux yachts, battant cette fois double pavillon, aux couleurs françaises et hollandaises, les deux yachts, disons-nous, mirent le cap sur Batavia.

Longtemps, Roger, Sarbacane et leurs amis demeurèrent sur la dunette du *Sylphe*, regardant les rivages de Bornéo s'estomper dans la brume.

Une rêverie et une émotion les empoignaient en contemplant une dernière fois cette côte rocheuse, cette crique qui avait failli leur être si funeste; et tous étaient silencieux.

« Tout de même! articula enfin la mère Lanfry, j'suis contente tout plein! j'vas revoir mam'zelle Yvonne, et puis aussi mon petit monsieur Bervic, et puis aussi mon joli petit bestiau.

— Vous avez, ma bonne, interrompit Sarbacane, une singulière façon d'accoler ensemble, dans la même formule affectueuse, des personnalités qui pourtant n'ont entre elles que de lointains points de contact.... Mais, à propos, où donc est votre foulard de diable? »

Philomène avait, en effet, changé encore une fois sa coiffure, et arboré un képi de sergent hollandais qui lui allait à ravir.

« Ah! m'sieu l'Docteur, répondit-elle. C'est que j'y tiens, à mon foulard! Je l'ai lavé, puis repassé, et je le garde en souvenir.

— Il en vaut la peine, car c'est lui, ce brave foulard, qui nous a valu la victoire!

— C'est bien pour ça que je le garde! Je l'ai enserré dans ma malle, et j'l'offrirai à mam'zelle Yvonne quand elle se mariera. C'est pour sa corbeille de mariage!

— Et ce n'en sera pas le moindre ornement! C'est là un cadeau qui en vaut la peine, conclut le Docteur. N'a pas qui veut un pareil souvenir. Merci pour Yvonne, mère Lanfry! »

Puis, s'adressant à Roger :

« Mon neveu! dit-il, avec la gravité qu'il affectait en proférant ses énormes facéties coutumières. Mon neveu! Notre expédition m'a fait faire une découverte qui va causer dans la librairie scolaire une révolution profonde. »

Et devant la muette interrogation de l'officier :

« Oui! continua-t-il. Il va falloir, à mon retour, mettre au pilon tous les manuels de géométrie plane, et les réimprimer sur de nouvelles bases.

— Hein?... Comment cela?

— Sans aucun doute! Car je vais saisir le ministre de l'Instruction publique d'une transformation radicale au sujet d'un axiome fondamental de la dite géométrie.

— Je ne saisis pas bien....

— Attendez!... Pour gagner la caverne, vous avez mis au moins, si je ne m'abuse, un bon quart d'heure.

— Une demi-heure, mon oncle.

— Bon! Et moi, pour atteindre le même point que vous, j'ai mis tout au plus cinquante-trois secondes et quelques dixièmes.

— Vous avez compté?

— Non pas! Je parle par à peu près. Mais, en tout cas, je n'ai guère mis qu'une minute.

— Et la conclusion?

— C'est que l'axiome qui dit : « La ligne droite est le plus court chemin d'un point à un autre » n'a plus sa raison d'être et doit être remplacé par le suivant : « Le tuyau d'une cheminée est le plus court chemin d'un point à un autre.... Vous avez saisi? »

Du coup, Roger faillit tomber à la renverse; mais, se reprenant et donnant à son visage une gravité inquiète :

« Mon oncle, dit-il, voulez-vous me permettre de vous conduire aux salles d'hydrothérapie?

— Pourquoi? demanda ingénument Sarbacane.

— Mais..., pour vous donner une douche dont vous me paraissez avoir besoin.

— Insolent!! »

Et tout le monde, y compris Sarbacane, se mit à rire aux éclats.

. . . .

Cette traversée fut, du reste, à l'inverse de la précédente, une traversée joyeuse, et cela est tout naturel.

On avait d'abord décidé de faire voyager les deux yachts de compagnie : par suite, le *Sylphe* s'était mis à petite vitesse.

Mais la mère Lanfry adressa réclamation sur réclamation, demandant qu'on *lâchât le coude* au yacht de Pypenkorn, afin d'aller plus vite.

Comme, somme toute, elle ne faisait qu'abonder dans le sens du desideratum général, Roger accéda à sa demande.

Laissant la *Reine Wilhelmine* continuer sa marche normale, le *Sylphe*, donnant à plein de ses quatre machines, partit en avant à toute allure, et bientôt le sémaphore de Batavia signalait son arrivée au large de Java.

Qui fut la première renseignée? On pense bien que ce fut notre petite camarade Yvonne, à laquelle un exprès vint immédiatement apporter l'heureuse nouvelle. On pense bien aussi que ce fut, non seulement pour elle, mais pour son ami Pierre Bervic et même pour l'impassible Ziska Gottorp l'occasion d'une joie sans pareille.

Tous trois pleurèrent délicieusement; car, s'il est des larmes cruelles, il en est aussi d'adorablement douces.

Ces dernières rachetaient pour les deux enfants les amertumes des précédentes; elles les payaient des angoisses par lesquelles ils venaient de passer.

Car ces jours de séparation avaient été pour la mignonne une période affreuse à traverser. Le danger planant sur son père, sur son bon grand-père, sur tous ses amis, le doute épouvantable qui la torturait en ce qui concernait l'issue de l'expédition, tout cela l'avait presque rendue malade.

Elle avait pâli, la chérie! Ses joues s'étaient amincies. Et cela malgré les soins de Ziska Gottorp, malgré les affectueuses attentions que lui prodiguait son « petit frère » Pierre Bervic.

Ah! certes! il avait été bien gentil, bien doux, le brave petit garçon! Il s'était ingénié à distraire la petite fille qu'il adorait. Chaque jour, il inventait des jeux nouveaux, attentif aux désirs de sa petite amie; lisant dans ses yeux ses tristesses; la consolant, lorsqu'au souvenir des absents, ses larmes débordaient malgré elle; la réconfortant par des paroles d'espoir.

Certes! on peut dire que c'était une belle petite nature d'enfant que Pierre Bervic, maintenant surtout, car les aventures et le danger couru lui avaient, comme on dit, mis du plomb dans la tête.

Oh! comme il fut heureux lui aussi lorsque le messager apporta la bonne nouvelle! Mais au fond, le bon résultat de l'expédition ne l'étonnait pas outre mesure. Pour lui que la vie de marin avait déjà façonné, la confiance était pour ainsi dire ancrée dans son âme. Et puis, rien qu'en voyant Roger de Maindragues, il avait voué à l'officier une estime et une admiration sans bornes.

« C'est un chef que votre cher papa! » avait-il déclaré à sa petite amie.

C'est dire qu'en voyant partir le commandant, Pierre ne douta pas un instant que Roger ramènerait le *Sylphe* et sortirait vainqueur de la lutte avec Joë Pynch.

Mais enfin, si confiant soit-on, il faut quand même compter avec la fatalité; et tout en affectant une belle assurance dans l'avenir, Pierre Bervic se formulait bien à lui-même certaines réserves.

Aussi sa joie fut-elle débordante!

« Vite! courons au port! » cria-t-il à Yvonne.

Et la prenant par la main, il l'entraîna, sourd aux rappels de l'institutrice qui venait de commander à l'intendant une voiture pour se rendre à l'embarcadère.

Mais, dans de telles circonstances, Yvonne, avouons-le, n'écouta pas les objurgations de la brave Suissesse; et les deux enfants étaient déjà depuis un quart d'heure sur la jetée lorsque Ziska Gottorp apparut.

A la vérité, cela ne les avait pas avancés beaucoup d'être partis ainsi en coup de vent, car le *Sylphe* ne pénétra en rade qu'une heure plus tard; mais allez donc raisonner quand le cœur l'emporte!

. . . .

Nous ne dépeindrons pas la scène du débarquement!... Ce fut du délire! Et quand on fut arrivé à la villa du Veltevreden, quand Sarbacane fut mis en demeure

PAPILLON ÉTAIT ROND COMME UNE BOULE.

de tout raconter par le menu, nous laissons le lecteur deviner toutes les impressions qui bouleversèrent le cœur de la jolie fillette.

Pendant ce temps, la mère Lanfry avait couru voir son petit bestiau, et ma foi! le petit Muf rendit à Philomène toutes les marques d'affection que cette dernière lui prodiguait.

Klaps, non plus, ne fut pas ingrat.... On sait que les chiens ont pour habitude de remuer la queue pour manifester leur joie. Or, la queue de Muf marchait, marchait si vite qu'un appareil photographique instantané n'eût pu, malgré sa perfection, en fixer l'image papillotante, ni les circonvolutions frénétiques.

Disons aussi que le rhinocéros Papillon, complètement domestiqué, fit preuve, à l'égard de sa dresseuse, d'une gentillesse sur laquelle, vu le caractère plutôt farouche d'un rhinocéros, Philomène ne pouvait guère compter.

Ce brave Papillon! Il était bien portant, croyez-le. Le repos forcé et la bonne nourriture l'avaient métamorphosé du tout au tout! Sa peau ne faisait plus un pli. Il était rond comme une boule. On eût dit une grosse citrouille grise dans laquelle on aurait planté quatre pieux — les pattes — et un bâton — la queue!

Quant à la tête, elle était bizarre, car le boursouflement des joues lui donnait l'aspect d'une outre gonflée.

La mère Lanfry s'inquiéta même un peu de cet état par trop pléthorique de Papillon et courut chercher le Docteur.

« Pauv' bête! dit-elle, regardez-le, m'sieu, le Docteur, y va éclater si ça continue. Tenez! les lettres que vous lui avez peintes sur les flancs, elles ont augmenté de moitié en hauteur et la couleur se fendille par places! »

— Hum!... C'est vrai! riposta Sarbacane. Il faut lui faire faire de l'exercice! Si c'était un client ordinaire, je lui recommanderais la gymnastique, le maniement des haltères, avec de l'hydrothérapie; mais pour un rhinocéros, ce n'est plus tout à fait la même chose!... Hum! Hum!.... Je ne vois qu'un moyen; c'est d'abord de lui réduire sa ration, et de le purger.

— De le purger?

— Parfaitement!

— C'est ça qui n'est pas commode! Faudrait lui faire avaler au moins une bonbonne d'huile d'Henri cinq!

— De ricin! rectifia Sarbacane; habituez-vous, ma bonne, à nommer les choses par leur nom.

— De ricin, si vous voulez! m'sieur l'Docteur, quoique moi, je m'ai jamais purgé qu'avec de l'huile d'Henri cinq. Mais c'est comme vous voudrez! Je tiens pas à ça plus qu'à autre chose. Mettons du ricin et n'en parlons plus!

— Eh bien! ma chère Philomène, comme il serait peut-être difficile de faire prendre à Papillon un tonneau de purge, vous l'emmènerez dans le parc et vous lui ferez manger tous les jours cinq ou six des magnifiques rhubarbes du parterre. Ensuite vous monterez Papillon, et vous lui ferez faire chaque jour un bon petit temps de galop. Ça le remettra dans son aplomb. »

Et Philomène, exécutant à la lettre les prescriptions du savant, réussit en quelques jours à rendre au rhinocéros son élégance naturelle.

. . . .

Cependant, après une quinzaine de repos bien gagné, Roger songea au départ. Il mit cette question sur le tapis, un soir après dîner, mais Pypenkorn intervint.

« Ça est juste! J'en conviens, dit-il, mais mon bon ami le Docteur il devrait pas abandonner notre Java sans avoir au moins retourné une fois, pour voir si son lac d'Or il est resté sur la place.

— J'y songeais, opina Sarbacane. Ce ne serait pas là un gros déplacement et tant qu'à faire....

— Je veux bien! déclara Roger. Aussi bien ne croyez pas que notre terrible aventure m'ait dégoûté des voyages. Ne pensez pas que cela ait modifié mes idées de pérégrination éducatrice pour ma fille. Au fond, nous sommes simplement tombés sur un incident qui ne se présente pas tous les jours.

— Heureusement!! clama le savant.

— Oui... heureusement! comme vous le dites fort bien. Mais, dans le fait, sans Joë Pynch tout se serait passé pour le mieux!

— Oui... à peu près! sauf notre aventure des casoars!

— D'accord! Mais il n'y a pas non plus d'éruptions tous les jours, et je crois au proverbe : *non bis in idem*. Nous avons payé notre tribut au destin. Nous pouvons donc dormir tranquilles. Donc, nous irons au lac d'Or. Si on peut en recueillir quelques tonnes, je n'y vois pas d'inconvénients.

— Et ensuite?

— Ensuite, nous filerons à l'aventure, comme c'était prévu au programme primitif.

— Est-ce que vous m'emmenez, mon commandant? questionna Pierre Bervic.

— Oui, mon enfant! J'ai reçu du reste un long télégramme de votre père qui vous confie à moi. Vous étiez pilotin à bord de la *Mouette*, vous continuerez votre voyage à bord du *Sylphe*, et voilà tout!

— Quel bonheur! » s'écria Yvonne, en sautant au cou de son camarade.

C'est ainsi que huit jours plus tard, le *Sylphe* entièrement réparé, ravitaillé, repeint à neuf appareillait pour reprendre l'excursion interrompue : tous les passagers y compris Pierre Bervic firent leurs adieux aux deux aimables Pypenkorn, et le joli yacht cingla aussitôt vers le fameux lac d'Or!

Inutile de dire, n'est-ce pas? qu'on n'avait pas oublié le bon Muf et le digne Klaps. Ils avaient réembarqué avec leur maître et leur amie Philomène.

Du reste, cette dernière fût restée à Batavia pour y terminer sa belle carrière, plutôt que d'abandonner ses « deux p'tits bestiaux ». — Il est même certain qu'au cas où il eût fallu se débarrasser de quelqu'un à bord du *Sylphe*, la mère Lanfry eût préféré lâcher son « Nanacharsis » plutôt que ses deux bêtes!... Muf surtout!

Mais on pense bien qu'il n'était question d'abandonner personne et le cœur de la bonne Philomène ne fut pas soumis à cette cruelle épreuve.

C'eût été pour elle une trop grosse amertume, car il lui avait déjà fallu se séparer d'un être cher.

. . . .

Oui!... Papillon, l'aimable Papillon, le digne pachyderme!...

.... Il était le seul à ne pas faire partie du voyage!

Eh quoi?... dira-t-on. Après avoir consenti le lourd sacrifice de l'amener jusqu'à Batavia, l'avait-on donc définitivement abandonné?

Et qu'en avait-on fait?

L'avait-on laissé aux bons soins de Pypenkorn?

Lui avait-on rendu sa liberté?

Non pas!

Mais considérant la difficulté de transporter un pareil colis au cours d'un long voyage, vu les énormes quantités de fourrages variés qu'il eût fallu emmagasiner à

38

bord du *Sylphe* pour nourrir l'animal, Sarbacane s'était décidé à l'expédier directement sur Paris.

C'est ainsi que Papillon, dûment enfermé dans une boîte faite exprès, prit le
premier paquebot à destination de Marseille. Là, il fut transporté dans le rapide
qui l'amena directement à Paris, au Jardin des Plantes.

Et c'est là que, dans un enclos confortable, le brave animal fit la joie des enfants
et l'admiration des nounous en attendant son maître et Philomène qu'il ne devait
revoir que six mois plus tard.

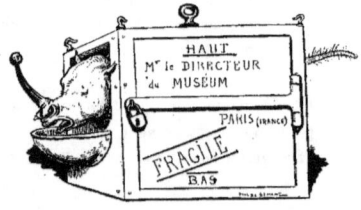

CHAPITRE XIV

Tout est bien qui finit bien.

Six mois plus tard, le *Sylphe* ralliait en effet la France.

Encore est-il qu'il ne fût peut-être pas revenu si tôt sans l'intervention du Docteur. Mais le brave homme avait fini, quand même, par être atteint de nostalgie. Sa bonne rue Linné et son Muséum lui manquaient.

Roger de Maindragues, ne voulant pas contrarier son oncle, consentit donc au retour.

Pourtant, disons-le, l'officier n'y consentit qu'à regret, car la suite du voyage s'était poursuivie sans aucun incident désagréable, et Roger, pas plus qu'Yvonne du reste, n'étaient pressés d'écourter cette pérégrination pleine de charme.

On avait visité successivement Tahiti, le Pérou, la côte chilienne; on avait atterri à Rio-de-Janeiro; ensuite on s'était dirigé sur les Antilles, et chacune de ces étapes avait été pour Yvonne et pour son petit camarade Pierre la source de mille enchantements.

Quant au fameux lac d'Or, vers lequel s'était tout d'abord dirigé le *Sylphe* au départ de Batavia, il avait, ce satané lac d'Or, procuré une forte désillusion au brave docteur Sarbacane.

« Celui-là! avait-il tout d'abord déclaré dans un élan de belle confiance, celui-là ne m'aura certainement pas joué le tour comme l'îlot d'Or sous-marin! La dernière fois que nous le vîmes, le jour où j'eus le plaisir de m'y plonger et de m'y aurifier, il était dans des conditions de stabilité parfaite! J'ai donc tout lieu de croire qu'il ne nous aura pas faussé compagnie!

— Eh! eh!.., riposta dubitativement Roger de Maindragues, vous connaissez, mon oncle, la sagesse des proverbes! Il en est un qui dit : « L'or est une chimère!.. » Méditez-le et ne vous emballez pas!!!

— Allons donc, mon neveu! C'est cela qui ne serait pas à faire! Songez donc que ce lac d'Or fera de moi un milliardaire! Songez aussi que j'ai déjà dressé mes plans en conséquence!

— Et quels sont ces plans, mon oncle? Y a-t-il indiscrétion à vous le demander?

— Du tout!... J'achèterai à la ville de Paris tout le bois de Boulogne!

— Diable!

— Parfaitement! Et j'y installe un jardin zoologique unique au monde. Je le clos de fortes grilles et j'y fais pulluler toutes les races d'animaux du globe.

— Heu! Heu!... C'est un beau projet! Mais vous oubliez que la température uniforme ne saurait convenir à toutes les races. Par exemple.... celles qui vivent sous l'Équateur et les Tropiques....

— Mon établissement sera divisé en zones..., comme le globe lui-même! Sous la zone torride de mon bois de Boulogne, j'installerai un vaste calorifère!

— Ah! Ah!

— Oui, monsieur!... Et plus loin, d'immenses appareils réfrigérants me fourniront la glace par monceaux!... par blocs!... par montagnes!... C'est là que s'ébattront mes ours blancs et mes animaux des régions polaires!

— Très bien combiné, en effet! déclara gravement Roger. Mais les oiseaux?

— Au-dessus du bois de Boulogne régnera une immense volière! Hein?... Est-ce compris?

— Superbe!... Superbe! mon oncle. Espérons, pour la réussite d'un plan si magnifique, que le lac d'Or n'aura pas déserté! »

Hélas! Le beau projet du docteur Sarbacane ne devait jamais être mis à exécution.

En effet, quand on arriva sur le lieu du cataclysme, on retrouva bien des traces rocheuses du volcan, mais le lac d'Or avait disparu!!!

Comme l'îlot sous-marin, il avait fui en profondeur ; et les sondages les plus sérieux n'en purent faire retrouver que de faibles traces. Le lac d'Or était parti pour les grands fonds sous-marins interdits à l'homme.

Pourtant, à dire vrai, l'exploration ne fut pas tout à fait inutile; car on réussit quand même, à l'aide de dragues, à ramener des bords de l'excavation 25 tonneaux de sable et de vase aurifères. Traités par le savant, suivant une formule et selon des procédés chimiques adaptés aux circonstances, ces déchets fournirent à peu près cent kilogrammes de poudre d'or pur; soit, à raison de 3 francs le gramme, une somme d'environ 300 000 francs.

Comme on voit, Sarbacane n'avait donc pas tout à fait perdu son temps.

Mais, malgré tout, sa désillusion fut profonde ; et du coup son beau projet s'en allait rejoindre le lac d'Or au fond de l'eau.

Il s'en consola vite, du reste, car le Docteur avait le caractère bien fait. Et puis, la tranquillité qui régna par la suite dans les pérégrinations du *Sylphe* lui permit de s'atteler avec ardeur à son rapport sur l'éruption. Ce fut pour le professeur un puissant dérivatif à sa déconvenue.

C'est que ce n'était pas une petite besogne qu'il entreprenait là.

Indépendamment de l'exposé intégral des faits, le savant professeur se livrait au cours de ce travail à des considérations scientifiques très développées ; si bien qu'en arrivant aux Antilles le rapport n'était qu'à demi terminé, bien qu'il comprît déjà 3207 feuillets de papier écolier grand format !... Vous avez bien lu !... 3207 feuillets !

. . . .

Avouons même que ce fut l'immensité du travail à exécuter pour parfaire le rapport d'une part; et d'autre part, le désir de le parachever dans des conditions confortables qui poussèrent le docteur Sarbacane à demander au commandant de bien vouloir interrompre l'excursion pour le restituer à son cabinet de travail.

Quoi qu'il en soit, et que ce fût pour cette raison ou pour une autre, le docteur Sarbacane devint tellement pressant que Roger se vit dans l'impossibilité de résister à son désir.

Aussi, quittant brusquement la Havane, le *Sylphe* gagna-t-il d'une traite le Havre.

Pourquoi le Havre, plutôt que Bordeaux?... Le lecteur en a, de suite, deviné la cause, n'est-il pas vrai?... C'est que la famille de Pierre Bervic résidait au Havre, et que Roger de Maindragues pensait — avec raison — que le père du petit pilotin serait particulièrement heureux de voir débarquer, sain et sauf, l'enfant qu'il avait pu croire un instant perdu.

C'est ainsi que le *Sylphe* fut reçu à quai par d'invraisemblables vivats, lesquels s'adressaient nécessairement au yacht lui-même, à son commandant, à Sarba-

cane, à l'équipage, voire même à Muf, à Klaps et à la mère Lanfry, mais aussi
— disons-le — au petit mauvais sujet d'autrefois, devenu le bon petit garçon que
l'on connaît. Et nous laissons le lecteur juge de la scène touchante dont le débarcadère fut le théâtre.

Tout est bien qui finit bien!... dit un proverbe. En fait, le proverbe est bien
applicable à la situation, et tout était pour le mieux dans le meilleur des mondes,
puisque tous — bêtes et gens — arrivaient au Havre à bon port, et sortaient in-
demnes des dramatiques péripéties que connaît le lecteur.

Après un court séjour au Havre, Sarbacane, Yvonne, Ziska Gottorp, la mère
Lanfry, Anacharsis, Zanim, Bigoudi, Muf et Klaps rentrèrent à Paris.

Le Docteur et « sa suite » réintégrèrent la rue Linné, pendant que Roger
accompagné de sa fille et de ses serviteurs reprenait possession de sa villa momentanément abandonnée.

Et pendant que le digne savant continuait son rapport, le jardin zoologique
de la rue Linné se repeupla; Anatole redevint l'hôte gracieux du bassin; le zébu
reprit possession de son paddock ; et Papillon, triomphalement ramené en
laisse par la mère Lanfry, s'installa définitivement dans une confortable enclô-
ture, où il devait terminer sa carrière sans que les traces de peinture de ses
flancs s'effaçassent complètement, car il mourut deux ans plus tard.... On n'est
pas — hélas! — éternel!

Le brave pachyderme mourut d'un mal très prosaïque... de la colique. Il
s'était donné une indigestion de carottes!

Empaillé par les soins du docteur Sarbacane, Papillon est aujourd'hui l'un des
ornements les plus attirants du Muséum.

.   .   .   .
.   .   .   .
.   .   .   .
.   .   .   .

Quant au docteur Sarbacane lui-même, il poursuivit, calme et heureux, sa longue
et brillante carrière.

Il avait, deux ans plus tard, terminé son rapport... son fameux rapport!

Il eut l'honneur de le lire à une séance solennelle de l'Académie des sciences, et ce ne fut pas une mince affaire!... car, même avec les séances de nuit obligatoires, ladite lecture dura onze jours! Mais elle valut à son auteur une médaille d'honneur dont il est à juste titre très fier.

On voit donc que le voyage du *Sylphe* eut d'heureux résultats sous tous les rapports.

Mais le plus heureux de tous ces résultats fut, sans contredit, celui qui doit servir de conclusion à ce récit, celui qui en est le plus radieux :

ÉPILOGUE

Radieux ?... Certes! car il consacra le bonheur de tous nos amis, quand, six années plus tard, fut célébré le mariage de notre petite perle rose, Yvonne de Maindragues, devenue alors une belle et grande jeune fille, avec notre ami Pierre Bervic, qui porte aujourd'hui l'élégant et sévère costume d'officier de la marine française.

Oui! Parfaitement! Yvonne de Maindragues se nomme aujourd'hui Mme Yvonne Bervic. Et c'est pour le bon docteur Sarbacane une joie ineffable d'appeler Pierre « son fils ».

On suppose bien, en effet, que des relations commencées dans des conditions aussi dramatiques ne s'étaient point interrompues au retour.

Bien au contraire! Une amitié profonde avait uni les deux familles de nos petits amis.

Pierre, assagi par les aventures, était devenu très raisonnable et s'était remis à l'étude avec ardeur.

Son « bachot » enlevé, il avait brillamment passé les examens, rudes pourtant, de l'École navale ; et ç'avait été pour son amie Yvonne une bien douce joie de se promener au bras de Pierre lorsque, pour la première fois, il endossa le joli costume d'aspirant.

Trois ans plus tard, lorsque Pierre fut nommé enseigne, le mariage eut lieu; et, fidèle à sa promesse, la brave mère Lanfry offrit à la jeune mariée le fameux foulard qui avait joué un rôle si prépondérant dans la délivrance du *Sylphe*.

. . . .

Et maintenant, tout le monde continue à vivre heureux.

Sarbacane poursuit ses multiples études, et de temps à autre professe au Muséum devant son éternel sourd-muet.

Le ménage Lanfry continue à soigner la ménagerie du Docteur.

Zanim est toujours au service de Roger de Maindragues, ainsi que Ziska Gottorp qui occupe dans la maison les fonctions d'intendante générale.

Bigoudi est devenu le maître d'hôtel de la maison. Martigal et Le Caillec ont pris leur retraite et vivent heureux et tranquilles, le premier en Provence, le second en Bretagne, non loin de Vannes. Le *Sylphe* est en effet installé à Vannes, d'où il part de temps à autre pour faire de petites excursions, et dans ce cas, le bon Le Caillec reprend momentanément ses fonctions auprès de Roger.

Klaps et Muf vivent toujours et s'entendent à merveille.

Ils ont vieilli, c'est certain, mais ils ont encore bon pied bon œil; et quand ils quitteront la terre (car hélas! les chiens pas plus que les singes ne sont immortels!), quand, disons-nous, les deux braves bêtes ne seront plus de ce monde, elles ne disparaîtront pas entièrement. Le Docteur a déclaré, en effet, que ce jour-là qu'il espère le plus lointain possible, le singe et le basset, ses fidèles compagnons, naturalisés par ses soins, habiteront une luxueuse vitrine dans son cabinet de travail.

Ils y voisineront avec le haut de forme, avec le trombone sous-marin, épaves de la *Mouette* et de la troupe Gaétan Karamel. Ils seront les sentinelles immobiles chargées de veiller sur le bloc d'or rapporté par le Docteur du fond de l'Océan.

N'oublions pas, en terminant, les deux aimables Pypenkorn.

Pypenkorn senior doit marcher, s'il nous semble bien, sur ses 90 ou 91 ans, mais il est toujours vert comme un chêne; à telle enseigne qu'il a promis de venir l'année prochaine, en compagnie de son fils Assuérus, rendre visite à son ami le Docteur.

On le voit, tous nos amis sont heureux! Cette phrase n'est-elle pas la plus belle terminaison pour une histoire?

Aussi souhaitons-nous à nos petits lecteurs la même bonne fortune. Mais qu'ils n'oublient pas que pour en arriver là, nos héros ont dû déployer contre l'adversité les grandes qualités qui font qu'on est *un homme* dans toute la plus belle acception du mot. Ils furent, en effet, courageux, endurants, tenaces, solidaires les uns des autres; ils ne manquèrent jamais d'à-propos ni de belle humeur; et en même temps ils furent bons.

Et c'est pourquoi nous espérons qu'en en exceptant toutefois le vilain Joë Pynch, nos lecteurs garderont un bon souvenir des personnages qui ont évolué pour eux autour du

LAC D'OR.

TABLE DES MATIÈRES

965. — Imprimerie Lahure, 9, rue de Fleurus, à Paris.

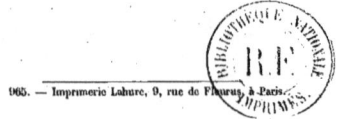

Contraste insuffisant
NF Z 43-120-14

www.ingramcontent.com/pod-product-compliance
Lightning Source LLC
Chambersburg PA
CBHW051636050726
47502CB00011B/558